U0895202

国宝新发现·经典解密系列丛书

《三国演义》解密

最经典的攻心实战演绎
拿来就用的最“2”法宝

媚笑◎著

★★★★★
出版人的良知，五颗星的品质
企业管理出版社
ENTERPRISE MANAGEMENT PUBLISHING HOUSE

图书在版编目（CIP）数据

《三国演义》解密 / 媚笑著. —北京：企业管理出版社，2012.9

ISBN 978-7-5164-0145-3

Ⅰ.①三… Ⅱ.①媚… Ⅲ.①《三国演义》研究②语言艺术—通俗读物 Ⅳ.①I207.413②H019-49

中国版本图书馆CIP数据核字（2012）第205180号

书　　名：《三国演义》解密
作　　者：媚　笑
责任编辑：宋可力
书　　号：ISBN 978-7-5164-0145-3
出版发行：企业管理出版社
地　　址：北京市海淀区紫竹院南路17号　邮编:100048
网　　址：http://www.emph.cn
电　　话：编辑部（010）68453201　发行部（010）68701638
电子信箱：80147@sina.com　zbs@emph.cn
印　　刷：北京中新伟业印刷有限公司
经　　销：新华书店
规　　格：170毫米×240毫米　16开本　17印张　260千字
版　　次：2013年5月第1版　2013年5月第1次印刷
定　　价：29.90元

序言

名著风景无限，阅读别有洞天

——破译经典里的密码

先扯点闲谈。你还记得在北京奥运会的开幕式上，鸟巢上空回旋着“子曰：有朋自远方来，不亦乐乎……”吗？但是，这些我们耳熟能详的“善言嘉语”，其意义并非从字面上就可以理解。例如，孔子曾说过：“学而时习之，不亦说乎？”意思很明显，即学过的知识时常复习，不也是一件很快乐的事吗？但最近有学者指出，这里的“学”指的是孔子的“学说”；“时”不应解作“时常”或“按时”，而应解作“时代”，也可引申为社会；“习”不应作“温习”讲，而应作演习、采用讲。再如，开篇中我提到的那句“有朋自远方来，不亦乐乎”，有学者指出，“朋”指的是志同道合的人。如此看来，“学而时习之，不亦说乎？有朋自远方来，不亦乐乎？人不知而不愠，不亦君子乎？”这段话表达的应该是下面这个思想：

如果我的学说被时代或社会所采用，岂不是很令我兴奋？即便未被社会所接受，若是有很多赞同我的学说的人从远方而来，与我共同谈论，不

也很快乐吗？再退一步讲，若是社会不接受，人们也不理解我的学说，我也不生气，不也是一位有道德修养的君子吗？

别不屑一顾，这可不是我凭空捏造出来的，而是许多著名的学者经过多年的研究得出的结论。学者程树德在《论语集释·学而上》中指出：“‘学’字系名辞。”清人毛奇龄在《四书改错》中说：“学者，道术之总名。”可惜，这些都未能引起人们的关注。

看到这里，如果你认为本系列书是独辟蹊径，刻意挖掘这些名著中有争议之处，那你就错了。在当今这样一个貌似繁华喧闹的时代，内心的宁静、成功和幸福是最大的奢侈。而寻找古代哲人的训语、教导为今所用便成了一种趋势。为此，我们立足现代人的视角，试图用解密的方式来重读这四本书中所涵盖的智慧。你千万不要以为在这个追求时尚化的时代，孔子、老子等人的思想不合时宜了。智慧永远都不会过时，孔子、老子等人的智慧是人类的大智慧，而大智慧应当属于所有的时代。瑞典1970年诺贝尔物理学奖获得者内斯·阿尔文博士曾说过：“在全球化的今天，人类要继续前行，应当回到 2500年前的孔子那里去汲取智慧。”可以这样说，你的生活经验越是丰富厚实，圣人们的智慧对你的启示和教益越大。

可是，这些名著中有太多难以理解之处。就拿《论语》这本书来说吧，为什么宋相赵普说“半部《论语》治天下”？南宋理学家朱熹为什么说“天不生仲尼，万古如长夜”？孔子究竟是怎样的一个人，他的魅力何在，而他的智慧是什么呢?为什么说孔子“年少”已“好礼”？“吾十有五而志于学”是什么意思？孔子所谓的“一以贯之”又是什么意思？

《论语》是这样，《中庸》也同样带有浓厚的神秘色彩。老子的《道

德经》更以深沉、深奥而著称，有句话说：“《道德经》，五千言，玄而又玄”。由于老子有意保密的缘故，使得历来在诠释《道德经》思想的问题上分歧甚大，莫衷一是。《三国演义》倒是易懂，但很少有人从攻心术的角度去破译于自身有益的说话方法。这些圣贤之言、古典名著大多都是点到为止，语焉不详，留给我们很大的思考延伸的弹性空间。

本套书之所以称解密系列，是因其从让人耳目一新的角度诠释了这些典籍。我们所选的《论语》、《道德经》、《中庸》、《三国演义》都可进入中国思想史上最灿烂的文章之列。几乎所有朝代的统治者，都试图根据自身的需要来解释这些圣人语录。这些解释五花八门，让诸如孔子等圣人的原意愈加模糊不清。此外，后人的许多解释也常无意中让《论语》、《道德经》等书扑朔迷离。究竟哪种解释更符合圣贤们的本意呢？要想探求真相，还得重读原著。

还有一点，不知你发现没有，我们大多数人对这些典籍的研习已自觉或不自觉地被注疏体例“格式化”了。正因如此，我们常会犯下一叶障目、断章取义的错误，难以跳脱出来观其气象，更不懂得如何用于当今社会。

我们不玩概念，也不搞玄奥的东西，而是联系实际，通过这套书——《论语》、《中庸》、《道德经》、《三国演义》展示给你古人的明哲保身之道、为人处世的要义、竞争制胜的学问，以及操控局面的权术、统驭天下的智谋，让古人的智慧回到人众生活和现实社会之中。循此进去，必将使你温故知新，豁然开朗，从而审视自我，成就精彩人生。值得一提的是，对于书中语录及其释义我们不敢自夸“无一字无来处”，至少“俱是按迹循踪，不敢稍加穿凿”。难能可贵的是，本套书在诠释自己不拘一格的独到见解的同时，还结合精彩的历史故事，让你读起来更有趣味。

不知不觉这篇序言已写到结尾处。我不禁想起唐代诗人李白的一首七言绝句《山中问答》：“问余何意栖碧山，笑而不答心自闲。桃花流水窅然去，别有天地非人间。”我期待“有朋自远方来”，和我们一道积极探寻《论语》、《道德经》、《中庸》、《三国演义》，甚至更多名著里的秘密，“别有天地非人间”，不亦乐乎？

前言

得“心”得天下

古往今来，不少英雄豪杰，当其得人心，得道多助时，叱咤风云，改天换地；一旦失去人心，便变成孤家寡人，举步维艰，以至身败名裂。需要别人帮忙做事，小到一个单位管理，大到一国政务，人心向背也决定其成败。由此可见，得人心是何等重要。

要得人心，就要善于攻心。所谓攻心，是指利用心理战术来不战而胜，通过驾驭人的思想，从思想上使其畏惧，而非利用职权或是武力，关键是根据不同对手的心理，对症下药而达到你想要的效果。攻心有种种，成功与否，效果如何，这就依赖于你对攻心术的了解和运用程度了。

《三国演义》是我国的四大名著之一，但它不仅仅是一部文学巨著，同时也是一部活灵活现演绎“攻心术”的教科书。《三国演义》中政治、军事斗争不息，攻心经验极其丰富，攻心方法也十分巧妙。有感于此，我们编写了本书。本书探讨了《三国演义》中的说服技巧及攻心经验，列举了诸多《三国演义》中的说服片段，以讲故事的方式把“攻

心为上”乃至韬光养晦的“藏心”之术演绎得淋漓尽致；同时，本书还以深入浅出、通俗易懂的语言分析了其成功或失败之处，告诉读者说服他人时应该如何把握他人的心理，成功说服别人。

本书通过研究《三国演义》中的攻心术，告诉你不为人知的心理另一面，教你运用攻心术，让你活学活用，积累宝贵的经验。攻心为上，你就能左右逢源，你的说教就能使人心悦诚服，你的劝说就能得心应手，你的谈判便能如鱼得水。

愿本书能成为你的良师益友，陪伴你的成长，陪伴你一生。如果能为你的人生做一点有益的贡献，我们将感到十分欣慰。

目 录

第一章

利用心理弱点

解读《三国演义》中不战而胜的攻心术

◉ 攻心为上：荀彧劝曹操奉天子

◉ 超越心理优势：曹操改态放过张辽

◉ 暗示效应：曹操巧用望梅止渴

◉ 冷读术：许攸建议曹操偷袭乌巢

◉ 隔岸观火：郭嘉献谋曹操，袖手除二袁

◉ 激将法：赤壁之战赢在智激孙权

◉ 避实就虚：为荆州诸葛亮巧驳鲁肃

◉ 提示引导：刘备说服诸葛亮保魏延命

◉ 把握对方心理需求：诸葛亮写信赞关羽

攻心为上：荀彧劝曹操奉天子

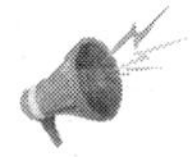

《三国》本事：荀彧劝曹操奉天子

（经过李傕、郭汜之乱后，汉献帝还都洛阳，随即下诏宣曹操入朝，以辅东汉王室。）曹操在山东，得知汉献帝已回洛阳，聚谋士商议。荀彧进曰：“昔晋文公纳周襄王，而诸侯服从；汉高祖为义帝发丧，而天下归心。今天子蒙尘，将军诚因此时首倡义兵，奉天子以从众望，不世之略也。若不早图，人将先我而为之矣。”曹操大喜。正要收拾起兵，忽报有天使赍诏宣召。操接诏，克日兴师。（见《三国演义》第十四回）

媚笑乱弹：曹操装孙子认老大

汉老大的电子科技发展有限公司在香港开的分店经营不力，最近银行贷款什么的，都找上门来，就担心汉老大的伟业不保，真要倒闭了。网络、报纸、杂志各大媒体都炒得沸沸扬扬。这边厢说：汉老大硬是要把电子科技这新玩意普及开来，还从香港这沿海城市开始下手，企图一步步深入到内陆，风险大的事儿算是玩出火了。跟屁虫曹操呢，一直暗里操作着一家小公司，仿的就是汉老大的电子科技产品，反正汉老大一出新产品，他就利用强大的模仿能力，做出九成九相似，价格倍加便宜的产品推出市面抢生意。曹操很有野心，很有可能趁势墙倒众人推，顺势踩两脚汉老大，把自己公司做大做

强。那边厢则讨论：虽然汉老大的企业面临危机，可烂船还有三斤钉呢，汉老大一发威，调动他在政府、社会各大机构的势力，扶持一下，公司倒不了的，曹操暗箱操作的小公司还是得靠边站呢！

究竟事情发展走势会如何呢？

曹操那公司旗下的一众人等都心里想着曹操会趁机抢过汉老大的生意，打好他的如意算盘。咋知道，这时候跳出个荀彧。荀彧是来唱反调的，他一来到曹操办公室，门都不敲就进去了，开口就说起了历史："以前嘛，高祖瞎编一借口说是要讨回楚家大哥的债就对付起项羽，为正义发起的纷争得到了同行各路人士的支持。董卓那小子趁乱就想反汉老大，曹大哥你可是最初帮汉老大打江山的人马，最近是因为山东那边的分公司有点账目不清，派了过去出差才分不出心思来管这边的事儿。虽然各地分公司的情况都很让你费心，但我相信曹大哥你的心始终是向着汉老大的公司，朝着我们全公司都希望汉老大电子科技发展有限公司发展迅速的目标奋斗的吧！现在老大很少和郭家那边合作，正是你出手的好机会。看好汉老大做电子科技这块新产品的市场，市场需求足够了，就能挣大钱；处理好总公司的员工待遇，这边多招揽人才进入公司研发产品，才是企业发展的长远方法。企业文化的发展是不容忽视的，企业文化发展起来了，人才流动性过大的问题便迎刃而解。然后，多管齐下，掌握汉老大公司更多的内部情况，做点什么事情也就方便了，对吧？如果你不及时出手，我们就只有看别人开心的份儿了。你看我说得有没有道理？"

荀彧分析得头头是道，曹操也就听了，认汉高祖做大哥不作反。正是他听了荀彧分析，先认了汉高祖做大哥，在公司内部方便熟悉情况，才有机会比其他的人更快更准地实施他的阴谋诡计，逐步壮大他曹家开的电子科技公司。不就是低个头认了大哥，曹操想想以后的美好，装个孙子认老大也无妨。

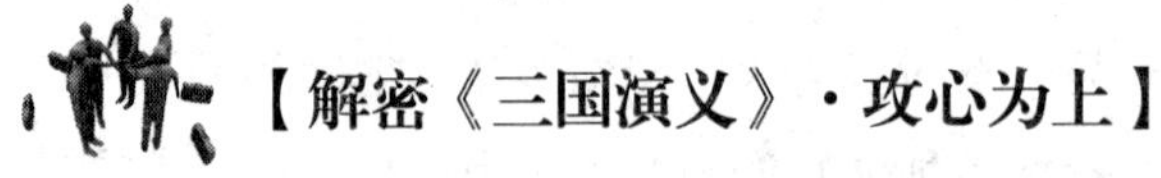

【解密《三国演义》·攻心为上】

"用兵之道，攻心为上，攻城为下。心战为上，兵战为下。"攻心为

上，指的是从思想上瓦解敌人原有的想法，甚至不费吹灰之力在谈判说服过程中就占了上风。无论是古代打仗用兵，还是现代企业经营的谈判，攻心都为上上之策。每个人的行为都是在自己的潜意识下进行，掌握了一定的心理小技巧，用自己的言行打动别人的心，让他的行为在你的引导下进行，就能达到不战而胜的效果。

小故事里谈的荀彧原是袁绍旗下谋士，后来跳到了曹操麾下。在京城洛阳沦陷时，汉献帝露宿在残垣断壁下。荀彧向曹操进言的原话是："天子蒙尘，将军诚当首倡义兵，奉天子以从众望。"他所希望的是在国难当头的时刻，曹操能够挺身而出，帮汉献帝修复汉室。而曹操心里谋算的是，国家先得保住，要不什么都没了，他的未来、他的伟业、他的一切也就成泡影了。他没想过要做一个救国救王、立德立功的大英雄，他自私得要先保住江山，最后夺走江山。看似迥然不同的想法，而"奉天子而令诸侯"顺利得以实现确是荀彧和曹操的想法走到一致的一个结果，也就是间接地采用了攻心为上。

无论是荀彧的愿景是曹操挺身而出、挽救国家危亡，还是曹操心里如意算盘希望一步步走到夺走皇位谋取利益，两者的前提都是汉朝江山还在这边军队的控制范围内。且不讨论荀彧和曹操二人想法差异，就从二人目标实现的前提分析，保存汉朝江山的完整，是那时荀彧和曹操心里最期望的事情。那么，荀彧的一番分析，就自然能成功攻心，诱导曹操自愿向着他的意愿"奉天子以令诸侯"移动。

每个人之所以能下定决心这样做而不那样做是有其原因的，要揣测出别人的内心想法，寻找能帮助你说服他的本质方法，也就是"攻心为上"。你不妨问问自己，遇到同类的情况，如果你站在他的位置，怎样做能够获取最大的收益呢？要给自己提出这样的问题：他为什么要做这件事情，他会怎样做这件事情？将心比心，如果别人要说服你，侃侃而谈，却一直说不出你内心的想法，你肯定会回以冷漠的态度对待。

你应领悟到，别人更希望你说出他心里的真正想法。这样你就可以寻找到判断对方行为的钥匙，因为你注意到事情发展的必然趋势，会更懂得对方的想法，采取"攻心"的说服技巧，帮你取得神奇的说服效果。

不错，说服前要进行详细的思考会花不少时间，但思考后采取“攻心”方式聪明地把对方的想法道出，让对方觉得你懂他，和他是站在同一立场上解决问题的，就愿意听取你的意见。

这样，想说服别人按你的想法做事，又不致于反感你的“推销”，请试一下花点去猜测对方的心，在说服谈判的过程中迎合对方，说出他的想法，实现共同利益，双方都满意，那么征服对方的心便是自然而然的事情了。

超越心理优势：曹操改态放过张辽

《三国》本事：刘备、关羽劝谏，曹操改态放过张辽

（张辽原是吕布的部将，吕布与曹操交兵失败、丧命白门楼后，张辽被曹兵俘虏，武士拥张辽至曹操面前。）操指辽曰："这人好生面善。"辽曰："濮阳城中曾相遇，如何忘却？"操笑曰："你原来也记得！"辽曰："只是可惜！"操曰："可惜甚的？"辽曰："可惜当日火不大，不曾烧死你这国贼！"操大怒曰："败将安敢辱吾！"拔剑在手，亲自来杀张辽。辽全无惧色，引颈待杀。曹操背后一人攀住臂膊，一人跪于面前，说道："丞相且莫动手！"此二人正是刘备、关羽。玄德曰："此等赤心之人，正当留用。"云长曰："关某素知文远忠义之士，愿以性命保之。"操掷剑笑曰："我亦知文远忠义，故戏之耳。"乃亲释其缚，解衣衣之，延之上坐，辽感其意，遂降。操拜辽为中郎将，赐爵关内侯。（见《三国演义》第十九、二十回）

媚笑乱弹：曹操采取刘备意见招了张辽

话说曹操公司兼并吕布公司后，曹操亲自面试原吕布公司的员工，看看有没有可以留下来的。张辽刚进门口的时候，曹操就指着张辽说："这个人怎么那么面熟？我是在哪里见过呢？"张辽说："濮阳城招标会的时候我们

公司与你们公司一起投标，在一轮谈判中还把你们公司打得大败，怎么会忘记？”曹操笑着说：“你原来也记得。”张辽说：“只是可惜！”曹操问：“可惜什么？”提起了当年的伤心事，张辽一时激动，说：“可惜我当年心太软，没有和吕布一起把你搞到破产！”曹操大怒：“企业被兼并面临下岗的人还如斯嚣张！”曹操是准备把张辽赶出公司，彻底放弃这个人。这时，刘备说：“这等真诚的人，要留在公司啊！”关羽也说了一句：“以前工作的时候我也有接触过张辽这个人，性格真诚直率，公司需要这样的人啊！我敢保证他做曹董你的助理，一定可以在你平时的决定，提出宝贵的意见。”曹操奸笑说：“我是想考验一下张辽这个人而已。好吧，明天你来公司报到，人事部会给你安排新的职位，再到财务先领两个月的薪水。好好做！不要辜负刘董的一番苦心。”

【解密《三国演义》·超越心理优势】

心理优势，是指一个人的心理活动所发挥出来的压倒一切的力量，往往伴随着实现既定目标的强烈行为。超越心理优势去说服一个人，就是在说服的时候抓住心理这一点，一方面可以是从自己出发，站得比对方高，表现出超强的气场，自信满满地从心理到谈判均压倒对方，使对方站不住自己的立场；另一方面则可以从对方出发，如果对方本来就是个心理优势很强的人，那么不妨试一下过分赞美对方，或者见机抓准对方弱点引入设好的圈套等等具体的方法，使其局促不安，这样无形中就超越了对方的心理优势，削弱和衰退对方表现出的强势，等他冷却下来，说服方就有机可乘了。

曹操在三国中，从来都是一个有着很强心理优势的领导人物，张辽被抓住在曹操面前的时候，提起了当年濮阳城的事，当众羞辱曹操，可惜火不大没烧死国贼曹操，还表现得毫无惧色。曹操会愤怒，是受了心理优势的主导。“宁可负天下人，莫让天下人负我”的曹操心态就是这样，表现出来的气场要压倒一切，连张辽这样一说都受不了，冲动得要拔剑杀死他。刘备和关羽劝辞里就得超越他的心理优势，关羽用生命保证张辽的忠诚赤心，而曹操是个善于用人的贤君，怎么会错过招纳这个贤才为其所用的机会呢？曹操

自尊心很强，他要杀人的时候就喜欢别人求他或者赞扬他，关羽就是超越了他这一心理优势，用自己的生命帮张辽求情，把曹操善于识人、用人的优点在大庭广众之下大声地摆出来。这大大满足了曹操的虚荣心，为了保持在别人面前的形象，必然就会接受关羽的请求。

举出刘备、关羽说服曹操的例子是为了说明超越心理优势的第二个方法。对付曹操这类自命不凡者，对付他们最好的办法就是要不断超越他的心理优势，将他的气焰冷却下来。如何冷却，可以效仿实例中刘备、关羽二人，将对方捧高，这样说服对象的心理优势反而会弱下来。称赞对方的范围可以是家庭、工作能力、外貌等等，总而言之就是要把对方放在很高的位置，过分的赞美，使对方自感不如，或者他必须要做出与被赞美的优点相匹配的行为，那么即便是之前他想反对或拒绝的事情，他也不得不被说服妥协。

当然，也可以从自身出发，把自己放在巨人的肩膀上，比对方更有把握和自信地出现在谈判场合，强大的心理优势超越对方，使其产生恐惧感，从而达到速战速决的说服效果。但超越心理优势的这种方法要运用得当，而且在表现心理优势的时候要掌握好分寸。千万不要因为过于强势而引起说服对象的反感。在这点上，要争取做到收放自如。

实际生活中，要看所面对的场合是需要从自己出发，增强气场，超越对方的心理优势；还是从对方出发，采取巧妙的小技巧让说服对象本身强大的心理优势崩溃掉，二者皆运用了超越心理优势的科学原理，能收到较好的说服效果。

暗示效应：曹操巧用望梅止渴

《三国》本事：曹操巧用望梅止渴率兵远途跋涉

（曹操擒杀吕布后，将曾被吕布逼得无立足之地的刘备带回许昌，在相府附近安排居住以便监控。）一日……玄德正在后园浇菜，许褚、张辽自变量十人入园中，曰：“丞相有命，请使君便行。”玄德惊问曰：“有甚紧事？”许褚曰：“不知。只教我来相请。”玄德只得随二人入府见操。操笑曰：“在家做得好大事！”唬得玄德面如土色。操执玄德手，直至后园，曰：“玄德学圃不易！”玄德方才放心，答曰：“无事消遣耳。”操曰：“适见枝头梅子青青，忽感去年征张绣时，道上缺水，将士皆渴。吾心生一计，以鞭虚指曰：‘前面有梅林。’军士闻之，口皆生唾，由是不渴。今见此梅，不可不赏，又值煮酒正熟，故邀使君小亭一会。”玄德心神方定。随至小亭，已设樽俎，盘置青梅，一樽煮酒。二人对坐，开怀畅饮。（见《三国演义》第二十一回）

媚笑乱弹：望梅止渴

有一年夏天，曹操带着家人一起去探望张绣这位老朋友，天气热得要命，骄阳似火，天上一丝云彩也没有。曹家一家子在弯弯曲曲的山道上行走，两边密密的树木堵着风都吹不进来，人也透不过气来，被阳光晒得滚烫

的山石似乎也冒出一缕缕被烧着的白烟。

正是烈日当空的中午，曹家一家子的衣服都湿透了，行走速度越来越慢，曹家媳妇体弱竟晕倒在路边，只能是曹家的壮丁骑着马带着继续前行，这样下来大家的体力透支得更厉害了，走得更慢。曹操见家里人被晒成这样很心疼，也很担心耽误了老朋友见面的时间，心里很是着急。可是，全家上下连个水都喝不上，又怎么可能加快速度呢？更悲催的是，曹家小媳妇自小就娇生惯养，说什么都不肯继续前行。要是继续这样，家里的人都会受她情绪影响，走不下去。

曹操在路上遇到正在山里砍柴的村民，就悄悄地问："这附近可有水源？我这一家人去探朋友的，没想到路不好走，天气还热得吃不消，家里的媳妇们身体弱，都快受不了！"村民摇摇头："我们在这扎根这么多年了，水都是在山谷的那边挑回来的，离这里还得绕山路，路程远得很。"曹操想了一下，不行，这样可撑不下去，时间也比较紧急了。他看了看前边没有尽头的树林，沉思了一会儿，一个想法浮现在脑海里。曹操知道，此刻即下命令要求部队加快速度也无济于事，他已经想好了办法说服一家子走出这个热腾腾的山头。

曹操一夹马肚子，快速赶到队伍前面，用马鞭指着前方说："曹家大小，听好了，我知道前面有一大片梅林，那里的梅子又大又好吃，我们快点赶路。绕过了这个山丘我们就可以吃点梅子补充一下水了。小媳妇，你就再撑一下，很快就到！"曹家上下听了，仿佛梅子都吃到嘴巴里了。梅子是酸的，吃了之后就会刺激唾液腺分泌唾液，这就使得曹家的人嘴里不断分泌唾液，暂时起到了止渴的效果，加快步伐，很快就走出了山林。

【解密《三国演义》·暗示效应】

巴甫洛夫有个心理学的理论：暗示是人类最简单、最典型的条件反射，也是一种被主观意愿肯定的假设，不一定有根据。心理暗示发生在外界或他人以非常自然的方式发出信息的基础上，而个体无意中接受了信息，会按信息发出方所示意的方式作出相应的反应。应用在说服上，说服对象可以通过

语言含蓄、间接地发出信息，让对方受到自己主观的支配，被暗示而达到了说服的目的。

曹操巧用望梅止渴率兵远途跋涉，说过的“前面的一大片梅林的梅子又大又好吃，赶路绕过山丘，吃个痛快去！”这些软说服的说法都是积极的心理暗示，一来使得长途跋涉的士兵们士气大振，有着充满信心的期待，增添了战胜困难的勇气；二来则是激起了士兵们的生理分泌，由于梅子是酸的水果，但凡吃过的人一旦被提起梅子，“酸”的心理暗示便发挥了作用，刺激唾液腺分泌唾液，曹操说的是梅子林，也恰好地让士兵们大流口水，暂时起到了止渴的效果。最后士兵在曹操的心理暗示下，长途跋涉走出了山林。

在现实生活中，运用心理暗示说服的现象比比皆是。

业务员推销业务，作为被说服者的客户，一般会用各种各样的借口或理由来抵御推销工作。业务员想要获得这个客户，就必须采取一定的心理暗示，卖衣服的口里挂着的“这件衣服你穿特别合身显气质”，卖手机的常说“这款手机是今年最流行的款式”，这些都是语言上的心理暗示，暗示着被说服者是需要这些产品的，适合交易某些产品能带来一系列的好处等等。当他们战胜并消除了客户的抵触思想和情绪时，客户很可能都是被成功地推销了产品和业务。你若想利用心理暗示成功说服身边的人做事情，就需要了解身边的人心理特征，在潜移默化的过程里暗示，从而达到预期的说服效果。

又譬如女朋友常常鼓励男朋友积极上进，一定可以在城市里扎稳脚的。重复的语言其实就起到了心理暗示的作用，这个男人要立足在城市阻力是很大的，但由于心理暗示的作用，他可能就被不断说服着去勤奋，去耕耘，最后有所收获。

同样地，如果想要去说服别人做一件事，可以通过一些相关的言语，让对方想象之后得到的结果如何地美好如意，那么暗示效应起了作用，对方就会在自己的主观控制下，按照你的要求去做好这件事情。

冷读术：许攸建议曹操偷袭乌巢

《三国》本事：许攸建议曹操偷袭乌巢，一战定乾坤

（官渡之战相持不下之时，许攸建议袁绍派一支奇兵直取曹操老巢许都，袁绍不听，反而因其他小事斥责许攸，许攸连夜投奔曹操。）时操方解衣歇息，闻说许攸私奔到寨，大喜，不及穿履，跣足出迎。遥见许攸，抚掌欢笑，携手共入……操曰："子远肯来，吾事济矣！愿即教我以破绍之计。"攸曰："吾曾教袁绍以轻骑乘虚袭许都，首尾相攻。操大惊曰："若袁绍用子言，吾事败矣。"攸曰："公今军粮尚有几何？"操曰："可支一年。"攸笑曰："恐未必。"操曰："有半年耳。"攸拂袖而起，趋步出帐曰："吾以诚相投，而公见欺如是，岂吾所望哉！"操挽留曰："子远勿嗔，尚容实诉：军中粮实可支三月耳。"攸笑曰："世人皆言孟德奸雄，今果然也。"操亦笑曰："岂不闻'兵不厌诈'！"遂附耳低言曰："军中只有此月之粮。"攸大声曰："休瞒我！粮已尽矣！"操愕然曰："何以知之？"攸乃出操与荀彧之书以示之曰："此书何人所写？"操惊问曰："何处得之？"攸以获使之事相告。操执其手曰："子远既念旧交而来，愿即有以教我。"攸曰："明公以孤军抗大敌，而不求急胜之方，此取死之道也。攸有一策，不过三日，使袁绍百万之众，不战自破。明公还肯听否？"操喜曰："愿闻良策。"攸曰："袁绍军粮辎重，尽积乌巢，今拨淳于琼守把。琼嗜酒无备。公可选精兵，诈称袁将蒋奇领兵到彼护粮，乘间烧其粮草辎

重，则绍军不三日将自乱矣。”操大喜，重待许攸，留于寨中。（见《三国演义》第三十回）

媚笑乱弹：许攸建议曹操火烧荔枝

许攸是帮袁绍家管理荔枝林的，建议袁绍买入市面新流传的一种除虫剂，价格虽贵，但防虫除虫功效极佳，却被袁绍怀疑他想要私吞钱财。许攸一气之下，只好找曹操投靠。刚进大院就被人拦截住。许攸说：“我是曹操的老朋友，帮我通传一声，说南阳种荔枝的许攸来相见。”通传的时候，曹操正准备脱衣睡觉，听到老朋友许攸来找他，高兴得忘了穿鞋子，光着脚丫就出去迎接许攸。

曹操远远地看见许攸，笑得只见牙齿不见眼睛，拉着许攸一同走进屋子里。曹操又是斟茶又是递烟，许攸慌忙扶起曹操，问：“你是主人，我是客人。怎么如此谦恭呢？”曹操说：“你是我的老朋友啊，以前我种果树的时候都是向你取的经呢，怎么这么客气呢！”许攸叹息说：“说起惭愧，我不会选择主人啊。以前我在袁绍那边帮他管理荔枝林，他言不听，计不从，实在劝不住，我也灰心了。后来有人提醒我投靠你，帮你管理果林，所以我来找你了，老朋友！希望你能收留我啊。”曹操说：“在你遇上困难的时候，你还记得我这个老朋友，我一定在所不辞，有话好说！我也愿意听听你分析如何有什么好方法管理果林，让我的荔枝收成再创新高。”

许攸说：“我曾经建议袁绍烧掉生虫的荔枝，那么虫害就不会蔓延。后来虫害更严重了，我就推荐他用比较贵的除虫剂，他却以为我要骗钱。”曹操大吃一惊：“如果袁绍听从了你的建议，今年的荔枝树就不会颗粒不收了！”许攸问：“那你现在的荔枝有多少是没虫害的？”曹操说：“胡说，我的果树都没有虫害。”许攸说：“我想事实不是这样的吧。”曹操弱弱地说了句：“只剩一半。”许攸站了起来，准备离开，落下一句：“我用真诚对待你这个老朋友，落难了远道而来投靠你献良方给你治虫害，而你竟然欺骗我，真让我失望啊。”曹操挽留许攸说：“老朋友，你请不要生气，我把实话和你说，我这边的荔枝树只剩三分一是没有虫害的。”许攸大笑着说：

“难怪大家都说你是奸商，今天见了老朋友，果真是这样。”曹操也大笑，说：“难道你没听到‘兵不厌诈’？”说完，二人都笑了起来。

曹操贴在许攸的耳边说：“我们这边只有四分一的荔枝树生的荔枝没虫害！”许攸大声斥骂曹操：“不用隐瞒了，你们的荔枝树全部都生虫了！”曹操愕然，说：“你怎么知道？”许攸拿出上次捡到的信件说：“这封信是谁写的？”曹操惊问许攸：“你从哪里得到这封信？”许攸把获得书信的过程和曹操说了。曹操马上变了态度，假装亲热地握起了许攸的手，说：“我想你既然远道而来投靠我这个老朋友，一定有办法可以教我除去荔枝的虫。”许攸说：“你种果树那么多年，年年丰收，怎么没想到试一下市面上最新研发的除虫剂除虫呢。保证你三天内，就能全部除去荔枝树上的虫。你要不要试一下我的方法？”

曹操大喜，说：“可以做一个尝试！”许攸说：“我这里有一瓶特效除虫剂，你试一下，袁绍为人保守，觉得我建议他买这些新产品是骗钱。你试一下，保准能消灭让你的荔枝树虫害。不出一个月，你的荔枝树丰收，袁绍的荔枝颗粒不收，你自然就占取今年荔枝市场的大份额了。”曹操一听有道理，就马上集中人马商量购入特效除虫剂的事宜。

【解密《三国演义》·冷读术】

冷读术，从字面上理解是在没有事先准备的情况下就读懂了对方的心理。不过，冷读术的神奇不是源于单纯的占卜或者超能力，而是侧重于观察力和分析问题的能力，以至于能够看似毫无准备的情况下就说出了对方的心声。冷读术，用于谈判说服场合，就是一种让对方接受自己的说法或建议的技巧，判断对方的个性、观点、观察对方反应、分析对方话语，再提出对应的言词或行动，来引导其心情与想法，进而赢得信任达到说服目的。

许攸建议袁绍袭击曹操军营的许昌，袁绍没有听取建议，许攸径自投曹操。谈话过程中，许攸看似没有准备，但再三识穿了曹操的骗局。曹操欺骗许攸粮草“可支一年”、“有半年耳”、“军中粮实可支三月耳”，一步步地在许攸的言辞威逼下，曹操说出真相。最后一回合许攸大声斥骂曹操“军

中只有此月之粮”“休瞒我！粮已尽矣！”几番对话里，许攸特别注意“顺势而为”、“因势利导”，与曹操的互动沟通中似乎没有准备，却读懂了对方奸诈、欺骗的心理，而后他缓缓提出偷袭乌巢，火烧粮草的忠告。这时曹操是信任许攸的。因为建立了信任关系，许攸就容易操纵曹操了，曹操就依了许攸的建议，派出精兵往乌巢劫粮。

一个妇女去找风水先生，咨询有关新屋装修风水的问题。在此之前，风水先生肯定是不认识这个妇女的，但是最后风水先生却说服了妇女在他那里购买了一批植物盆栽，打算放在新屋布置风水阵。风水先生是如何说服了妇女呢？其实他用的就是冷读术。风水先生在算风水过程中，会假装若无其事地向你提问，比如说：“嗯，你的新屋下午的时候房间特别热吧？”此类说你新屋不好的话语，会让妇女相信“这个人没去过我家，都知道我的事”，交谈顺利进行，妇女十分相信他。其实在谈话过程中，妇女可能已经透露出相关的一些信息，而风水先生再加工，换个说法说了出来，那么妇女就容易对号入座。冷读术攻心的最大技巧就是，让对方对你产生了信任，那么一切谈判的说辞都好说。之后，风水先生为什么能够说服妇女摆风水阵，购买盆栽等，就不言而喻了。

冷读术是一把双刃剑，我们学会冷读术，对人际交往有正面的影响，受人信任，说服别人的时候可以随心所欲。但是，冷读术也是骗子、风水师、冒牌算命先生的诈骗伎俩。当你无端陷入很信任一个陌生人的情况时，就要思考一下，是不是冷读术在起作用，需要提高警惕吗？技巧本身并没有好坏之分，在于使用者的用心，我们巧用冷读术的同时，也要懂得妙防冷读术。

隔岸观火：郭嘉献谋曹操，袖手除二袁

《三国》本事：郭嘉献谋曹操，袖手除二袁

（官渡之战曹操将袁绍打得一败涂地。袁绍去世后，原来的部队分成两派，分别由其儿子袁尚与袁谭统辖。曹操接着进攻袁军，以图一举统一北方。）建安八年春二月，操分路攻打，袁谭、袁熙、袁尚、高干皆大败，弃黎阳而走。操引兵追至冀州，谭与尚入城坚守；熙与于离城三十里下寨，虚张声势。操兵连日攻打不下。郭嘉进曰："袁氏废长立幼，而兄弟之间，权力相并，各自树党，急之则相救，缓之则相争；不如举兵南向荆州，征讨刘表，以候袁氏兄弟之变；变成而后击之，可一举而定也。"操善其言，命贾诩为太守，守黎阳；曹洪引兵守官渡。操引大军向荆州进兵。（见《三国演义》第三十二回）

媚笑乱弹：袁家兄弟内讧，曹操赢得漂亮

一年冬天，袁绍自家种的橘子遭遇千载难逢的雪灾，血本无归，一时受不了打击心脏病发死了。曹操联系上了南方水果批发市场总部，拿到一批雪前采下入仓藏好的橘子，不惜重本加运费运到这边，想的就是过年独市卖橘子赚个盘满钵满。

袁绍自家种的橘子遇上雪灾全没了，做过年水果生意的优势全失。年

前曹操水果批发和袁家水果批发价格大战，袁家两兄弟被压得死死的，曹操算是占据了中原一带的水果批发生意大部分市场。那批常年来曹操水果批发的批发商都异口同声：“墙倒众人推，老袁死了，他家那小孩嫩得很，我们试一下拉拢平常在他家批发的批发商，把生意全抢过来，把袁家水果批发的家族生意毁掉！”

这时，郭嘉单独找了曹操谈这个事：“大家看到袁家水果批发生意越来越差，价格战需要的就是本钱，他家已经快支撑不下去了，老袁去了，袁大袁小两个根本就把握不住老袁生前的人脉集资，资金流动问题很大，这时如大家说的推一把确实能把老袁的批发生意毁掉，但我是相当反对这事的!”

曹操有点丈二和尚摸不着头脑，反问：“郭嘉你有更好的建议？”

郭嘉：“老袁死了，袁大袁小两个只顾着老袁财产的分割，闹得关系很僵，谁都想拿大份的遗产好发展。争来争去没个结果，内讧得厉害。我们现在出手持续价格战，他俩为了对付我们自然而然就走一块合作，然而我们拖着不压他们，他俩自然就玩价格战窝里斗。我建议呢，我们最近水果价格战就先放放，假装把注意力放在水果罐头那边，静观其变。”

曹操依了郭嘉的意思。

果然袁大袁小内讧加剧，财产分割闹上了法庭，双方就闹起了价格战争个你死我活。两个小子窝里斗得激烈，郭嘉就和曹操密谋好到南方水果批发市场总部谈批发的事，就袁家水果批发的情况和供应商这边谈了，谈好了袁家来进货，必须先转账。资金本就周转困难的袁家两兄弟，就这样被断了批发供应来源。为了尽快出手水果套现，袁大袁小二人玩起了价格战。曹操就隔岸观火，看着两小子最后斗到血本无归，曹操的水果批发就做得风生水起，赢得轻松漂亮。

【解密《三国演义》·隔岸观火】

在兵家战术里，“隔岸观火”指的是避开正在发展的矛盾，等待暴乱、内讧或者对方松懈的关键时机出手，那么已经被削弱战斗力或疏于防范的对方，就能轻而易举被打败了。而用于说服中，这一招主要是巧妙利用了说服

的时差。可以这样理解吧，谈判过程中矛盾不断，不要急着马上要对方妥协你的观点，可以让对方把他的强势发泄过后，站在一边观察记录，“时差”过后，待对方纠结完毕冷静下来，就摆出你的观点，对方才能客观审视，乐于接受你的说法。

郭嘉的见解是在将领们无不主张趁势彻底扫荡二袁时，力排众议提出的。曹操听取了将领群臣纳谏不同的讲法，心理矛盾着咧！郭嘉跟着曹操做参谋的日子里，也是学着点本领的。当曹操犯愁下不了决定的时候，即使他认为其他将领的观点不尽理想，也暂且保持缄默，不反驳不争论。因为若当场给予反驳，激烈争论，不但会使曹操更难以做决定，而且容易引起曹操的反感和不信任。于是，郭嘉等待时机，待到他认为曹操的“时差”调得差不多了，缓缓摆出他的观点，曹操一听，冷静分析分析，觉得由着袁家兄弟争个你死我活，时机来了再坐收渔人之利，确实高明、可行，就欣然接受了郭嘉的意见。

有的时候，你和脾气火爆的上司谈一个你花尽心思做出的方案，正好遇上情绪问题的他看你推销的方案，怎样都不顺眼，觉得达不到他的要求。为了避免争执不欢而散，你可以先试着听取他的意见；或是由着他表达他的情绪，在一旁沉默不作回应。总之，为了避免正面的冲突，说一句“关于今天的方案，我今晚回去好好思考一下，明天再谈”这类的说辞，来削减对方的高昂。“时差”过后，上司头脑风暴完了，才可能冷静听你的。同样的方案第二天推销给他，可能由于时差原因，就会有迥然不同的结果。

所以，同样的道理，当你和对方讨论觉得这个观点不妥当，那样做会比较适合的时候，不妨给对方一个冷却期缓冲一下，隔岸观火静听其论述，时差过后，再重来一遍说服。

激将法：赤壁之战赢在智激孙权

《三国》本事：赤壁之战赢在智激孙权

（曹操大军步步进逼欲消灭刘备及孙权集团，一统天下。诸葛亮到东吴孙权处谋求联合抗曹。舌战群儒后，孔明见到孙权，见他“碧眼紫髯，堂堂一表”，遂定下智激之计。）孔明暗思：“此人相貌非常，只可激，不可说。等他问时，用言激之便了。”……权曰：“今曹操平了荆、楚，复有远图乎？”孔明曰：“即今沿江下寨，准备战船，不欲图江东，待取何地？”权曰：“若彼有吞并之意，战与不战，请足下为我一决。”孔明曰：“亮有一言，但恐将军不肯听从。”权曰：“愿闻高论。”孔明曰：“向者宇内大乱，故将军起江东，刘豫州收众汉南，与曹操并争天下。今操芟除大难，略已平矣；近又新破荆州，威震海内；纵有英雄，无用武之地：故豫州遁逃至此。愿将军量力而处之：若能以吴、越之众，与中国抗衡，不如早与之绝；若其不能，何不从众谋士之论，按兵束甲，北面而事之？”权未及答。孔明又曰：“将军外托服从之名，内怀疑贰之见，事急而不断，祸至无日矣！”权曰：“诚如君言，刘豫州何不降操？”孔明曰：“昔田横，齐之壮士耳，犹守义不辱。况刘豫州王室之胄，英才盖世，众士仰慕。事之不济，此乃天也。又安能屈处人下乎！”孙权听了孔明此言，不觉勃然变色，拂衣而起，退入后堂。……（孙权）同鲁肃重复出堂，再请孔明叙话。……权曰：“曹操平生所恶者：吕布、刘表、袁绍、袁术、豫州与孤耳。今数雄已灭，独豫

州与孤尚存。孤不能以全吴之地，受制于人。吾计决矣。非刘豫州莫与当曹操者；然豫州新败之后，安能抗此难乎？”孔明曰：“豫州虽新败，然关云长犹率精兵万人；刘琦领江夏战士，亦不下万人。曹操之众，远来疲惫；近追豫州，轻骑一日夜行三百里，此所谓强弩之末，势不能穿鲁缟者也。且北方之人，不习水战。荆州士民附操者，迫于势耳，非本心也。今将军诚能与豫州协力同心，破曹军必矣。操军破，必北还，则荆、吴之势强，而鼎足之形成矣。成败之机，在于今日。惟将军裁之。”权大悦曰：“先生之言，顿开茅塞。吾意已决，更无他疑。即日商议起兵，共灭曹操！”（见《三国演义》第四十三回）

媚笑乱弹：孙权受不了刺激

东山是中原一带海拔超过两千米的高山。这类的高山上都有着挑山工，而且不同的山分属不同的挑山工，反正是各有各的地盘，如无特殊情况不能越界抢生意。虽然表面上规规矩矩，但挑山工们暗地里还是有斗争的。诸葛亮是挑山工一队，孙权是挑山工二队，曹操则是挑山工三队。

诸葛亮被挑山工一队的队长刘备派出来视察对手的情况，他发现孙权这边对待曹操的态度大致可以分成两派：一方觉得挑山工二队的人少力量也不够，想和曹操谈加入挑山工三队，借助挑山工三队的力量发展壮大起来；另一方则主张是人少点也没关系，想出良策和挑山工三队硬拼再说。孙权是队长，十五十六地拿不定主意。

诸葛亮去各个山头视察情况，远远就看到孙权，眼睛炯炯有神，堂堂一表人才，心里就想：这个人做的是挑山工，相貌堂堂，心里肯定藏着很多计谋，但却犹豫不决，用言语很难说动他，看来只能打定主意用言语激将，不只是简单地说服。

经过视察，诸葛亮心里有底了，知道想要找孙权下决心和挑山工二队联合起来，对付曹操的挑山工三队，只有言语激他才行。

诸葛亮找到孙权，先是谈起曹操的挑山工三队在山上的时间最长，人多势众，和他抗衡，结果很有可能是一败涂地。话峰一转，诚恳地对孙权说：

“既然曹操挑山工三队势力雄厚，那么何不就依了你们队里挑山工的意思，干脆宣布加入三队好了。”

孙权很不解，便说：“如果像你说的那样，你们一队队长刘备也看到了曹操的势力庞大，怎么不加入三队一起谋发展呢？”

诸葛亮慷慨激昂地说：“早几年，我们一队刚发展时，困难重重，都一步步走过来了，靠的就是自己的力量坚持下来。一队队长刘备白手起家，可是得到我们一队队员一致认可，我们一定会守住靠自己力量打拼回来的事业，就算现在三队那边生意好得很，我们这边有点不顺，甚至有可能到最后一队营运不利导致关门，也不能就此屈服成为三队管辖的属下啊。”

果然，孙权听了诸葛亮的话后，脸色大变，快步退入后堂。可不是，刘备一队那么多坎坷都挺过来了，现在坚守自家发起的事业，就算最后倒闭了也得坚守。这才是英雄啊！合着我就担惊受怕，怕家传的挑山工事业毁于一旦，怕曹操人多势众自己无力对抗？投靠三队生意好起来了也不光彩，靠的是别人的力量呀！真是岂有此理！

这正是诸葛亮要的效果。到后来诸葛亮又对孙权侃侃而谈，说到孙权心花怒放，决意要和一队联合起来对付三队。

【解密《三国演义》·激将法】

激将法自古就是兵家打仗常用的战略，也是一种有力的说服技巧，常用于劝服对方时，用刺激性的语言或者反话故意把困难夸大，说到任务难以完成暗示对方没有能力完成这项任务。这种利用对方的自尊心和逆反心理，激起“不服输”的情绪，达到了说服对方做某事的效果，便是激将法。

赤壁之战前，诸葛亮要说服孙权联合抗曹，能够成功就在于使用了激将法。诸葛亮和孙权会面时，观察到孙权在犹豫不决，决心不够坚定。要想说服这样的对手，用刺激的方式故意正话反说，激起他的自尊需要，达到劝服目的。

作为说服技巧，激将法的使用要因人而异。

首先，激将法的使用是建立在熟悉对方的性格特征和心理特点的基础

上。只有熟悉对方的这些特点，把握尺度地使用激将法才能奏效。当然，还有区别对待对手使用激将法说服。用于朋友，用于敌人，方法也会相应调整。

其次，激将法说服的本质在于激将说服过程要让对方觉得你是站在他的角度考虑问题，为他谋利益。这样的说服才能让对方听得进去。

当你和一个朋友去游乐场玩得时候，朋友有恐高症，却想挑战一下跳楼机，但十分纠结，想玩又怕。这个时候说服朋友玩跳楼机就可以采取激将法，你可以用 “不就是个跳楼机，上去就下来了，简单得很，平常公司那么多挑战性的项目你都能出色地完成，跳楼机这个游戏，你不要告诉我你害怕哦？” “不敢玩跳楼机的人就是胆小鬼！” 这类刺激性的话，直截了当地以贬低、羞辱、挑剔来激怒对方，就像一盆冷水从他的头泼到脚，令对方精神一振。他得到的暗示是，如果他不敢玩跳楼机，他就会被否定，自尊心的心理动因就会起作用，他自然就会抱着试一下的心理去玩跳楼机，就决心要挑战成功，得到肯定。

如果是在职场上对付事业上的一个对手，也不妨用一下这个说服方法。这个月的业绩你俩都相差无几，暗示他不能干，你的业绩肯定会比他好这类信号，目的就在于激怒对方，使之丧失理智，做出错误的举措，自己就能坐收渔人之利。

避实就虚：为荆州诸葛亮巧驳鲁肃

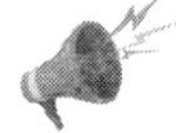

《三国》本事：诸葛亮说服鲁肃，荆州一借不还

（周瑜见孔明袭了南郡，又闻他袭了荆襄，大怒，欲起兵与刘备、诸葛亮共决雌雄，复夺城池。鲁肃恐防曹操乘虚而入，若逼得紧急，刘、曹联合攻打东吴，便劝说周瑜先以理来说服刘备还荆州。）肃曰："吾主吴侯，与都督公瑾，教某再三申意皇叔，前者，操引百万之众，名下江南，实欲来图皇叔；幸得东吴杀退曹兵，救了皇叔。所有荆州九郡，合当归于东吴。今皇叔用诡计，夺占荆襄，使江东空费钱粮军马，而皇叔安受其利，恐于理未顺。"孔明曰："子敬乃高明之士，何故亦出此言？常言道：物必归主。荆襄九郡，非东吴之地，乃刘景升之基业。吾主固景升之弟也。景升虽亡，其子尚在；以叔辅侄，而取荆州，有何不可？"肃曰："若果系公子刘琦占据，尚有可解；今公子在江夏，须不在这里！"孔明曰："子敬欲见公子乎？"便命左右："请公子出来。"只见两从者从屏风后扶出刘琦。琦谓肃曰："病躯不能施礼，子敬勿罪。"鲁肃吃了一惊，默然无语，良久，言曰："公子若不在，便如何？"孔明曰："公子在一日，守一日；若不在，别有商议。"肃曰："若公子不在，须将城池还我东吴。"孔明曰："子敬之言是也。"遂设宴相待。（见《三国演义》第五十二回）

媚笑乱弹：诸葛亮耍得鲁肃团团转

这一次，是鲁肃代表孙权问刘备取回借的五千块。诸葛亮请出刘备的儿子刘琦承诺“物必归主”，把还钱的事推托过去。鲁肃吃了一惊，沉默了好一阵才说：“假设有一天刘琦去了天堂，我该去哪里取回借出去的钱啊？”诸葛亮说，这个，刘琦身体好好的，哪会说去就去，真发生这事了，咱们再商量！”鲁肃连忙说：“刘家少爷不在了，也必须把钱还给孙权。”诸葛亮默许。

说来也巧，刘琦喝酒过量，酒精中毒，一命呜呼。鲁肃就以吊丧的名义来找刘备还钱。谁料想，诸葛亮脸色大变，发怒：“你们孙家的钱？想当初，你们是占了刘家的地种香蕉手里才有点钱，这么多年了，你们占去的地又给了多少地租我们，以前借了你们一点钱，你们就口口声声讨债，账算清了，你们还该给我们钱呢！上次老曹来捣乱，要不是我们出手帮你们，你们家香蕉树全被他们毁掉了，你们应该感激我们才是！”鲁肃这老实人，吓唬不得，稍微大声对他说，他就哑口无言了。他发了半天呆才说：“我看你说得蛮有道理，可却让我很为难。”诸葛亮问：“有什么为难的地方？”鲁肃说：“当初，老曹来捣乱欺负你们两家人，主张刘备和孙权联合对抗老曹的牵线人是我；后来，周管家要放火烧你们家的橘子林逼你们还五千块，又是我拦住；至于你们答应了刘琦死后就还钱的事儿，也是我打保票。现在你们说话不算话，我怎么回去交待？就怕孙老爷和周管家怪罪我，我被骂了没关系，就怕孙老爷在外面乱说话污蔑刘备，被外面的人耻笑呀！”诸葛亮以退为进，推辞说：“那么我写张欠单给你们，等到过了年橘子丰收卖到好价钱，手头宽松一点我们就还那五千块。”刘备亲自写了借条，诸葛亮做担保人，刘备、诸葛二人押了字，鲁肃无奈，也只能听从押了字。

鲁肃回到孙权家见周瑜，周管家看了借条后，狠狠地指着鲁肃说：“你你你，你真是个老实人，你这是中了诸葛亮的计谋，难道刘备家说他手头紧，资金周转有问题，就一直拖着不还钱吗？他家有没有钱周转，也只有他知道呀。你做保证人，他要是耍无赖不还，孙老爷怪罪下来还是怪到你头上。”鲁肃竟然还天真地觉得：“不会的，刘备是个守信用的人！他不会骗

我的。”周瑜说：“做生意，无奸不商，他们哪有安什么好心肠？”就这样，鲁肃到最后还是没有要回那五千块死债。

【解密《三国演义》·避实就虚】

鲁肃三番四次给力地劝说刘备还荆州，还是落了个有借无还的下场，是被聪明的诸葛亮用了避实就虚的说服策略攻破。鲁肃想用东吴杀退曹兵，救过刘备的恩情，以及刘备夺取荆州襄不厚道两个理由说服诸葛亮归还荆州。诸葛亮面对鲁肃的说辞，静观其变，既然无法正面否定鲁肃的两大理由，那么就试一下避实就虚，绕绕弯子。诸葛亮用荆襄本属于刘景升，如今刘琦占据有何不可的内容反击鲁肃，再表示，只有刘琦不在了，才可能把城池归还东吴。

可以留意到诸葛亮的说辞中，简单承认荆州必须“物归原主”后避实就虚，避开了鲁肃提到归还荆州的两大理由，迂回出击，表示一定会还荆州，但是带有一定的条件。只有刘琦不在了，才能商议归还之事，一下子把思维绕弯到刘琦和荆州的关系上。鲁肃显然被控制了，落入诸葛亮虚设的圈套，诸葛亮死守“就虚”政策，鲁肃不攻自破。

男士对画廊里展出一幅二流画家的抽象画有点感兴趣。画廊老板说：“这幅画很有意思，文化层次低一点的人都不懂欣赏。”男士付钱买走了画。这就是避实就虚的巧妙应用。老板点出了欣赏这幅画需要艺术修养，避开了谈论这幅画是否有价值，而是把焦点放在了买这幅画的人，如果买走这幅画的人必然都有一定的文化。而男士当然不可能承认自己没有艺术修养，很自然也就被说服买走这幅画。

避实就虚，主要是“避实”，避开主要矛盾，尤其是说服过程中正面交锋不利的情况，间接寻找过渡点“就虚”。“虚”可以是与“实”相对的东西，也可以是对手的弱点之处，都是为了更好地实现“避实就虚”而攻心，让对方的心理受你控制，你得以趁虚而入。

提示引导：刘备说服诸葛亮保魏延命

《三国》本事：刘备说服诸葛亮保魏延命

（赤壁之战后，关羽为刘备攻取长沙，并招降大将魏延。诸葛亮认为魏延“脑后有反骨”，欲杀掉魏延以绝后患。）云长引魏延来见，孔明喝令刀斧手推下斩之。玄德惊问孔明曰：“魏延乃有功无罪之人，军师何故欲杀之？”孔明曰：“食其禄而杀其主，是不忠也；居其土而献其地，是不义也。吾观魏延脑后有反骨，久后必反，故先斩之，以绝祸根。”玄德曰：“若斩此人，恐降者人人自危。望军师恕之。”孔明指魏延曰：“吾今饶汝性命。汝可尽忠报主，勿生异心，若生异心，我好歹取汝首级。”魏延喏喏连声而退。黄忠荐刘表侄刘磐——现在攸县闲居，玄德取回，教掌长沙郡。四郡已平，玄德班师回荆州，改油江口为公安。自此钱粮广盛，贤士归之；将军马四散屯于隘口。（见《三国演义》第五十三回）

媚笑乱弹：刘备力挺魏延留广告公司

魏延是个才华横溢的青年，只是三番四次投简历都是进到四流的公司，遇到三流的上司，一直都没有什么成绩。在一次广告策划比赛中，魏延的牙膏广告策划别出心裁，打败了呼声很高的韩玄，如愿以偿地带着一点点成绩，准备去刘氏广告策划公司应聘。

刘备旗下的广告公司在业内数一数二，向来只招创意无限的有才青年，该公司承诺本次广告策划比赛的前三名都可以自动成为刘氏旗下的员工，接受培训后可正式上岗。不料，人力资源部经理诸葛亮一看到魏延，就给了他一个下马威，要把他赶出公司。恰好，刘备走进公司门口，魏延连忙走了过去，把广告策划比赛的得奖方案拿给刘备过目。

刘备和诸葛亮回到办公室继续谈是否招魏延的事情。诸葛亮是个特信风水、命理的人，他不招魏延的原因很牵强，说魏延“脑后有反骨，久后必反”，而且不忠不义。广告公司最忌的就是出卖公司点子的人，为了防患于未然，诸葛亮表示一定不能招魏延进刘氏。魏延没见惯大场面，此时哪里敢好好展示自我，只好诺诺连声而退。

但刘备却说：“如果魏延得奖了，我们把他拒千里之外。恐怕广告策划大赛得奖的人也会惶恐不安，不能安心留在刘氏工作。你的人事工作也很难开展呀！”诸葛亮指着魏延说：“既然刘总开口了，我就让你来刘氏做事。你一定要忠心耿耿为公司工作，不能藏有二心。我一旦发现你想造反，一定会把你辞退。”

就这样，刘备说服了诸葛亮，把魏延招到公司。在刘备的信任和偏爱下，魏延争取到很多机会立功获奖。

【解密《三国演义》·提示引导】

提示引导法是把一句话大致分成前因后果的句式表达，起到潜意识说服的作用。只要是牵引后果连贯，所提示的内容能起到催眠对方的作用，再加上适当的引导词就容易使对方产生心理影响，从而认可了你的说服。提示引导一般有两种方式，第一种方式是采取“而且”、“并且”这类递进式连接词，比如：“小姐，你要去的火车站，离这里有很远一段距离，而且现在油价一直升，我生意也不好做呀，这个价格蛮公道的。”第二种方式是用“会让你”、“使到你”这类引导式说法，比如：“家里饮用这种天然的山泉水，会使你们家人的身体健康得到保证。”

《三国演义》中，刘备和诸葛亮对待魏延的态度一直都是截然不同的：

刘备信任且偏爱魏延，给魏延立功受奖的机会；而魏延不符合诸葛亮的用人策略，一直得不到他的重用。长沙一战，黄忠、魏延投降刘备，关羽义释黄忠，而对于魏延，诸葛亮观其“脑后有反骨，久后必反”，长远考虑，就想直接杀死魏延。在此情况下，刘备说了两句话“若斩此人，恐降者人人自危。望军师恕之”便保住了魏延的性命。这句话可以这样去理解，刘备帮诸葛亮假设，如果斩了魏延，恐怕会使投降的人都觉得自己不安全。采取“会让你”、“会使你”这一类的语言属于提示引导句式，起到的作用是把正在想着魏延会反骨，对我军不利的诸葛亮，提示引导，把他的注意力转移到这样做也可能导致投降的人产生不安，对我军造成更大的弊端。既然这样决定弊大于利，那么诸葛亮只能慎重考虑，选择放过魏延。

实例中很好地阐述了利用提示引导词的方式，转移说服对象的注意力，达到说服效果，而我们也可以将此方法灵活应用于现实生活中。你想要上司加薪，试一下提示引导法，可说：“老板，现在物价上升，公司生产成本上升我们也是知道的，同时会让你想到我们生活负担重，适当的加薪可以为您更好地凝聚公司员工哦，而且您一向都很体恤我们员工。”这句话运用了提示引导方法的两种表达方式，并把说服对象的抗拒程度降低，那么说服成功的几率就很大。

提示引导的目的常常是为了说服，特别是在请求、谈判或是辩论的过程中，适当的提示引导语言能使说服对象形成潜意识。潜意识是一些不明显的、不露在表面的大脑认知、思维等心智活动，会产生意想不到的影响，往往可以达成想要的结果。

把握对方心理需求：诸葛亮写信赞关羽

《三国》本事：诸葛亮一封书信平息关羽好胜心

（刘备攻打益州之时，召降了名将马超。镇守荆州的关羽知马超武艺过人，要入川来与之比试高低。）玄德大惊曰：“若云长入蜀，与孟起比试，势不两立。”孔明曰：“无妨。亮自作书回之。”玄德只恐云长性急，便教孔明写了书，发付关平星夜回荆州。平回至荆州，云长问曰：“我欲与马孟起比试，汝曾说否？”平答曰：“军师有书在此。”云长拆开视之。其书曰：“亮闻将军欲与孟起分别高下。以亮度之：孟起虽雄烈过人，亦乃黥布、彭越之徒耳；当与翼德并驱争先，犹未及美髯公之绝伦超群也。今公受任守荆州，不为不重；倘一入川，若荆州有失。罪莫大焉。惟冀明照。”云长看毕，自绰其髯笑曰：“孔明知我心也。”将书遍示宾客，遂无入川之意。（详见《三国演义》第六十五回）

媚笑乱弹：关羽爱臭美

有一天，刘备正在和诸葛亮摆龙门阵，有人通报说关羽派儿子关平来表示感谢他转账的钱。关平送上关羽的信函一封，说：“我爹知道马超打麻将出神入化，就想来这边和他赌一把较高下，现在想和伯父您打声招呼先。”刘备听完，大惊：“如果关羽来四川与马超赌麻将，两人性格都急，无法预

计麻将桌上会发生什么呀！”诸葛亮淡定得很：“没事，我帮你写个信让关平带回去。”刘备就怕关羽性子急，只好让诸葛亮写个信交给关平连夜赶回荆州。

关平回到荆州，关羽问：“我打算和马超麻将场上一较高下的事儿，你可有和你刘大爷说了？”关平答：“诸葛亮回了一封信在这里是给爹您的。”关羽把信拆开，信里写得内容是：“我诸葛亮听说了你想和马超打一把麻将分个胜负，以我的愚见呀，马超这小子平常就爱逗着周边的人砌长城，要点小聪明赢了就大肆宣传，和别人斗麻将技巧神马的就马超这种爱逞匹夫之勇的人才会去干！他和你可不是同一档次上的人!你呀，麻将高手不仅技术过硬，而且牌品一流，蜀国一带的都知道你的赌神风采啊，可想而知你的地位如何之高，还怎么敢和你斗牌技呢？”

关羽本来自以为是是蜀国的麻将第一高手，无论是麻将技术，还是牌品，均为首位。前段时间是看到刘备对马超非常喜欢，心理不平衡，担心马超的光辉盖过自己，“赌神”的称号不保，便提出要赌一把证明点什么的。现在看到诸葛亮信里写的话，心里爽得很，得意洋洋地将书信传阅，让大家再次肯定他“赌神”的重要位置，虚荣心得到超额的满足。

【解密《三国演义》·把握对方心理需求】

把握一个人的心理需求，是指在自然的交谈环境下，通过利用沟通中的语言、手势、表情、行动或某种符号等方式，满足到对方精神层面的需求，诸如安全需求、尊重需求、自我实现需求等。说服别人前必须把握对方心理需求，顺其意而为之，否则，当大家需求不同时就会使对方产生心理障碍，觉得自尊受损，你的要求无法让他达成自我实现等等，致使说服不成功。

按照马斯洛理论把人的需求分成生理需求、安全需求、社交需求、尊重需求和自我需求五类。后四个都是基于人在生理上得到满足，在心理上有一定的需求。故事中，心性高傲的关羽看到了马超才刚投降刘备，还没立下多少汗马功劳，就得到了封侯及赐赏的对待。一向高高在上的关羽自然受不了有人灭了他威风，誓要和马超比武，一决高下。可以这么概况，关羽要和马

超比武的初衷就是想满足心理需求，尤其是自我需求的欠缺。而诸葛亮能说服关羽的关键，就在于他把握住关羽这一点，淡定地用一封信解决了两大将比武的事情。他的回信内容，既贬低了马超的身份和能力，又大力吹捧了关羽的“绝伦超群”的神威，充分满足了关羽需要认同的尊重需求，即便不比武，他还是被认可在一个高的位置，还表现出他的风度，关羽自我需求得到满足，所以诸葛亮的一封信函，不费吹灰之力，就说服了关羽。

同样的，销售者要做成生意，整个过程都是在把握顾客的心理需求，并逐步满足，最后才可能说服顾客成交。第一步是说话礼貌，耐心解答，让顾客看到合作的诚意。这一步其实就是在满足顾客的安全需求，心理上认可了销售者，才可能建立信任。接着，销售人员在介绍产品时不要一味推销产品有多完美，而要留心顾客的心理变化。一般顾客都会希望用低的价钱买到好的产品，但又特别希望降价是由销售人员提出来。所以销售人员要明显做出降价让利，让顾客内心渴望被尊重的需求得到满足。最后，说点适当的赞美语言“你真有眼光”等，满足顾客社交的需求。

在这些实例中，我们看到了什么呢？无论是诸葛亮还是销售人员都是非常注重把握对方的心理需求，一步步满足对方自尊、社交、安全等方面的心理认同，而且在迎合对方的时候做到滴水不漏，对方才会心甘情愿地被说服去行动。

在现代社会，人们较容易解决生理需求的满足，但心理需求越来越难以满足。你希望别人对你提条件的同时能满足你的心理需求，就最好要先去那样对待别人。你想让他人接受你的说服，就应该设身处地试着通过别人面部表情、眼神、言谈和兴趣等剖析他人的心理，试着尊重对方，建立信任，逐步满足人对安全、社交、尊重等心理的需求。

第二章

巧施心理暗示

解读《三国演义》中谈判场合的攻心术

◉ 克服认知不协调：张辽说服关羽降曹
◉ 以假乱真：周郎佯醉骗蒋干
◉ 合作双赢：孙权遗书退老瞒
◉ 让利诱惑：杨松遂引黄权说服张鲁
◉ 提问有利说服：李恢劝降马超
◉ 踢皮球谈判术：诸葛瑾索荆州反复奔走
◉ 零和游戏原理：邓芝说服吴蜀结盟抗魏
◉ 权利限制谈判术：司马懿千里请战

克服认知不协调：张辽说服关羽降曹

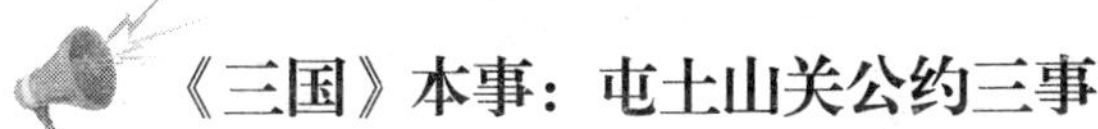

《三国》本事：屯土山关公约三事

（曹操进兵攻取刘备占据的徐州，又将关羽诱出下邳城，将其围困在土山上。张辽关羽的朋友的身份上山劝关羽投降。）关公迎谓曰：“文远欲来相敌耶？”辽曰：“非也。想故人旧日之情，特来相见。”遂弃刀下马，与关公叙礼毕，坐于山顶。公曰：“文远莫非说关某乎？”辽曰：“不然。昔日蒙兄救弟，今日弟安得不救兄？”公曰：“然则文远将欲助我乎？”辽曰：“亦非也。”公曰：“既不助我，来此何干？”辽曰：“玄德不知存亡，翼德未知生死。昨夜曹公已破下邳，军民尽无伤害，差人护卫玄德家眷，不许惊扰。如此相待，弟特来报兄。”关公怒曰：“此言特说我也！吾今虽处绝地，视死如归。汝当速去，吾即下山迎战。”张辽大笑曰：“兄此言，岂不为天下笑乎？”公曰：“吾仗忠义而死，安得为天下笑？”辽曰：“兄今即死，其罪有三。”公曰：“汝且说我那三罪？”辽曰：“当初刘使君与兄结义之时，誓同生死。今使君方败，而兄即战死，倘使君复出，欲求兄相助，而不可复得，岂不负当年之盟誓乎？其罪一也。刘使君以家眷付托于兄，兄今战死，二夫人无所依赖，负却使君依托之重。其罪二也。兄武艺超群，兼通经史，不思共使君匡扶汉室，徒欲赴汤蹈火，以成匹夫之勇，安得为义？其罪三也。兄有此三罪，弟不得不告。”公沉吟曰：“汝说我有三罪，欲我如何？”辽曰：“今四面皆曹公之兵，兄若不降，则必死；徒死无

益，不若且降曹公，却打听刘使君音信，如知何处，即往投之。一者可以保二夫人，二者不背桃园之约，三者可留有用之身。有此三便，兄宜详之。”公曰：“兄言三便，吾有三约。若丞相能从，我即当卸甲；如其不允，吾宁受三罪而死。”辽曰：“丞相宽洪大量，何所不容。愿闻三事。”公曰：“一者，吾与皇叔设誓，共扶汉室，吾今只降汉帝，不降曹操。二者，二嫂处请给皇叔俸禄养赡，一应上下人等，皆不许到门。三者，但知刘皇叔去向，不管千里万里，便当辞去。三者缺一，断不肯降。望文远急急回报。”张辽应诺，遂上马。回见曹操，先说降汉不降曹之事。操笑曰：“吾为汉相，汉即吾也。此可从之。”辽又言：“二夫人欲请皇叔俸给，并上下人等不许到门。”操曰：“吾于皇叔俸内，更加倍与之。至于严禁内外，乃是家法，又何疑焉！”辽又曰：“但知玄德信息，虽远必往。”操摇首曰：“然则吾养云长何用？此事却难从。”辽曰：“岂不闻豫让‘众人’‘国士’之论乎？刘玄德待云长，不过恩厚耳。丞相更施厚恩以结其心，何忧云长之不服也？”操曰：“文远之言甚当，吾愿从此三事。”（见《三国演义》第二十五回）

 媚笑乱弹：关羽跳槽跟了曹操混日子

早几年，刘备、关羽、张飞三人商海沉浮中惺惺相惜，想一起联盟起来把房地产生意做大，就在张飞家的桃花别墅中对天盟誓说：“刘备、关羽、张飞三人公司互助合作，以后大家赚钱了有福同享，遇上危机了有难同当！”

但是，曹氏房地产财力雄厚，一一把三人公司逼上绝路，刘备、张飞趁乱就带着钱财逃去了外国，关羽这老实人还担心刘家的老婆没人照顾，死活没远走高飞。关羽的境遇很糟糕，没有落脚的地方，还有家庭负担，还要照顾刘家的大嫂。这时，曹操想把关羽挖槽到曹氏集团帮忙。这种情况下，关羽就像是一个忠贞烈女，嫁了个无用丈夫，被事业有成的曹操看上，非要得手不可。怎么办呢？这种烈女，不能硬逼就范！逼急了，他也收拾包袱远走，不就是白忙活。曹操老谋深算很是明白这个道理，于是派张辽去劝。

张辽来到关家，上来先不说曹操，排除了他会远走的可能。说的点在

于，关羽老兄你年少气盛，正是要创一番大事业的时候，要是放弃眼前的大好前途，一走了之，老天都会责怪你无情无义，辜负爸妈养育恩，违背朋友的托付之情。更何况，你还帮刘备照顾着老婆，一走了之能对得起刘老板吗？一走多悲剧，既是无情又是不忠。关羽在行内一向是被评为形象最好的，自然就顾及到脸面，自然点头说好。好，不远走。

接着，曹操叫集团的财务出手，用高薪诱惑处于困境的关羽。这时不用人劝，关羽就想着要不要跳槽去曹氏集团了，只是碍于情面，没说出口。曹操再让张辽去，张辽说："关大哥，你就来曹氏和我们共事吧，今年业绩再创新高，你来了一定不会亏待你，五保一金照样帮你买！"关羽找个台阶下，提出只会在曹氏做事领工资，不入职，打听到刘大哥下落，马上走人。还是嘴硬呗，曹操听了，奸笑着，想：好好好，能加入我们集团，签了合同，我看他怎么飞出我手掌心！

【解密《三国演义》·克服认知不协调】

在这一小节里，张辽做的是劝降这等难办的差使，用的是克服认知不协调的良方，即说服对方在极短时间内对自己此前奉行不悖的价值理念进行颠覆性调整。

关羽向来是忠臣的代表人物，从没想过要背叛刘备另投他人，这是他一贯的信念和态度。投降行为对于关羽这种定势思维是格格不入的。但是，形势所逼，如果不投降就死路一条。关羽功业未成就此赴死，也是他不心甘情愿的。关羽的内心冲突达到高潮。

作为说服者的张辽，想让关羽投降，就需要提供一个足以克服认知不协调的理由。张辽列出关于赴死的负面效应：第一，赴死同样违反当年桃园结义的誓言；第二，赴死后刘备夫人得不到照顾，落入虎口，辜负了刘备嘱托；第三，逞匹夫之勇牺牲了更对不起刘备。这三方面的分析有效地切断了关羽对死和"忠义"之间的认知惯性链接。

此时，关羽只是动摇，但并未投降。张辽提出解决方案是投降，并分析好处，巧妙地化解了关羽内心对投降的抵触。结果关羽提出了退一步的

有条件投降。

由此，我们可以看到认知不协调的克服在说服中的重要性。从心理学的角度来说，人都有保持一致性的内在需求。当两种截然不同的想法和信念同时出现的时候，就会失衡，从而出现认知不协调的现象。很多说服工作之所以失败，就是因为说服者无法让说服对象克服内心的认知不协调，说服对象为了保持自己的心理舒适感而选择坚持原先的立场、观念以保持一致性。就好比猎头说服一个经理跳槽到新的公司，经理本身是个对公司无异心的人才，必然是要针对说服对象在两种不同的价值取向、利益诉求、思维方式形成的认知冲突，找到克服对方认知不协调的途径。首先说出跳槽对于公司的影响，经理本来所处的公司，即便他留或走，公司的变好抑或变坏都是在规律之内的事情，而不是因为他的跳槽直接影响了什么；假设进入新公司，更好地发挥他自身的长处，实现价值，对于原有公司的人才培养也是一种认可。总之，说服点在于围绕对方内心认知不协调的克服，只要抓住了本质，一定可以巧妙攻心，不战而胜。

以假乱真：周郎佯醉骗蒋干

《三国》本事：周郎上演醉后吐真言假戏，反间大胜

（周瑜于三江口败操兵，欲除水军都督蔡瑁、张允。曹操稍输一阵，挫动锐气，派出蒋干往说周瑜来降。周瑜晚上与蒋干同榻而睡，蒋干偷偷观察到蔡瑁、张允给瑜降书。）至夜深，干辞曰："不胜酒力矣。"瑜命撤席，诸将辞出。瑜曰："久不与子翼同榻，今宵抵足而眠。"于是佯作大醉之状，携干入帐共寝。瑜和衣卧倒，呕吐狼藉。蒋干如何睡得着？伏枕听时，军中鼓打二更，起视残灯尚明。看周瑜时，鼻息如雷。干见帐内桌上，堆着一卷文书，乃起床偷视之，却都是往来书信。内有一封，上写"蔡瑁张允谨封。"干大惊，暗读之。书略曰："某等降曹，非图仕禄，迫于势耳。今已赚北军困于寨中，但得其便，即将操贼之首，献于麾下。早晚人到，便有关报。幸勿见疑。先此敬覆。"干思曰："原来蔡瑁、张允结连东吴！"遂将书暗藏于衣内。再欲检看他书时，床上周瑜翻身，干急灭灯就寝。瑜口内含糊曰："子翼，我数日之内，教你看操贼之首！"干勉强应之。瑜又曰："子翼，且住！……教你看操贼之首！……"及干问之，瑜又睡着。干伏于床上，将近四更，只听得有人入帐唤曰："都督醒否？"周瑜梦中做忽觉之状，故问那人曰："床上睡着何人？"答曰："都督请子翼同寝，何故忘却？"瑜懊悔曰："吾平日未尝饮醉；昨日醉后失事，不知可曾说甚言语？"那人曰："江北有人到

此。”瑜喝：“低声！”便唤：“子翼。”蒋干只妆睡着。瑜潜出帐。干窃听之，只闻有人在外曰：“张、蔡二都督道：急切不得下手，……”后面言语颇低，听不真实。少顷，瑜入帐，又唤：“子翼。”蒋干只是不应，蒙头假睡。瑜亦解衣就寝。（见《三国演义》第四十五回）

媚笑乱弹：周瑜醉后真言做假戏

蒋干向曹操毛遂自荐到孙氏集团说服周瑜跳槽。这一天，周瑜正在办公室忙，秘书通传蒋干来拜访。周瑜心里已经猜到蒋干来意，眉头一皱，计上心头，吩咐秘书把蒋干带到办公室。两个老同学好多年没见面，寒暄一番，周瑜挽着蒋干准备去吃饭，还请来公司的其他员工作陪。周瑜叫秘书斟酒，说：“蒋干和我是老同学，虽然是在曹氏集团工作，但是今天他来找我是朋友叙旧，不谈公事。”蒋干听了，面如土色，哪敢多言！周瑜接着说：“平时都不大爱喝酒，今天我们俩叙旧一定要喝他个一醉方休！”说完，就叫服务员拿来稻花香、茅台酒，开怀畅饮。

喝到一半，周瑜举杯祝酒说：“谢谢大家在孙氏集团对我的支持，今天蒋干来看我，能召集大家一起来吃顿饭，我开心得很。来，继续喝。”就这样，周瑜众人喝到酩酊大醉。

喝完酒，将干自然要把醉醺醺的周瑜送回家中，周瑜说道：“我们俩很久没有一起聊聊天了，要不你今晚留在我家里睡，我们谈谈心。”说着，周瑜就迷迷糊糊睡过去了。

蒋干有心事，想起在曹总面前夸下海口，这回该怎样交代呢？玩到凌晨两点，很快就要天亮，还谈什么心，蒋干一点心情都没有。他看到周瑜呼呼大睡，自己就在房间里踱来踱去，在办公桌前停了下来，随手翻起周瑜的文件夹偷看。突然看到一份文件，仔细一看是曹氏集团的员工蔡瑁和张允暗里串通周瑜做事的一些协议内容。蒋干看完，大吃一惊，就慌慌忙忙把文件藏起来，正想继续看其他文件，听到周瑜冒出一句：“蒋干，我们继续喝。”蒋干口里含糊答应着，连忙回到床边，也睡了下去。

早上回到公司，蒋干也坐在周瑜的办公室，秘书对周瑜说：“周经

理，蔡瑁和张允……”周瑜连忙止住他，示意蒋干在旁边，不方便说话。秘书咬着周瑜耳朵小声说，声音小得听不到，蒋干心里很着急，但又不敢轻举妄动。等到秘书说完悄悄话，蒋干也识趣地和周瑜说，有事要先走了，下次再找时间叙旧。

其实，这是周瑜布下的反间计。他知道曹氏集团的蔡瑁和张允是电脑高手，能够轻易入侵其他公司的电脑，盗取商业机密，造成威胁。所以就设下这样的一个圈套，等蒋干自愿跳进去，好让曹操把蔡瑁、张允炒掉。等到曹操发现的时候，为时已晚。

【解密《三国演义》·以假乱真】

以假乱真，用假象冒充，混乱视线，让对方信以为真。造假要造得巧妙，造得逼真，才能使对方上当受骗，信以为真，作出错误的判断，采取错误的行动。你计谋是希望说服对方如斯这般去做，真实地把情况说明，不一定能得到认可，而巧妙地用以假乱真的方法，能“骗”到对方如你所愿。所以，以假乱真的攻心说服方法多用于对付敌人。

从蒋干走进东吴军营的那一刻，他就注定了是周瑜策划的一场戏里的配角，而且被周瑜玩弄于股掌之中。周瑜巧妙地把敌方的间谍蒋干为他所用，也假借叙旧的名义设宴劝酒，一杯接一杯，假装酩酊大醉。蒋干走进设定好的圈套，偷看周瑜的书信，看到了伪造的投降书，回去告诉曹操。曹操错手杀了“被投降”的蔡瑁和张允。周瑜的造假造得合情合理巧妙之极，蒋干也远不是周瑜的对手，完全被蒙在鼓里，信以为真，本来他是来劝降周瑜的，到头来还被周瑜的以假乱真骗到，如周瑜设计的效果，被说服回到曹营，成就了周瑜的反间计。

纵横江湖，难免会有很多骗局，最常见的骗局就是骗子善于以假乱真，说服无知妇孺上当受骗。

山寨版的高仿手机，无论是款式、颜色，还是按键、商标，都和原版手机有九成相似，粗略看还真能以假乱真，那么手机销售员就可以借能以假乱真的手机，利用消费者用便宜的价钱买高档的货品的心理，用低价诱惑消费

者，让消费者以为占到便宜，就容易被说服购买这些山寨的手机。

做传销的人利用的也是以假乱真的招数，说服他人上当受骗。传销的组织会不断培训、上课，填鸭式地麻木传销员的思想，而他们不断说服别人做传销的手段是以假乱真。传销，有时是假的商品，甚至是没有销售的实体物品，就是靠制造假象，让别人以为做传销能够赚很多钱，只要像他一样不断地去说服别人加入传销，那么创造的利润就可以像雪球一样不断地越滚越大。那么，出于各种心理，人就容易被说服，从而上当受骗。

我们要认识到骗子以假乱真，利用人的心理说服别人掉进设计好的陷阱，知道这种说服方法的原理，才能分清真伪，防止被骗。

合作双赢：孙权遗书退老瞒

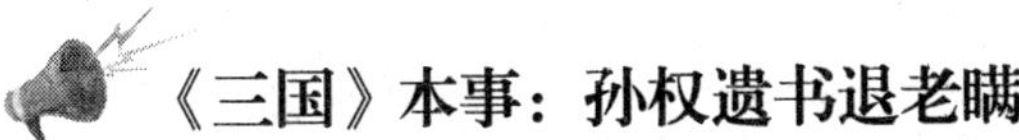

《三国》本事：孙权遗书退老瞒

（孙权迁居秣陵，修筑以防曹操。操、权交战濡须，操败；又战，不胜。曹操心有退兵之意，又恐孙权耻笑，进退未决，得孙权书，乃退。）忽报东吴有使赍书到。操启视之。书略曰：“孤与丞相，彼此皆汉朝臣宰。丞相不思报国安民，乃妄动干戈，残虐生灵，岂仁人之所为哉？即日春水方生，公当速去。如其不然，复有赤壁之祸矣。公宜自思焉。”书背后又批两行云：“足下不死，孤不得安。”曹操看毕，大笑曰：“孙仲谋不欺我也。”重赏来使，遂下令班师，命庐江太守朱光镇守皖城，自引大军回许昌。（见《三国演义》第六十一回）

媚笑乱弹：老曹甘心撤退

孙权和曹操的部落在狮子林盘踞，双方僵持。孙权想，这样下去也没有什么便宜占，休息的时候做了一个可怕的噩梦——天公不作美，春天的绵绵细雨下个不停，部落的兄弟都饱受泥土之苦，而且最近后勤打猎获得的食物不够充分，想要退出狮子林，不争这块地盘了，又怕被人耻笑！

无可奈何之下，他写了一封信给对手曹操：“我和曹首长都想争狮子林这块地，我们这边人是越来越多，地却不够用，才想着占据狮子林扩充我们

的地盘。曹首长你们土地多得很，大动干戈和我们争个你死我活，这不是仁君的行为啊！现在又恰逢春季，细雨绵绵，曹首长适宜撤退，要不然就有可能遭遇刘备部落的袭击。你考虑一下吧！”书信的背后还写了两句话：“我不死的话，你怎么会心安呢？”

曹操收到了孙权的信，看到背后的批注，话说到了他的心坎上，是啊，你孙权不死，我曹操岂能心安呢？彼此彼此呀，但也是没办法的事呀！想当初我约刘备喝酒，说到孙部落的孙策是借了老爸的名义才做到首长，没有真材实料，万万没想到孙坚还有一个儿子叫孙权。当时也不过是个小屁孩，现在长大了却能和曹刘比拼，我失算啊，失算！

想想看，他失算的又何止是这些呢？当天徐庶推荐诸葛亮是个人才，他不以为然，后来就是这个被他看不起的诸葛亮烧得他一塌糊涂，和刘部落的好几回斗争都败给了诸葛亮的诡计！

反过来看孙权吧，没有刘部落那帮人的奸诈，一是一，二是二，怕就是怕，不安就是不安，要我部落撤退我也心甘情愿呀！况且我本来也打算要撤退了，反正就不能给刘备渔翁得利的机会！于是孙权的书信真让曹操把部落撤退出了狮子林。

【解密《三国演义》·合作双赢】

在现实生活中，处处都存在着合作的可能，处处都体现着合作所产生的效果。用合作作为卖点，说服对手换得双赢局面。

孙权遗书退老瞒，卖的点子就是合作！两军相拒一个多月，又赶上春雨连绵，水港皆满。曹操担心打不过孙权，这时，孙权写信来劝曹操退兵，曹操当然不会放过这个机会。另外，刘备有可能趁着曹孙开战，渔翁得利。双方都不想打，更不想就此便宜了刘备，孙权写的信也就顺利地说服曹操退兵了。合作是双赢的前提，双赢是说服的基础。提出合作才有可能使得双方都有利益，双方获得利益促进了说服方和被说服方的谈判走到同一个点子上。

初期创业者找到了适合的合作伙伴，但苦于创业刚起步，没有优越的条件吸引合作伙伴，这时该如何说服伙伴加入自己的团队一起创业呢？这时就

可以考虑用合作双赢的说服技巧。说服过程要注意以下三点：第一，这个合作对对方是有益的；第二，这个合作对自己是有益的；第三，对方能够判断出这个合作对你我都是有益的。其他说服的话不要多说，对方就能主动地被说服。

合作双赢的说服技巧充分说明了说服的核心思想，说服之难，不在于说，而在于服；不在于你赢，而在于双赢。单凭口头的甜言蜜语是无法让对方心悦诚服的，更不能真正改变对方的态度和思想。正因为如此，说服对方按你思路去做事，会使得你和他同时有一定收获，才能让对方主动行动起来。

让利诱惑：杨松遂引黄权说服张鲁

《三国》本事：杨松遂引黄权说服张鲁

（马超在陇西连破数城，待攻冀城。参军杨阜说服表兄姜叙出兵回击马超，曹操也派出兵力助姜叙，马超抵挡不住，逃往汉中投效张鲁。张鲁知道马超神勇，想把女儿嫁给他，大将杨柏、杨松亦有图马超之心，这时恰好刘璋也派出特使黄权求救于张鲁。黄权先去见杨松，让利诱惑杨松引见张鲁。）权先来见杨松，说："东西两川，实为唇齿；西川若破，东川亦难保矣。今若肯相救，当以二十州相酬。"松大喜，即引黄权来见张鲁，说唇齿利害，更以二十州相谢。鲁喜其利，从之。（见《三国演义》第六十四回）

媚笑乱弹：杨松见钱眼开

马超和庞德商议，决定去汉中投靠张鲁。张鲁很高兴，觉得马超跳槽进入他的公司，就可以助他一臂之力，对付曹操的公司，张鲁还打算招马超做女婿。

这时，助手杨柏说："马超的妻子惨遭祸害，也是被马超害的。张总你怎么能把女儿交给他呢？"张鲁听从了杨柏的意见，于是放弃了嫁女儿给马超的决定，并把杨柏说的话原原本本地告诉了马超。马超愤怒极了。

这时，刚好黄权作为刘璋公司的员工派出和张鲁谈判，希望得到资金

的援助。黄权见到杨松就说："东西两川的空调生意都被曹操的人不断抢去市场份额，如果西川守不住，那么东川也保不住啊。如果你愿意在资金上援助我们公司，我们到时会分回百分之十的利润给你。"杨松听到有巨大的酬谢，十分高兴，全然不顾刘璋和张鲁是死对头的关系，也不顾这是刘璋在事急情况下作出的难以兑现的承诺，就答应带黄权去见张鲁。

张鲁听了杨松说，黄权会以百分之十的利润作为答谢，就答应了黄权。公司的员工都不同意张鲁把资金借给刘邦，这时马超挺身而出说："我很感谢张总你能收留我在公司做事，这次的任务就交给我吧。我一定会尽力督促刘璋还百分之十的利润给我们公司。"张鲁很高兴，就把任务交给了刚跳槽到公司的马超。

【解密《三国演义》·让利诱惑】

人活在世上，不是你被人说服，就是你去说服别人。说服的三大宝典是：动情、晓理、让利。说服不同的人，需要运用不同的技巧。对容易动情的人，要动之以情；对讲理的人，要晓之以理；对"贪财"的人，要让之以利。

在三国的人物中，杨松是一个因贪财而贻误君主的角色。杨松很快就答应黄权带他去见张鲁，是因为这个"贪财"的人得到了说服者黄权让的利。黄权的说辞简短精辟，"今若肯相救，当以二十州相酬"，且不说这个承诺能否实现，杨松的眼睛都发亮了！"二十州"，多么巨大的酬谢条件，唯利是图的杨松什么原则都成浮云了，全然不管刘璋和张鲁的敌对关系，为了受贿不择手段，出卖了张鲁。

杨松唯利是图，遂引黄权说服张鲁的例子，在现实生活也时有上演。老林的车撞了，但是安全气囊没有起作用，就去告相关的汽车公司，控诉其生产的汽车有质量问题，存在安全隐患。当老林摆出大量的事实和数据，希望说服交通部门为他主持公道。相关的公司却使出让利诱惑的招数，用钱财利益代替真实的证据，说服了交通部门，只手遮天，毫无公道可言。

说服的方法常被轻易地滥用或利用，让利诱惑常常也被用作犯罪集团或不法分子用于伤害他人、制造邪恶的说服工具。每个人都是社会上的说服者，同时也是别人的说服对象，我们巧用说服技巧说服别人，同时也要辨清是非，及时监督，防止不法分子让利诱惑，被说服构成不法行为，损害公民的权益。

对待“贪财”的人不妨让利诱惑，以求说服。但是让利的说服不一定是真正让别人心服口服，只是权宜之计，求一时的妥协。动之以情、晓之以情的说服才是难能可贵，所以我们要针对性地使用说服技巧。

提问有利说服：李恢劝降马超

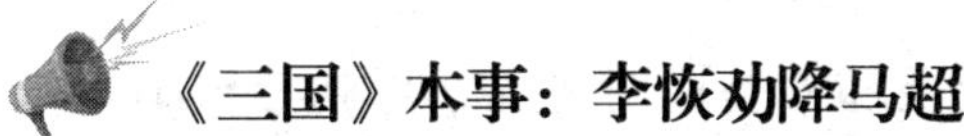

《三国》本事：李恢劝降马超

（刘备与刘璋争夺益州，刘璋请求汉中的张鲁出兵相救，张鲁派马超援助刘璋。刘备欲招降马超，诸葛亮派人去汉中贿赂张鲁的谋士杨松，杨松向张鲁诬告马超欲谋反，使得马超进退两难，刘备趁机叫李恢前去劝降马超。）恢行至超寨，先使人通姓后。马超曰："吾知李恢乃辩士，今必来说我。"先唤二十刀斧手伏于帐下，嘱曰："令汝砍，即砍为肉酱！"须臾，李恢昂然而入。马超端坐帐中不动，叱李恢曰："汝来为何？"恢曰："特来作说客。"超曰："吾匣中宝剑新磨。汝试言之，其言不通，便请试剑！"恢笑曰："将军之祸不远矣！但恐新磨之剑，不能试吾之头，将欲自试也！"超曰："吾有何祸？"恢曰："吾闻越之西子，善毁者不能闭其美；齐之无盐，善美者不能掩其丑；日中则昃，月满则亏：此天下之常理也。今将军与曹操有杀父之仇，而陇西又有切齿之恨；前不能救刘璋而退荆州之兵，后不能制杨松而见张鲁之面；目下四海难容，一身无主；若复有渭桥之败，冀城之失，何面目见天下之人乎？"超顿首谢曰："公言极善，但超无路可行。"恢曰："公既听吾言，帐下何故伏刀斧手？"超大惭，尽叱退。恢曰："刘皇叔礼贤下士，吾知其必成，故舍刘璋而归之。公之尊人，昔年曾与皇叔约共讨贼，公何不背暗投明，以图上报父仇，下立功名乎？"马超大喜，即唤杨柏入，一剑斩之，将首极共恢一同上关来降玄德。（见

《三国演义》第六十五回）

媚笑乱弹：马超回到希望小学做老师

李恢博览群书，知识渊博，却一直在一个穷乡僻壤的学校教书，他一直怨恨自己遇不上伯乐，也没有钱疏通关系，只好等待时机。听闻刘备大发善心，在中原地区开设几十家希望小学，让家庭贫困的孩子免费读书。当下四处都是奸商贪官的世道，有这等好心人的确难得，李恢暗中跟定刘备，找准机会毛遂自荐。

听闻马超嫌希望小学工资太低，想跳槽到城市里的公办学校，李恢掐指一算，真是好时机！李恢决定要和刘备说明情况，想到希望小学任教，而马超与他曾有过一面之交，他便想助刘备劝马超留在希望小学作为进见之礼。

李恢虽然穿着陈旧，但却满面红光，精神抖擞。李恢是个能人，口才伶俐，虽然一直待在穷乡僻壤，但也无法掩盖他出色的口才。他在乡里举办的辩论比赛中独占鳌头；平常凭一张利嘴哄得村里人心花怒放，常常都给他开私伙饭呢！李恢看到坐在大堂中间在看书的，已经猜到是谁了，上前就礼貌地说：“诸葛老师好。”

“您好，请问您是？”

“我叫李恢。”

“听说过你在十八弯小学做老师，辩论倍儿棒，今天来这里有什么事情吗？”

李恢叹叹气：“哎，良禽择木而栖，我确实是在十八弯当老师好多年了，但是校长不给力啊，这两年只见收钱入袋，建校舍的日子遥遥无期，这样下去十八弯的学生只能是越穷越不读书啊。听闻刘校长开设了几十家希望小学，我想加入你们的团队，一起在教育一线奋斗啊。”

诸葛老师：“那我得考考你。”

李恢从容地说：“我知道马老师最近闹情绪，想跳槽到市里的学校，我以前和他在十八弯任教时是同事，我愿意去说服他留在希望小学。解决这个

难题算是考题，你看这成不？”

诸葛老师：“我们正发愁这个难题，你就试一下吧。”

“谢谢刘校长和诸葛老师给我机会，我一定说服马老师留下，答好您出的考题。”

李恢找到马超，看到马超身穿名牌，坐在办公室专心致志写教案，暗想，十几年没见，马超换了个样子，看来他也认不出自己了。

果然不出所料，马超没有认出李恢是十八弯学校的同事，问：“你来找我干什么。”

李恢坦然回答：“我是来做说客。”

马超生气极了：“送客，我们无话可谈。”

李恢冷笑道：“你在希望小学任教时，教学成绩比不上张飞老师，爬了好几年都没做上教务主任，现在这个瓶颈时期，你一个熬不下，就跳到城里的学校当个无名老师，你这不是自找绝路吗？”

“我走的是康庄大道，哪会是什么绝路？”马超以为李恢在吓唬他。

李恢注意到马超的脸色大变，继续用煽动性的语言攻击：“待在希望小学，你以为你是身怀绝技，大材小用。其实跳到城里做老师，你能算老几？比你有才有能耐的人也在排着队在等提拔！”

马超听了这番话，感慨良多：“你说得很有道理，给了我很大的启发。请教你的大名。”说了这么多话，马超才意识到要搞清楚对方的姓名。

“我是十八弯学校的老师李恢。”

面前就是以前在十八弯学校的旧同事，马超惊喜交织，好多年没有见面了，这些年来马超跟着刘校长辗转在不同的希望小学，风光的时候身边都是猪朋狗友，过去的饿相知大多淡忘了。最近事事不顺，倒霉得很，所谓的朋友鸟都不鸟自己，生怕沾上了霉气！想到这里，马超便说：“李老师，你刚分析得很有道理，但我现在已经没有退路了。”

李恢看得出马超犹豫了，决定乘胜追击：“今晚咱俩他乡遇故知，喝两杯茶叙叙旧，慢慢谈这事儿!”

马超追问：“李老师有何指教？”

李恢道：“马老师你有几个错误的地方我想指出。”

“尽说无妨。”

“从希望小学跳到城里做老师，为的是升迁机会，这等异想天开不如留在希望小学等待时机，这是其一的不理智。到城里做老师和希望小学对着干，这也很对不起你以前的刘校长，这是不义之举。”

马超想，以前是父亲和刘备一起创办希望小学，后来父亲病逝，自己从十八弯学校调到希望小学教书，也算是圆了父亲的心愿。如今自己待不住，跳到城里的学校，对父亲还是对厚爱自己的刘校长，都实在不该。马超显得不安。

李恢说出这样一句话安抚马超的不安：“我知道现在刘校长的希望小学扩招，还在招聘老师，你低下头回去找刘校长，一起做好希望小学，怎样？”

马超想，这几年刘备的希望小学发展迅速，按理说我是应该看在父亲的份上留在他身边帮忙的。只是看到城里的学校待遇丰厚，猎头不断鼓吹，自己心头一软就依了。这些天来，在新学校和同事处得不算很开心，怨气无处生，倒是挺怀念以前跟刘校长和诸葛老师的时候了。现在李老师都来劝我回去希望小学，圆了父亲心愿也是好的。想到这里，马超就回答：“就算我现在要回去希望小学，刘校长也不一定还会收我啊。”

李恢留意到马超的神色透露出，他已经不坚定了，这时说出劝服的说法，机会很大，于是便说：“马老师你要是真想回希望小学，找个能替你说话的人和刘校长谈谈，我想还是能回去的。”

马超也觉得要借助一个中间人，要不下不了台阶，但回头一想，当初离开希望小学，大家执意留他，他头都不回，现在要找人帮忙，还真是个难事，顿时觉得心灰意冷，无可奈何地摇摇头。

李恢眯着小眼睛看马超闪烁的眼神，发出一个信号告诉他，能帮到他的人就在眼前！马超聪明会意，却故意扯开话题：“对了，李老师你知识渊博在以前十八弯学校是公认的，怎么不加入希望小学一展才华？”

李恢见马超打起自己的主意来，就给个“高帽”让他戴：“马老师以前带班出状元了呢，尚且离开希望小学，我肚里就那么丁点儿墨水，成不了大器。”

“李老师不用太谦虚，如果我们一起加入希望小学，肯定能出成绩，到时升职的事情是必然的。我看，你替我去刘校长那走一趟，咋样？”

“马老师说的，我不敢不照着做，但是，但是……”

马超很担心李恢反悔变卦，急问道：“李老师有什么需要吩咐帮忙的，但说无妨。”

李恢说：“城里的学校规章制度以及教学资源都比希望小学丰富得多，你看能不能偷师之余，带走一些有价值的东西，回去咱兄弟俩好好建设好希望小学。”

“那是肯定的。就希望李老师你帮我在刘校长面前美言几句，我不胜感激。”

最后，马超和李恢都进了刘备开的希望小学里面任教。

【解密《三国演义》·提问有利说服】

李恢劝马超投降的高明之处在于：第一，开门见山表明说客身份作为铺垫；第二，抛下问题“将军之祸不远矣”刺激马超的反应，引起他的好奇和注意；第三，道出劝服的几个理由，“前不能救刘璋而退荆州之兵，后不能制杨松而见张鲁之面；目下四海难容，一身无主”,正好道出了马超的窘况，末句继续设问“何面目见天下之人乎”，这一问，问到马超心坎去了，问出马超一直纠结的难题了，“逼”得马超答“我确实是无路可行了”！李恢最后一问“公既听吾言，帐下何故伏刀斧手”，绕开所有干扰，控制局面，诱导马超做出肯定的回答。

提问有利说服。一方面，在谈判期间说服者提出问题，对方思索时，为你赢得了时间为下一句说辞准备，也因为你的提问刺激对方的反应，引起他的好奇，真正进入对方的内心；另一方面，你提问相当于你在把握谈判的要点，直接绕过干扰因素，尤其是你精心准备好的诱导性提问。凭着提问，你进入并且左右对方的意识，他们被你引导他答出的结论改变了原有的想法。

有利于说服的提问是带有诱导性的问题，就是为了把对方紧紧吸引住，沿着你的思路去思考问题，使其就范。当然，这需要说服者充分利用语言的

威力，多把陈述句改成问句。如李恢对马超说的：“何面目见天下人乎？”表达的就是“你这样的行为没有面目见天下人啊？”问句作用就有了寻求同意的意味。所以，要想说服有优势，试着多点提问，牵制住对方！

踢皮球谈判术：诸葛瑾索荆州反复奔走

《三国》本事：诸葛瑾索荆州反复奔走

（刘备夺得益州后，刘权欲讨回被刘备占据的荆州。张昭献计让孙权假意拘禁诸葛亮之兄诸葛瑾的全家，然后派诸葛瑾去西川见诸葛亮，企图以兄弟之情打动诸葛说服刘备交还荆州。）却说孙权要索荆州。张昭献计曰："刘备所倚仗者，诸葛亮耳。其兄诸葛瑾今仕于吴，何不将瑾老小执下，使瑾入川告其弟，令劝刘备交割荆州：'如其不还，必累及我老小。'亮念同胞之情，必然应允。"权曰："诸葛瑾乃诚实君子，安忍拘其老小？"昭曰："明教知是计策，自然放心。"权从之，召诸葛瑾老小，虚监在府；一面修书，打发诸葛瑾往西川去。

不数日，早到成都，先使人报知玄德。玄德问孔明曰："令兄此来为何？"孔明曰："来索荆州耳。"玄德曰："何以答之？"孔明曰："只须如此如此。"计会已定，孔明出郭接瑾。不到私宅，径入宾馆。参拜毕，瑾放声大哭。亮曰："兄长有事但说。何故发哀？"瑾曰："吾一家老小休矣！"亮曰："莫非为不还荆州乎？因弟之故，执下兄长老小，弟心何安？兄休忧虑，弟自有计还荆州便了。"

亮曰："兄长有事但说。何故发哀？"瑾曰："吾一家老小休矣！"亮曰："莫非为不还荆州乎？因弟之故，执下兄长老小，弟心何安？兄休忧虑，弟自有计还荆州便了。"

瑾大喜，即同孔明入见玄德，呈上孙权书。玄德看了，怒曰："孙权既以妹嫁我，却乘我不在荆州，竟将妹子潜地取去，情理难容！我正要大起川兵，杀下江南，报我之恨，却还想来索荆州乎！"孔明哭拜于地，曰："吴侯执下亮兄长老小，倘若不还，吾兄将全家被戮。兄死，亮岂能独生？望主公看亮之面，将荆州还了东吴，全亮兄弟之情！"玄德再三不肯，孔明只是哭求。玄德徐徐曰："既如此，看军师面，分荆州一半还之：将长沙、零陵、桂阳三郡与他。"亮曰："既蒙见允，便可写书与云长令交割三郡。"玄德曰："子瑜到彼，须用善言求吾弟。吾弟性如烈火，吾尚惧之。切宜仔细。"

瑾求了书，辞了玄德，别了孔明，登途径到荆州。云长请入中堂，宾主相叙。瑾出玄德书曰："皇叔许先以三郡还东吴，望将军即日交割，令瑾好回见吾主。"云长变色曰："吾与吾兄桃园结义，誓共匡扶汉室。荆州本大汉疆土，岂得妄以尺寸与人？'将在外，君命有所不受'。虽吾兄有书来，我却只不还。"瑾曰："今吴侯执下瑾老小，若不得荆州，必将被诛。望将军怜之！"云长曰："此是吴侯谲计，如何瞒得我过！"瑾曰："将军何太无面目？"云长执剑在手曰："休再言！此剑上并无面目！"关平告曰："军师面上不好看，望父亲息怒。"云长曰："不看军师面上，教你回不得东吴！"（见《三国演义》第六十六回）

媚笑乱弹：诸葛瑾讨债，被诸葛亮耍了！

刘备现在家财万贯，就是当小混混，混黑道、混江湖混起来的，而且还是借孙权的钱起家的。现在刘备是挣了大钱翻脸不认账了，孙权都托人帮忙好多回了。这次，孙权找来诸葛瑾，让他去成都哭诉全家大小都被威胁起来，要诸葛亮念是同姓兄弟，找刘备还回那五千块钱。

诸葛瑾找到诸葛亮，话未开口就跪下了，"诸葛兄啊，我现在是全家大小都被孙权关起来了，你总不忍心看着诸葛姓氏全家灭亡吧，你发发善心，把以前的钱还给孙权，刘备现在家财万贯，不差钱！"诸葛亮："好吧，您就别忧心，我怎么忍心看着同门兄弟被赶上绝路呢？我有办法要刘备还钱。"随即，诸葛亮引诸葛瑾见刘备。刘备不答应还钱，诸葛亮为了表示兄

弟手足情深，竟然哭倒跪在地上，刘备还是不愿意还。

刘备在诸葛亮的软磨硬泡下说：“我看诸葛亮是我的得力助手，再加上我手头上最近资金周转有些困难，就先还你一半钱吧。”这时，诸葛亮点拨了一下：“那刘兄你先写信给关羽，交代他去银行取现金二千五过来。”刘备心领神会，给关羽写信说明取现金二千五，并叮嘱诸葛瑾：“你去和关羽会面的时候，要用善言求一下关羽，因为我这个义弟性如烈火，我都有些惧怕他，你要小心一点。”

诸葛瑾就把信装好，带着去了找关羽。关羽看到书信不买账，脸色变了：“我和我义兄在桃园结义，当初一起白手起家混到现在，挣了点小钱，你们孙家的钱还不是因为占了我们的地种植香蕉才赚到手，交点地租给我们都很应该，说到底钱是属于我们，你们找还钱，岂不是得寸进尺！虽然刘兄来书信了，但是我还得查明情况再决定，暂时钱还不能给你。”

诸葛瑾碰了一鼻子的灰，只好又回头找诸葛亮。怎料诸葛亮出门了，他就敲开了刘备家的门。刘备回应是说：“我义弟性子急，如果有冒犯你，我就替他道歉！要不你先回去，等我们宽裕一点的时候，五千大洋送到门前还你们。”

诸葛瑾反复走了几趟，还是两手空空，灰溜溜地回去了。

【解密《三国演义》·踢皮球谈判术】

诸葛亮在这场谈判中，使用的是踢皮球策略，就是针对对方要求，没有马上拒绝，但假借各种各样的理由，左右推诿，把对方的问题踢来踢去。尤其是用于破解别人的说服，反说服一个人的时候，能置对方于万般无奈的情况，最后只能选择妥协。

首先诸葛瑾找诸葛亮还荆州时，诸葛亮一脚把还荆州这个皮球踢到刘备这边，要推脱的理由多得是。诸葛瑾唯有被诸葛亮牵着“牛鼻子”转！当诸葛瑾和刘备说明要回荆州的事情，刘备假装答应，但却让诸葛瑾到性子急的关羽手上取回，还荆州的皮球又被踢给关羽。诸葛亮、刘备、关羽就是在自导自演，而且配合得天衣无缝，罗列多种理由，左右推辞，始终没有正面回

应诸葛瑾提出的要求，诸葛瑾最后是身心疲惫，无奈取不回荆州。

保险业务员一直对林太太推销保险，林太太想说服业务员不要再来烦她了。朋友告诉林太太一个好办法，当业务员再次上门推销的时候，林太太说："家里买保险的事情，我做不了主，你还是联系我先生谈吧。"业务员自然会找到林先生谈保险，林先生很聪明地拒绝业务员："这些家里的事情，我太太说了算！"

林太太是根据业务员的目的来诱惑对方，以不变应万变，找借口把反说服的内容看作一个皮球，踢到第三方，一来使自己有效保持说服的最佳心理，争取优势和主动；二来则让对手随反说服的内容被踢来踢去，陷入左右为难的困境，模糊了本身坚持的立场，最后因坚守不下而妥协于说服者。

零和游戏原理：邓芝说服吴蜀结盟抗魏

《三国》本事：邓芝出使东吴真诚合作，说服吴蜀联合实现双赢

（刘禅初登帝位，诸葛亮为了稳定局势，定下了与吴国结盟的策略。在热情接待了吴国使臣张温后，派邓芝与张温一同入吴答礼。）却说吴王见张温入蜀未还，乃聚文武商议。忽近臣奏曰："蜀遣邓芝同张温入国答礼。"权召入。张温拜于殿前，备称后主、孔明之德，愿求永结盟好，特遣邓尚书又来答礼。权大喜，乃设宴待之。权问邓芝曰："若吴、蜀二国同心灭魏，得天下太平，二主分治，岂不乐乎？"芝答曰："天无二日，民无二王。如灭魏之后，未识天命所归何人。但为君者各修其德；为臣者各尽其忠：则战争方息耳。"权大笑曰："君之诚款，乃如是耶！"遂厚赠邓芝还蜀。自此吴、蜀通好。（见《三国演义》第八十六回）

媚笑乱弹：邓芝用坦诚打动孙权心

为了进一步巩固吴族和蜀族的合作关系，诸葛亮再次派出了邓芝去吴族山寨。孙权听说邓芝要来，亲自到迎客大厅迎接，大摆筵席热情款待。

孙权高兴地说："以后我们两个族同心协力灭掉魏族，不再受到他们的欺凌，然后一起瓜分魏族的土地，吴族和蜀族的人民就能安享太平，然后两族推出贤才一同称王，你看可行不？"邓芝回答说："天上不能同时有两个

太阳，老百姓不能同时有两个君王，如果我们一起灭掉魏族，不知道天命何归。究竟谁要统领各个民族做老大，还要看吴族和蜀族的寨主谁更贤德！”孙权听后大笑道：“你实在是位坦诚的人。”

自此之后，吴族和蜀族和好，共同抵抗魏族欺诈。

【解密《三国演义》·零和游戏原理】

零和游戏原理，源自于博弈论，意思是指在严格竞争下，一方的收益必然意味着另一方的损失，双方的收益和损失相加永远归零。从个人到国家，从政治到经济，无一不验证着世界是一个巨大的零和游戏场。

同样的，邓芝是深谙零和游戏原理的人，他说服孙权合作的理由就是利用这个原理。正因为他懂得孙权和刘备之间联合起来作为一个整体对待曹操，就有可能稳操胜券。但孙权假装试探说以后吴蜀两国一同称王。邓芝说了天无二日，民无二主，一语道破“零和游戏原理”，如果吴蜀联合抵抗魏成功后，吴和蜀的合作关系瓦解，就不可能双方都获得同等利益，二者的利益肯定相加等于零。就眼前的局势，二人合作打败魏，则能从零和走向双赢。邓芝的分析是很到位，孙权知难而退，赞同合作，一致对魏。

懂得利益瓜分的零和游戏原理，对于处理个人私事，家庭琐事，还是单位公事的说服，都是百利而无一害。尤其是在商场上，你面对的都是久经沙场的老手，你要自信地摆出合理的理论，才有可能被重视。对手往往都是不怀好意地算计个人利益，因为商场如战场，目的就是追求最大利润。你必须懂得零和游戏原理，分析你们如此这般的政策，对方的利益是什么，本方的利益又是什么。说服对象就会听得进你的话，觉得你有在帮他分析，为他着想，不知不觉就能同意你，敬佩你，那么事就成了。

所以，当你去说服别人前，重温零和游戏原理，分析透彻利弊的分量，再谈说辞。

权利限制谈判术：司马懿千里请战

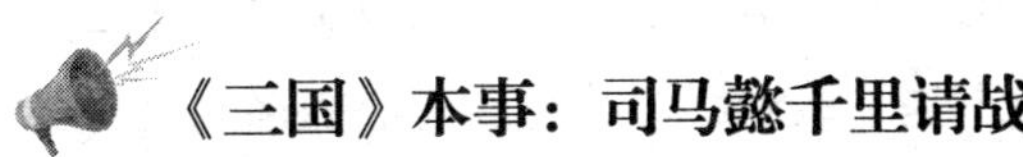

《三国》本事：司马懿千里请战

（诸葛亮六出祁山，司马懿屡战失利。司马懿挂免战牌，只守不攻。诸葛亮为激司马懿出战，派人给其送去巾帼女衣。）众将不忿，入帐告曰："我等皆大国名将，安忍受蜀人如此之辱！即请出战，以决雌雄。"懿曰："吾非不敢出战而甘心受辱也。奈天子明诏，令坚守勿动。今若轻出，有违君命矣。"众将俱忿怒不平。懿曰："汝等既要出战，待我奏准天子，同力赴敌，何如？"众皆允诺。懿乃写表遣使，直至合淝军前，奏闻魏主曹睿。睿拆表览之。表略曰："臣才薄任重，伏蒙明旨，令臣坚守不战，以待蜀人之自敝；奈今诸葛亮遗臣以巾帼，待臣如妇人，耻辱至甚！臣谨先达圣聪：旦夕将效死一战，以报朝廷之恩，以雪三军之耻。臣不胜激切之至！"（见《三国演义》一百零三回）

媚笑乱弹：想打先和老板打个申请！

诸葛亮大量收购黄金，黄金价越升越高，司马懿入手。诸葛亮把黄金抛售到市场，司马懿亏惨了！好几回了，司马懿都中了诸葛亮的阴招，抓不准黄金市场，投入的钱都打了水漂。司马懿都被逼着去看心理医生了，才暂时逃离二人之争。至此，司马懿向外界传媒表示暂时收山不出，等到修养好身

体再投身黄金市场拼搏。

诸葛亮派人送了一套黄金打造的女性首饰，包含项链、耳环、手镯、戒指等，以及一封书信给司马懿。大意是说："你如果知羞耻还有点男子汉气概，就在我给您的信上批上字，我们继续在黄金市场上比一场，看谁的眼光准点。如果胆怯躲在深山装病，就把我诸葛亮亲自命人打造的黄金首饰自个儿戴上！"司马懿看到来信，心里烧起了几把火，脸上却装得平静似水，非但把这套纯金打招首饰收下，而且再三感谢送信和送首饰来的人。司马懿身边的人看到书信这样辱骂司马懿，忿忿不平，纷纷要求司马懿出山继续炒黄金，看诸葛亮能威风多久！

司马懿却没有再进军黄金市场的心思，但为了稳定集团里员工的军心，就把老板抬出来为自己解围："我不是不敢继续炒黄金，甘心被诸葛亮这样辱骂。是老板说要静观其变，先不要出手。如果我轻易就被诸葛亮挑衅成功，那么是违反老板的命令呀！"消息传开，员工还是闹，这时司马懿提出了一个"合理化建议"——你们都想一雪前耻，那么我就禀告老板，请求审批，审批过了，我就和大伙儿一起挫挫诸葛亮的威风。怎样？"大家都同意这个方案。司马懿马上就写申请，发给老板曹睿。曹睿看出司马懿的心思，就对外宣布："时机还没有成熟，如果谁还提起要马上进入黄金市场的话，就算是违反命令，辞职信在此，先拿一封！"员工们只好依了曹睿的意。

【解密《三国演义》·权利限制谈判术】

司马懿通晓兵法，曾经"八日而取上庸，擒孟达"，当时他可以先斩后奏，何等胆略！为什么这次临阵指挥反而不能断然处置，却去千里请旨呢？正是因为司马懿知道还没有战机能保证打败诸葛亮，轻易出兵只会兵败，就把屈辱都一口气咽了下去。司马懿说服将士们坚守，不攻诸葛亮，大家愤怒的心都难以服帖，所以就采取千里请战的方法，让皇帝曹睿下圣旨。司马懿请战的原因写明是"示武于其众"，魏明帝曹睿懂了司马懿的意思，和他一唱一和，下旨坚守勿战。将士们服了。

权利限制谈判术，最大的特点就是"本身权利的局限性恰恰也是自身权

利的拓展”。这种权利限制谈判术是一种手段，能使自己在谈判中处于比较有利的位置。这种限制迫使对方只能二选一，按照谈判方的权限继续谈下去，接受开出的条件和提出的要求，或者找谈判方的授权者交锋出最后谈判结果。对方选择第一种解决办法，就让谈判方守中能攻，压住对方谈条件。对方选择第二种解决办法，周旋的时间更长，谈判方优势更明显。

商业交易中，权利限制谈判术用得很多。如果你去买个家用电器，谈判价格的时候，对方往往会说：“这已经是我们能开出的最低价格，公司规定好的价格，不是我说降低就能降低的，我没有这样的权利。要不，我帮你请示一下经理。”你是依了对方开出的最低价格成交，或者坚持找经理周旋，对方有了更充分的时间去试探你的交易底价，无比考验你的耐心，可能最后成交的价格还是原来的最低价格。这种权利限制谈判的手段，是谈判方以退为进、守中有攻的好办法。

第三章

突破心理防线

解读《三国演义》中拉近距离的攻心术

◉ 拉近距离要攻心：刘备与赵云“相见有日”

◉ 示弱效应：周仓说服关羽收留自己

◉ 以情动人中心效应：刘备哭送留住徐庶心

◉ 用诚意打动：刘备三顾茅庐寻得孔明

◉ 志同道合攻心法：刘备说服孔明出山相助

◉ 坚决重诺易说服：马谡自动请缨防守街亭

拉近距离要攻心：刘备与赵云“相见有日”

《三国》本事：刘备与赵云“相见有日”的约定

（公孙瓒与袁绍交战，刘备、关羽、张飞率兵相助公孙瓒，袁绍被刘备三兄弟吓得丢盔弃甲而逃。在这种情况下，公孙瓒与刘备相见，并为刘备引见了其部下猛将赵云。）公孙瓒亦收军归寨。玄德、关、张动问毕，瓒曰：“若非玄德远来救我，几乎狼狈。”教与赵云相见。玄德甚相敬爱，便有不舍之心。瓒即日班师，又表荐刘玄德为平原相。玄德与赵云分别，执手垂泪，不忍相离。云叹曰：“某曩日误认公孙瓒为英雄；今观所为，亦袁绍等辈耳！”玄德曰：“公且屈身事之，相见有日。”挥泪而别。（见《三国演义》第七回）

媚笑乱弹：刘备从公孙瓒处挖来赵云

赵云是山区农村一个普通农民家庭的孩子，因为遭遇洪涝，家里连温饱问题都解决不了。赵云和村里的一些同龄人商量，决定一起去城市里打工。由于刚从农村出来，没见过什么世面，也不知道能做点什么。看到公孙瓒招聘建筑工人，就叫上兄弟们全都试工做建筑去了。

这几年建筑行业火得很，袁绍也瞎掺和搞起了建筑生意，本钱他是多得很，但打理建筑生意，疏通关系那些他是啥都不会。袁绍打起了公孙瓒的坏

主意，打算怂恿公孙瓒一起合作，反正大股东是他，倘若公孙瓒挣钱了，他分得的也是大份额。

公孙瓒是有头脑的人，和袁绍合作没多久就发现了他的狼子野心，就和他斗起来。当时公孙瓒招了一批建筑工人，赵云是个头儿，但看起来就一乡巴佬的模样，也没觉得他能帮上什么，一直就晾在一边，帮忙管理管理新招的工人。最终还是袁绍财力雄厚，击败了公孙瓒。

刘备也是搞建筑生意的，知道公孙瓒和袁绍相争，爱管闲事的毛病又犯了，硬是参与进来。加上刘备的得力助手关羽和张飞帮忙，公孙瓒争了一口气，让袁绍手下的工人全面停工，看他还张牙舞爪威风什么。

公孙瓒感谢刘备帮忙请吃饭，赵云等工人也一起去。刘备第一次见到赵云，就深深喜欢上这个实干的施工头。他暗暗下定决心，要把赵云挖过来一起搞建筑生意。酒足饭饱后，刘备就要和赵云分别，刘备很舍不得赵云，眼里都挤出了泪水。赵云叹气说：“我刚从农村出来，什么也不会就跟了公孙瓒做建筑工作，我以为公孙瓒很厉害，会教到我很多东西。接触久了，才发现他就和袁绍一样同属鼠辈。”刘备说：“你就先委屈跟着公孙瓒做事，我们一定会相见有日。”刘备阅人无数，经验丰富，这都在他的计算中，放下了长线，赵云这条大鱼就等着上钩。刘备聪明就在于，现在和公孙瓒挑明要赵云肯定不行，所以就玩心理战让赵云不知不觉封他做偶像想追随他做事。

因为上个月竞标，曹操和陶谦都中标赶工汉东新建的民族体育馆，曹操人多势众按时完工问题不大，但陶谦的建筑工人不够，唯有托朋友找刘备帮忙。刘备的小公司人马也不算特别充足，就想让公孙瓒挪出一队施工人员援助自己。公孙瓒居然答应了，还把赵云也借给了刘备。公孙瓒真是天下第一大笨蛋。刘备终于有机会好好了解和接近赵云了，要把大鱼钓到，看来机会蛮大！

不料，公孙瓒派出施工人员过去后，刘备赶过去却找不着赵云。一问才知道赵云老爹在乡下去世了，请假回家吊丧。处理完家里的事，赵云没有回到公孙瓒的公司，直接去了刘备办公室。当初饭局上的一句“相见有日”约定，赵云自己找上门来，刘备就这样从公孙瓒那里挖来了赵云，果真是挖墙的高手呀！

【解密《三国演义》·拉近距离要攻心】

说服别人很管用的一招就是拉近距离。只要拉近与对方的距离，就可以取得对方的信任，对方才容易被你说服。至少，他会乐意和你谈下去，说服才会有一个实实在在的基础。而拉近距离就是说服者和说服对象心理在较量的一个过程，利用一定的说话技巧和心理方法，使对方感到安心并产生亲近感，彼此之间的心理距离也就自然而然地拉近了。拉近距离有助于说服，拉近距离有三个秘诀：尊重对方，让对方感到他的重要性，投其所好。

刘备说服赵云过来帮忙，是一步步铺垫出来的结果。回顾刘备和赵云的关系，赵云原先是跟公孙瓒的，但公孙瓒没有重用他，刘备初次见赵云就来了一个“相见有日”的约定，但刘备是不能公然挖公孙瓒墙角的。临别的时候，刘备依依不舍，眼泪洒面，挥手告别，每一个细节行为都表示出对赵云的渴求，同时，赵云也感受到了刘备对他的尊重。

刘备爱才，赵云有志难逢明主，也不能背信弃义投奔刘备。刘备的哭，英雄惜英雄，距离刹那就拉近了。刘备的哭，笼络将心，避开了挖墙脚卑鄙行为的谴责，又收买了人心，为之后的“相见有日”做好铺垫，同样是使出拉近距离的秘诀，让赵云感到他在刘备心目中的重要性。最后的结果是，赵云人在公孙瓒这边，心飞去了刘备那边，物理距离根本就不是问题了，时机一到，待到赵云老爹过世，向公孙瓒请假回家办理丧事，因此离开了公孙瓒去找刘备。赵云在卧牛山杀掉山大王裴元绍后，偶遇上刘备等人，从而赵云一直追随刘备，忠贞不二，屡立战功。

谈判专家常常会遇上这么一个场景：罪犯僵持在高楼，以死威胁警方。这时，谈判专家就需要应用方法巧妙攻心，拉近和罪犯的心理距离，好让罪犯放松警戒，才有可能把他劝说下来。谈判专家每次谈判的内容都有所差异，但总结起来，他们谈判成功都是从拉近和谈判对象的距离出发的。第一，无论对方的身份如何，犯罪程度如何，都要抱着尊重对方的思想去谈判。即便是罪大恶极的杀人犯也是有他的个人理由的，谅解对方，站在对方的角度思考，才会赢得对方信任。第二，体现对方的重要性。从

心理学分析，很多罪犯的自我认可度都偏低，如果在谈判时，适当地认可对方，使其失去抵抗力，软化对方的心防。第三，投其所好。距离得到初步的拉近后，谈判专家开始劝说罪犯妥协，并要让对方觉得妥协对他是有好处的。一步步打动对方，会产生很好的说服效果。

招纳贤才、说服罪犯都很好地应用了攻心拉近距离，达到说服的效果。如果你觉得说服对象非常顽固，一定要尊重对方，让对方感到他的重要性，投其所好，一步步攻心拉近距离，这种方法可产生意想不到的说服效果。信不信由你，攻心拉近距离比滔滔不绝更给力。

示弱效应：周仓说服关羽收留自己

《三国》本事：周仓说服关羽收留自己

（关羽千里走单骑之时，遇到绿林山贼周仓。周仓一直想投靠关羽，遂以恳切的言辞说服关羽将其收留。）仓曰："旧随黄巾张宝时，曾识尊颜；恨失身贼党，不得相随。今日幸得拜见。愿将军不弃,收为步卒,早晚执鞭随镫，死亦甘心！"公见其意甚诚，乃谓曰："汝若随我，汝手下人伴若何？"仓曰："愿从则俱从；不愿从者，听之可也。"于是众人皆曰："愿从。"关公乃下马至车前禀问二嫂。甘夫人曰："叔叔自离许都，于路独行至此，历过多少艰难，未尝要军马相随。前廖化欲相投，叔既却之，今何独容 周仓之众耶？我辈女流浅见，叔自斟酌。"公曰："嫂嫂之言是也。"遂谓周仓曰："非关某寡情，奈二夫人不从。汝等且回山中，待我寻见兄长，必来相招。"周仓顿首告曰："仓乃一粗莽之夫，失身为盗；今遇将军，如重见天日，岂忍复错过！若以众人相随为不便，可令其尽 跟裴元绍去。仓只身步行，跟随将军，虽万里不辞也！"关公再以此言告二嫂。甘夫人曰："一二人相从，无妨于事。公乃令周仓拨人伴随裴元绍去。"（见《三国演义》第二十八回）

媚笑乱弹：周仓说服快枪手关羽

关羽被警队派出执行任务，到码头时恰逢倾盆大雨，远远看到有个民宅，打算去借宿一晚。房屋的主人郭常热情地接待了关羽。

郭常家有个儿子，自小就被宠坏，长大了游手好闲、不务正业。晚上趁关羽不备，就想偷走他的手机，不料手机响了起来。关羽听到手机响，醒了过来，看到有人想偷手机，发怒说天一亮就把他带到警局处理。郭常闻声赶过来苦苦哀求，关羽为了多谢郭常招待，只好放了他的儿子。

天亮了，关羽要赶船，从屋子刚出去，就看到七八个小混混围着屋子，头儿旁边就是郭常的儿子。头儿喊："这是我的地盘，想上船过海，先留下买路钱！我看你行当，也有点钱，留下你的iphone4也行！"关羽一听，不由大笑说："无知的小屁孩，在黑道才混多久，可听过警队里号称快枪手的关羽、黑旋风的张飞、过山虎的赵云大名？"小混混想收买路钱，没想到却碰上了警察！

头儿说："我就听过快枪手枪快、狠、准，你枪都没有！"

关羽今天心情不错，竟然没有发火，而是耐心地拔出跟了好多年的枪。头儿看到关羽熟练的拔枪姿势，吓到跪在了关羽面前："警察哥哥饶命啊，我们都是迫于生活才干点小偷小摸的，听到有人来报说客人借宿，拿的是iphone4才打算打劫你的，没想到是警队快枪手，拔枪姿势都特别专业！我们自打嘴巴认错。"

关羽听得很高兴，因为埋在他心中的骄傲种子已经开始慢慢萌芽了。关羽追问："我不认识你，你们怎么知道快枪手的？"

头儿说："码头二十里路远的小渔村有个外来人叫周仓，力大无穷。他说读过警校，但最后没被选上。只好来到渔村做些搬搬抬抬，这边外来人进进出出，有时也会和我们一起偷点东西过日子。他多次提起警队里的快枪手，就发愁没机会跟着你学枪！"

关羽听了，哈哈大笑，开心不已："现在我才知道，我在小渔村也是有点小名气的啊。你们以后就不要再偷鸡摸狗了，做点正经事儿！我忙去了！"

刚要坐上渡船，周仓来了，跪拜在关羽面前，关羽连忙叫起来问："你

就是他们说的大力士？警队里我们可有碰过面？”

周仓说：“我以前在警队做学员就很仰慕你，只恨自己不争气，最后没能选上进警队。今天天赐良机，我愿意跟着快枪手你，就算在你身边做个打杂斟茶递水的差事，我也是愿意！”

关羽见周仓十分有诚意，就说：“好吧，等我禀告警长，再决定。”

“那么我们这群兄弟以后就跟着关大哥你啦！”

周仓在渔村里是货真价实的小混混，还偷东西，关羽是个正义凛然的警察，为什么愿意收他进警队呢？关羽这段时间穿便衣做卧底潜伏在老百姓中，追捕毒枭的行踪，很久都没有消息，心情极度压抑。做卧底当新人潜入曹操的组织，没人把他看在眼里，这和他一向在警队被人崇拜的待遇差距很大，自尊心严重受创！而周仓的一番赞扬让他重新肯定了自己，虽然关羽对反派人物小偷的偏见还在，但眼下把周仓和他的手下也收在手中，一起执行追捕毒枭曹操的行动，也是个不错的选择。

关羽拨通了警长的电话，警长不软不硬地回了这样一番话：“部署这个缉拿行动这么久，你都是一个人行事，经历了那么多困难险阻都化解了，我相信你一个人还是能出色完成任务。把这些小混混招进来，怕是不和规矩。”

警长的分析不无道理，关羽回答：“警长说的是。”

关羽有心收留周仓，但既然警长都亮牌了，关羽也只好认命了，对周仓说：“不是我不肯收你，是上司警长不答应。你们先留着小渔村，我先完成任务，再回来安排你们。”

这倒是个不错的办法，至少这帮小混混以后不用再去偷东西了。不料周仓顿足说：“我周仓以前好歹也在警校读过，今天能遇上快枪手是千载难逢的机会，如果警长不同意我们这伙人都跟着你，那么我自己单身一个跟你，任务再艰巨我也不怕。你多个人也好照应，我保证不给你添麻烦！”

关羽见周仓这么坚决，再拨了一通电话和警长求情，警长知道了周仓以前读过警校，也就放心，就答应了关羽。

【解密《三国演义》·示弱效应】

人通常对他人都有警惕心理，主动示弱，容易唤起对方的同情心，巧妙诱导了对方的心理或感情，从而使被说服者信服，在实践中往往能取得理想的说服效果。示弱效应的本质在于对比，通过先提出较难的要求，再提出容易的要求，其实就是为了使某人觉得困难的事情难以答应，两难当中取其易，痛快答应较简单的要求。

三国里面，周仓是关羽痛恨的黄巾盗贼，能让关羽消除偏见，周仓是下足了功夫。周仓初见关羽，就表现出礼貌的一面，言语、行为都特别注意，令关羽十分受用。称赞关羽，坚定提出自己想跟关羽的要求，即便做个小随从也毫无怨言。这样抬高关羽，扮演一个弱者的角色，其实是一种表演，目的是为了麻痹对手，松懈对方的戒备心理。

原本，周仓这一群黄巾盗贼都是想让关羽收留的，但这个要求明显是过大的。关羽回应周仓会尽力争取，二位夫人拒绝。周仓缓缓道出小要求，就他一人随着关羽就可以了。相比之前的要求，这不过是个很小的请求，关羽就成功地被忽悠，心中有所愧疚，很干脆地答应了周仓。这种示弱效应给了关羽一种错觉，周仓就以设定的情景的弱者角色一步一步说服了关羽收留自己。

小孩子想要问妈妈拿钱，很显然，当他提出100元的时候，妈妈是很难答应给小孩子这么多钱的。但是，拒绝了他这一要求，又意味着要让小孩子失望。这时，小孩子说："既然妈妈要拿出100元很不方便，那么我要10元就可以了。"妈妈可能就会爽快答应他较小的要求。在这个事例中，小孩的主动示弱体现在对比的心理效应，如果他一味无礼取闹，妈妈只会觉得难以满足，然而他的示弱恰好降低了要求，让妈妈觉得很好接受，从而接受。这的确是一种奇妙的谈判技巧，预设的大要求和折中提出的小要求相对比，大大缩小了对方心中的期望，使得对方毫不犹豫便同意说法。

以情动人中心效应：刘备哭送留住徐庶心

《三国》本事：刘备哭送留住徐庶心

（徐庶投奔刘备后，为刘备出谋划策，数次打败曹操军队。曹操得知此事之后，就派人挟持徐庶母，企图利用徐庶的孝义之情招揽徐庶。刘备痛哭流涕，请徐庶饮酒饯别。）玄德闻言大哭曰："子母乃天性之亲，元直无以备为念。待与老夫人相见之后，或者再得奉教。"徐庶便拜谢欲行。玄德曰："乞再聚一宵，来日饯行。"孙乾密谓玄德曰："元直天下奇才，久在新野，尽知我军中虚实。今若使归曹操，必然重用，我其危矣。主公宜苦留之，切勿放去。操见元直不去，必斩其母。元直知母死，必为母报仇。力攻曹操也。"玄德曰："不可。使人杀其母，而吾用其子，不仁也；留之不使去，以绝其子母之道，不义也。吾宁死，不为不仁不义之事。"众皆感叹。

玄德请徐庶饮酒，庶曰："今闻老母被囚，虽金波玉液不能下咽矣。"玄德曰："备闻公将去，如失左右手，虽龙肝凤髓，亦不甘味。"二人相对而泣，坐以待旦。诸将已于郭外安排筵席饯行。玄德与徐庶并马出城，至长亭，下马相辞。玄德举杯谓徐庶曰："备分浅缘薄，不能与先生相聚。望先生善事新主，以成功名。"庶泣曰："某才微智浅，深荷使君重用。今不幸半途而别，实为老母故也。纵使曹操相逼，庶亦终身不设一谋。"玄德曰："先生既去，刘备亦将远遁山林矣。"庶曰："某所以与使君共图王霸之业者，恃此方寸耳；今以老母之故，方寸乱矣，纵使在此，无益于事。使君

宜别求高贤辅佐，共图大业，何便灰心如此？”玄德曰：“天下高贤，无有出先生右者。”庶曰：“某樗栎庸材，何敢当此重誉。”临别，又顾谓诸将曰：“愿诸公善事使君，以图名垂竹帛，功标青史，切勿效庶之无始终也。”诸将无不伤感。玄德不忍相离，送了一程，又送一程。庶辞曰：“不劳使君远送，庶就此告别。”玄德就马上执庶之手曰：“先生此去，天各一方，未知相会却在何日！”说罢，泪如雨下。庶亦涕泣而别。玄德立马于林畔，看徐庶乘马与从者匆匆而去。玄德哭曰：“元直去矣！吾将奈何？”凝泪而望，却被一树林隔断。玄德以鞭指曰：“吾欲尽伐此处树木。”众问何故。玄德曰：“因阻吾望徐元直之目也。”（见《三国演义》第三十六回）

媚笑乱弹：徐庶跟定刘备了

曹氏企业和刘氏企业不单是商场上的死对头，抢起人才来也是各出奇招。徐庶投简历、初次面试、终极面试闯过一关关，总算被刘氏企业录用了。正当徐庶收拾文件打算跳槽去刘氏的时候，收到一封邮件，大意就是用徐庶母亲的安危，威胁徐庶速归曹氏企业。徐庶知道这是老曹的阴谋，他孝顺父母在公司是出了名的，这次死活不跟曹操了，执意就要去刘氏上班。

徐庶来到刘氏，刘备总经理也听说了这个事情，就哭着对徐庶说：“百善孝为先，老曹一向都是爱要小手段的人，很难确保你跳槽过来，他会怎样对你母亲，你还是去曹氏那里吧，解决了这些问题再过来上班吧。你的职位我叫人事部帮你留着，有机会再回来上班。”走之前，刘备还劝说徐庶一起去吃顿饭，表示饯行。

第二天，刘备为徐庶摆酒饯行，知道留不住徐庶，再三感叹公司失去这等贤才。等到徐庶吃完饭，他已经在酒店楼下起动了他的宝马车接徐庶去曹氏。徐庶表面一片平静，内心是非常感动的，刘备爱才惜才在行内颇有口碑，所以他当初才一心跳槽要进刘氏企业，如今被老曹要手段，解决好老曹的问题，决意还是要回刘氏工作的。

徐庶回到曹氏也是人在心不在，刘备这一哭送，让徐庶心服口服地跟定了他。没几天，徐庶解决好母亲的事，就来刘氏企业上班。

【解密《三国演义》·以情动人中心效应】

按照心理学分析，如果一个人对另一个人表现出强烈的感情，他人就会想方设法把这份感情珍藏在心，这份感情能够影响到他人本能地还予对方。这是以情动人攻心说服法本质的心理平衡原则。徐庶人在曹营心在汉，刘备能留住徐庶心，让他心服口服地相随，是运用说服宝典之一“动情”的典型例子。

首先，刘备听到徐庶为了母亲必须要走时，痛哭流涕。接着提出为徐庶饯行，筵席中多次泪流表示惋惜，最后徐庶要上马，刘备亲自牵马。这些小细节都流露出刘备对徐庶的感情，等于是在徐庶心里施加了负担。尽管徐庶必须要回到曹营，但是刘备所说的挽留说辞，所表达的强烈的情感却深深地印记在徐庶的内心，这份情影响到徐庶，他觉得自己本能上要还予刘备。这些动人的情感就像弹簧中的作用力和反作用力，刘备施加作用力给徐庶越大，徐庶弹回的反作用力也越大，有时甚至产生超乎你的想象。结果，徐庶明明已经走出了好几里，还骑马回头推荐了诸葛亮给刘备。徐庶只有这样还予刘备，他才可能心理平衡。

以情动人符合心理平衡原则，你先付出，对方就会以类似的行为回报，甚至因为回报方式不同而产生更大的收益。大打情感牌，让对方产生强烈的感情，进而有力影响到他听完你的说服的连锁反应。

比如，推销产品时，通过让顾客免费使用，让他觉得你很为他着想且试用过的产品质量很不错，这招以情动人很容易使对方回报——顾客毫不犹豫就买下了你推销的产品。再如，有急事要找朋友借钱，你提起以前在他落难的时候帮助过他，用这段情义打动对方，如果对方是个重情义的人，二口不说，就会答应你借钱的请求。所以，说服时不妨多点动之以情，让对方内心强烈的情感激发起来，就容易本能还予你强烈的情感，进而答应你的要求。

用诚意打动：刘备三顾茅庐寻得孔明

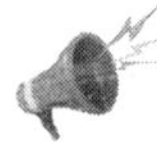

《三国》本事：刘备三顾茅庐寻得孔明

(徐庶、司马徽先后向刘备推荐隐居在南阳卧龙岗的诸葛亮，认为他有安邦定国之才。刘备求贤若渴，带领关羽、张飞三顾茅庐请诸葛亮出山辅佐)……次日，玄德同关、张并从人等来隆中。玄德来到庄前，下马亲叩柴门，一童出问。玄德曰："汉左将军宜城亭侯领豫州牧皇叔刘备，特来拜见先生。"童子曰："我记不得许多名字。"玄德曰："你只说刘备来访。"童子曰："先生今早少出。"玄德曰："何处去了？"童子曰："踪迹不定，不知何处去了。"玄德曰："几时归？"童子曰："归期亦不定，或三五日，或十数日。"玄德惆怅不已。张飞曰："既不见，自归去罢了。"玄德曰："且待片时。"云长曰："不如且归，再使人来探听。"玄德从其言，嘱付童子："如先生回，可言刘备拜访。"

……

（刘备等）到庄前下马，扣门问童子曰："先生今日在庄否？"童子曰："现在堂上读书。"玄德大喜，遂跟童子而入。至中门，只见门上大书一联云："淡泊以明志。宁静而致远。"玄德正看间，忽闻吟咏之声，乃立于门侧窥之，见草堂之上，一少年拥炉抱膝，歌曰："凤翱翔于千仞兮，非梧不栖；士伏处于一方兮，非主不依。乐躬耕于陇亩兮，吾爱吾庐；聊寄傲于琴书兮，以待天时。"玄德待其歌罢，上草堂施礼曰：

“备久慕先生，无缘拜会。昨因徐元直称荐，敬至仙庄，不遇空回。今特冒风雪而来。得瞻道貌，实为万幸，”那少年慌忙答礼曰：“将军莫非刘豫州，欲见家兄否？”玄德惊讶曰：“先生又非卧龙耶？”少年曰：“某乃卧龙之弟诸葛均也。愚兄弟三人：长兄诸葛瑾，现在江东孙仲谋处为幕宾；孔明乃二家兄。”玄德曰：“卧龙今在家否？”均曰：“昨为崔州平相约，出外闲游去矣。”玄德曰：“何处闲游？”均曰：“或驾小舟游于江湖之中，或访僧道于山岭之上，或寻朋友于村落之间，或乐琴棋于洞府之内：往来莫测，不知去所。”玄德曰：“刘备直如此缘分浅薄，两番不遇大贤！”（见《三国演义》第三十七回）

却说玄德访孔明两次不遇，欲再往访之……三人来到庄前叩门，童子开门出问。玄德曰：“有劳仙童转报：刘备专来拜见先生。”童子曰：“今日先生虽在家，但今在草堂上昼寝未醒。”玄德曰：“既如此，且休通报。”分付关、张二人，只在门首等着。玄德徐步而入，见先生仰卧于草堂几席之上。玄德拱立阶下。半晌，先生未醒。关、张在外立久，不见动静，入见玄德犹然侍立。张飞大怒，谓云长曰：“这先生如何傲慢！见我哥哥侍立阶下，他竟高卧，推睡不起！等我去屋后放一把火，看他起不起！”云长再三劝住。玄德仍命二人出门外等候。望堂上时，见先生翻身将起，忽又朝里壁睡着。童子欲报。玄德曰：“且勿惊动。”又立了一个时辰，孔明才醒，口吟诗曰：“大梦谁先觉？平生我自知，草堂春睡足，窗外日迟迟。”孔明吟罢，翻身问童子曰：“有俗客来否？”童子曰：“刘皇叔在此，立候多时。”孔明乃起身曰：“何不早报！尚容更衣。”遂转入后堂。又半晌，方整衣冠出迎。玄德见孔明身长八尺，面如冠玉，头戴纶巾，身披鹤氅，飘飘然有神仙之概。玄德下拜曰：“汉室末胄、涿郡愚夫，久闻先生大名，如雷贯耳。昨两次晋谒，不得一见，已书贱名于文几，未审得入览否？”孔明曰：“南阳野人，疏懒性成，屡蒙将军枉临，不胜愧赧。”（见《三国演义》第三十八回）

媚笑乱弹：孔明出山修电脑（一）

刘备家的电脑坏了，这年头能修这个高科技产品的人屈指可数，听说隆中山里头有个奇人叫诸葛亮对电子产品狂热得很，对修电脑也有点钻研。刘备想，雇用诸葛亮帮忙管理IT监控室也不赖，现在公司有电脑的不多，我们不单是要有，还要好好利用起来。

带上一点小礼物，刘备就和市场部经理张飞、行政经理关羽来到隆中找诸葛亮帮忙修电脑。恰好诸葛亮这天出去了，刘备很失望地回去了。不久，刘备又带上关羽、张飞冒着大风雪第二次去请，不料诸葛亮又出外旅游去了。张飞本不愿意再来，见诸葛亮不在家，就催着要回去。刘备只好留下一封信，表达自己对诸葛亮的钦佩和请他来公司帮忙管理IT监控设备以及修好公司电脑的请求。

请不到诸葛亮修电脑，公司的很多事情都耽误了。刘备准备再去隆中碰一下运气，看能找到诸葛亮帮忙不。关羽不同意，不想去，说外界传诸葛亮对电脑有研究，可能也是徒有虚名，住在深山里面，连电脑长什么样可能都不知道。张飞是个粗人，主张他自己过去深山守着，见到诸葛亮就绑他上车带过来。刘备狠狠责备了张飞一顿，又带上他两个去隆中请诸葛亮。

离诸葛亮住的草房子还有半公里的地方，他们仨恰好遇上诸葛均。刘备就问："你的哥哥诸葛亮在家吗？"诸葛均答："昨天下午才回来，刘总你今天可以去找他。"刘备说："今天有幸可以见到诸葛先生！"张飞说："这个人太没礼貌了，带我们去草房子也无妨，话未完就不见人了！"刘备说："每个人都有自己的事情忙，责怪不得！"

当他们去到诸葛亮家门前，已经是午休时间，草房子旁边的小孩告诉刘备，诸葛亮正在午睡。从窗外看进草房子，诸葛先生正好在午休，刘备不好意思惊动他，就一直站着等诸葛亮醒来。张飞很生气地对关羽说："这个人真是傲慢，刘总亲自来到他深山的草房子，他竟然呼呼大睡。我去后门放一把火，看他起不起来！"关羽再三劝张飞要冷静。小孩说："要不我帮你叫醒诸葛先生。"刘备说："还是不要惊醒诸葛先生。"又过了三个小时，诸葛亮才醒来，问小孩："有客人来找过我吗？"小孩

答：“刘总千里迢迢来拜访你，在外面等了好久。”诸葛亮赶紧换好衣服，请刘备进来坐下说明情况。

诸葛亮知道了刘备三次进深山诚恳地找他帮忙修电脑，感动得一塌糊涂，就沏好茶和刘备谈公司的IT项目管理以及修电脑的事项。

【解密《三国演义》·用诚意打动】

俗语说“精诚所至，金石为开”，可见诚意的力量之大。诚意是待人做事的基本方法，也是说服别人的基本方法。诚意在说服别人的过程中，概况起来其实就是真诚地为对方着想，站在对方的角度想问题，这样易于引起对方的共鸣，谈判中底气十足，便于展开说服，无形中增强了说服力。

用诚意打动一个人，进而说服他去促成请求的事情。所谓的诚意既可以通过言语，也可以是实际行动，只要是可以体现出你为对方着想的方式都奏效。

刘备前后两次来到草庐不见诸葛亮，童子表示诸葛先生归期不定，刘备均表示会再来登门拜访。第三次，童子告知诸葛亮在家，但还没醒过来。此时，张飞发怒，觉诸葛亮傲慢无礼，还想到屋后放火。刘备反对，一直耐心等候，直到诸葛亮自然醒来，才进门见到诸葛亮。三顾茅庐的行动体现了刘备的诚意。刘备等到了诸葛亮，下拜并说了一句“汉室末胄、涿郡愚夫，久闻先生大名，如雷贯耳。昨两次晋谒，不得一见，已书贱名于文几，未审得入览否”，诸葛亮很客气地回应了刘备，招呼他喝茶，拉开了隆重对的序幕。久居深山的诸葛亮颇为清高，而刘备二次未果，仍坚持不懈地再一次拜访，开门见山的第一句话就是真诚真意的言语，有效打动了诸葛亮，让诸葛亮觉得刘备有站在自己的角度考虑，才给了机会刘备在隆中相互谈论三分天下的治国良方。

A君和B君合伙做生意，A君并不太感兴趣，但B君需要一个合伙人共同出资承担风险。于是B君详细写好计划书和执行方案，反复修改，最后拿给A君看。A君看到计划书圈圈点点的修改和B君疲倦的面容，知道B君是全身心的付出、倾力的投入，希望能够做好这盘生意。B君把合伙计划介绍给A

君，即便在此前不太感兴趣的A君，被B君打动，答应了他的要求。的确，诚心的付出、诚意的投入是任何谈判的要素。

不妨试一下用言语或行动不同的方式表达出你的诚意，用诚意去打动对方拒绝的心灵。

志同道合攻心法：刘备说服孔明出山相助

《三国》本事：刘备说服孔明出山相助

（刘备三顾茅庐见到诸葛亮，二人共谈天下事。）玄德拜请孔明曰："备虽名微德薄，愿先生不弃鄙贱，出山相助。备当拱听明诲。"孔明曰："亮久乐耕锄，懒于应世，不能奉命。"玄德泣曰："先生不出，如苍生何！"言毕，泪沾袍袖，衣襟尽湿。孔明见其意甚诚，乃曰："将军既不相弃，愿效犬马之劳。"玄德大喜，遂命关、张入，拜献金麻礼物。孔明固辞不受。玄德曰："此非聘大贤之礼，但表刘备寸心耳。"孔明方受。于是玄德等在庄中共宿一宵。次日，诸葛均回，孔明嘱付曰："吾受刘皇叔三顾之恩，不容不出。汝可躬耕于此，勿得荒芜田亩。待我功成之日，即当归隐。"（见《三国演义》第三十七回）

媚笑乱弹：孔明出山修电脑（二）

喝罢茶，诸葛亮说："我昨天回来看到了你的留言，可见刘总经理你苦心经营公司，希望能够尽早更新公司的网络系统，只可惜我年纪小学问少，很多问题还得请教你呀！"刘备说："是我有位朋友极力推荐身在隆中深山的你，说你是高人，懂电脑这方面的知识。如果诸葛先生你不嫌弃我们小公司，就赐教赐教，帮我修理一下坏了的电脑。"诸葛亮说："我只不过是深

山里的一介农夫，哪里懂得高科技技术！你刘总经理招聘广告一贴，要上门求职的人都数不胜数啊！为何舍弃人才来求我这等顽石呢？”刘备说：“诸葛先生你是有着IT这方面技术的，怎么可以待在深山中做个农民，希望你能够抱着用微机技术促进电子化，推动社会进步的想法，赐教我啊！”诸葛亮笑了一笑，说：“看来刘总经理是有宏图大略的哦！”

刘备说：“这年头电脑刚开始试用，公司里能买起电脑的还不多，我们公司出资购入电脑，就是希望能够用电脑取代传统的办公手段，实现信息化管理。这样比起同类的曹氏企业和孙氏企业就有了竞争优势。但是却奇缺IT管理技术和网络维护这方面的专才。”诸葛亮说：“金融危机出现后，各大企业各出奇招。曹氏企业明显实力不如袁氏，但却在产品升级中赢了袁氏，不单是抓准了时机，也是产品营销方案起的巨大作用。如果曹氏公司资金雄厚，你们刘氏明显还不可以和他们争锋。孙氏企业则是老资格，品牌效应让孙氏在市场上始终有立足之地。所以，你们刘氏企业必须在改革上找出路，信息化是个很不错的点子，如果能够顺利改革，将会拥有比曹氏和孙氏两家公司更突出的优势，那么抢占市场就成了必然的事。”

刘备添了一杯茶给诸葛亮，拜请说：“诸葛先生你久居深山，却对市场走势有深刻的见解，无人能及呀！我们公司虽然暂时还在发展中，各方面不够完善。希望诸葛先生你不要嫌弃，出山帮我们修好电脑，升级系统，管理IT监控室，促进我们公司进一步信息化的改革。”诸葛亮说：“我还是比较习惯活在深山的农村里，做个农民自给自足，慵懒的个性不适合在都市里拼搏，恕难从命！”刘备眼带泪光说：“诸葛先生你不出山，整个社会的信息化改革都没有一个引导者可以推进啊！”诸葛亮有被刘备感动到，回答说：“既然刘总经理你不嫌弃，我愿意效犬马之劳。”

第二天，诸葛亮嘱咐弟弟：“刘总经理三顾草庐，诚意之极，我不得不出去助他公司改革。你继续好好留在家。我功成后，就会回来。”交代完毕，诸葛亮就随刘备出山去了。

【解密《三国演义》·志同道合攻心法】

人，或多或少难免会存有“求同”心理。简单地说，见到志同道合的人特别希望走在同一个方向。如果这类人要说服自己去做一件事情，因为有共同的兴趣、爱好，所以特别容易相互吸引，说服难度不大。

刘备三次跋涉来到隆中，诚恳地请诸葛亮一起分析当时的形势，商量统一全国的战略思想和宏伟蓝图。但二人在隆中对话时，诸葛亮一再表示“亮乃一耕夫耳，安敢谈天下事”、“亮久乐耕锄，懒于应世，不能奉命”，拒绝出山。刘备听过了诸葛亮未出草庐便知三分天下的高见，知道眼前是个奇才，虽然深居山中，但满腹经纶，希望济世天下，闻达于诸侯，留名在青史。刘备就用“大丈夫抱经世奇才，岂可空老于林泉之下？愿先生以天下苍生为念，开备愚鲁而赐教”说服对方，这些话语都表示出“刘备我希望统一天下，而诸葛亮你既有着这样的智慧，又有着为天下苍生谋幸福的抱负”，既然我们志同道合，何不一起走在同一个方向！最后刘备还说了一句“先生不出，如苍生何”，用提问法引出诸葛亮承认他的抱负，并答应出山助自己打江山。诸葛亮在《出师表》有写到一句“先帝不以臣卑鄙，猥自枉屈，三顾臣于草庐之中”表现出，刘备求才和诸葛亮求伯乐算是不谋而合，志同道合。既然刘备三顾茅庐，如斯有诚意，而且和自己志同道合，那么答应他又有什么不好呢？于是，诸葛亮答应说“将军既不相弃，愿效犬马之劳”！

想说服一个人做一件事或下一个决定，着重强调两个人相同意见的事，你们彼此追求的兴趣、爱好是相同的，你们的目的是一致的，谈话过程不断反问“既然我们志同道合，你何不听从我劝说同意这件事或这个决定”。因为从始到终，你都从大家的共同点出发，不断让对方答出“是”，即使他可能要实现同一个目的的方式是有差异的，但你引导他不断回答的“是”勾起了他对你说话的兴趣，而且“求同”心理起了作用，最后他会难以抗拒大家的共同追求，否定了自己的“不”，被说服答允。

坚决重诺易说服：马谡自动请缨防守街亭

《三国》本事：马谡自动请缨防守街亭

（司马懿智擒孟达后，引二十万军离长安破蜀兵。孔明猜到司马懿必取街亭，断蜀军咽喉之路。马谡自动请缨防守街亭。）孔明大惊曰："孟达做事不密，死固当然。今司马懿出关，必取街亭，断吾咽喉之路。"便问："谁敢引兵去守街亭？"言未毕，参军马谡曰："某愿往。"孔明曰："街亭虽小，干系甚重：倘街亭有失，吾大军皆休矣。汝虽深通谋略，此地奈无城郭，又无险阻，守之极难。"谡曰："某自幼熟读兵书，颇知兵法，岂一街亭不能守耶？"孔明曰："司马懿非等闲之辈；更有先锋张郃，乃魏之名将：恐汝不能敌之。"谡曰："休道司马懿、张郃，便是曹睿亲来，有何惧哉！若有差失，乞斩全家。"孔明曰："军中无戏言。"谡曰："愿立军令状。"孔明从之，谡遂写了军令状呈上。（见《三国演义》第九十五回）

媚笑乱弹：马谡争取到守街亭

诸葛亮是城月村的地主，家财万贯，把家里的一些古董埋在街亭的地下。诸葛亮收到消息，有一群强盗路过城月村，可能会有所行动。

诸葛亮很担心强盗会发现埋在街亭地下的古董，就召集家中大小商议。

诸葛亮说：“我收到消息，强盗来了我们城月村，可能会有所行动，而村里最有钱就数我们家了，家中没敢放太多银两，我们大部分值钱的资产都埋在了城月村三里外的街亭地下。如果被他们发现了，我们的钱财就会被一扫而空。现在商量一下谁愿意负责守街亭的有关事项？”话刚说完，马谡就说：“我愿意负责守街亭的大小事项。”

诸葛亮说：“街亭虽然不起眼，但是它的重要性方才已经分析过，如果街亭有失，会对我们造成很大影响。你虽然有谋略，但是你的武功不算很到家，你去守我不太放心。”马谡连忙说：“我自小就有跟在你身边，学了很多应变的方法，我会计划好守街亭，安排好人值班，把武功高强的人也妥善安排好，保证万无一失。”诸葛亮说：“那群强盗并非等闲之辈，听说有个叫张郃的特别能打，我怕你应付不来。”马谡说：“不要说张郃，就算是所有强盗一起出击，也是逃不过我布下的天罗地网，有什么害怕的！如果有什么差失，我愿意以死谢罪。”诸葛亮说：“君无戏言。”马谡因此争取到了看守街亭的机会。

【解密《三国演义》·坚决重诺易说服】

人在说服时态度坚决，许下承诺，会产生微妙的说服力。可以假想一下，一个人对另一个人提出请求，并且态度坚决许下重诺作保证，那么另一个人就容易觉得这个人的承诺和决心会是行动的动力，因而答应他的请求。说服时态度坚决地许诺，相当于给对方的心理施加压力，既然说服者可以因为提出这么一个请求而许下重诺，他一定会坚决执行，完成任务。

马谡在三国中是个文官，主动请缨去守街亭。诸葛亮指出了街亭在战略中的关键性，表示马谡缺乏实践经验，怕他守不住街亭。为了消除诸葛亮对自己能力的怀疑，马谡连忙说“某自幼熟读兵书，颇知兵法，岂一街亭不能守耶？”、“休道司马懿、张郃，便是曹睿亲来，有何惧哉！若有差失，乞斩全家”，表示许下重诺保证自己能守住街亭不失。诸葛亮犹来豫去，既然马谡都搭上了全家的性命做保证，决心如此大，让他守街亭也

不会有什么差池吧！最终诸葛亮被马谡的豪言震住了，把守街亭的重任交付给他。

为什么坚决重诺会容易说服对方呢？回想一下现实生活常常看到的一个情景：一个顾客在餐厅里胡闹，指责服务员服务不够周到，还大声训斥要服务员把负责人喊出来。这时，服务员明知顾客喝多了无理取闹，如果一味地迁就软弱，只会让他得寸进尺。“你这是什么态度，明明就是你不对，如果真正是因为我的服务质量不好有待提高，我保证一定会接受你的投诉和采纳你的意见！”一来请缨的态度不但增强了说话内容的正确性，而且给对方甚至现场的人带来一种错觉，“既然他态度这么坚决，那他一定错不了”。二来，许下的重诺让对方心理产生压力，“他都敢保证如果问题出于他身上就有所行动去改善，看来我的胡闹该到此为止了”。

说服时已经把说服理由陈述清楚，却无法达到目的，试一下态度坚决地许下重诺，这说服成败的最后一搏或许会赢得漂亮。

第四章
满足心理需求

解读《三国演义》中求人办事的攻心术

◉ 投其所好：李肃献赤兔马给吕布劝其倒戈
◉ 从第三者角度出发：王允施计灭董卓
◉ 陷于两难：陈珪劝吕布勿与袁术结亲
◉ 标签效应：陈宫说服曹操厚待自己家人
◉ 攻破弱点：刘备再次说服袁绍不杀他
◉ 高帽子效应：关羽华容道放曹操
◉ 以退为进：鲁肃说服孙权不降曹
◉ 阿伦森效应：刘备临终最后一计
◉ 离间攻心：姜维说钟会谋反

投其所好：李肃献赤兔马给吕布劝其倒戈

《三国》本事：李肃献赤兔马给吕布劝其倒戈

（董卓在温明园宴请众臣，商议废少帝立陈留王为帝的事情。丁原首先反对，并于次日与其义子吕布引军与董卓作战。董卓大败，派李肃带赤兔马去说吕布，吕布杀丁原投卓。）肃见布曰："贤弟别来无恙！"布揖曰："久不相见，今居何处？"肃曰："现任虎贲中郎将之职。闻贤弟匡扶社稷，不胜之喜。有良马一匹，日行千里，渡水登山，如履平地，名曰'赤兔'：特献与贤弟，以助虎威。"布便令牵过来看。果然那马浑身上下，火炭般赤，无半根杂毛；从头至尾，长一丈；从蹄至项，高八尺；嘶喊咆哮，有腾空入海之状。后人有诗单道赤兔马曰："奔腾千里荡尘埃，渡水登山紫雾开。掣断丝缰摇玉辔，火龙飞下九天来。"布见了此马，大喜，谢肃曰："兄赐此龙驹，将何以为报？"肃曰："某为义气而来。岂望报乎！"布置酒相待。酒甜，肃曰："肃与贤弟少得相见；令尊却常会来。"布曰："兄醉矣！先父弃世多年，安得与兄相会？"肃大笑曰："非也！某说今日丁刺史耳。"布惶恐曰："某在丁建阳处，亦出于无奈。"肃曰："贤弟有擎天驾海之才，四海孰不钦敬？功名富贵，如探囊取物，何言无奈而在人之下乎？"布曰："恨不逢其主耳。"肃笑曰："良禽择木而栖，贤臣择主而事。见机不早，悔之晚矣。"布曰："兄在朝廷，观何人为世之英雄？"肃曰："某遍观群臣，皆不如董卓。董卓为人敬贤礼士，赏罚分明，终成大

业。”布曰：“某欲从之，恨无门路。”肃取金珠、玉带列于布前。布惊曰：“何为有此？”肃令叱退左右，告布曰：“此是董公久慕大名，特令某将此奉献。赤兔马亦董公所赠也。”布曰：“董公如此见爱，某将何以报之？”肃曰：“如某之不才，尚为虎贲中郎将；公若到彼，贵不可言。”布曰：“恨无涓埃之功，以为进见之礼。”肃曰：“功在翻手之间，公不肯为耳。”布沈吟良久曰：“吾欲杀丁原，引军归董卓，何如？”肃曰：“贤弟若能如此，真莫大之功也！但事不宜迟，在于速决。”布与肃约于明日来降，肃别去。（见《三国演义》第三回）

媚笑乱弹：良心换得心头好

这个世道，不送礼办事慢三拍呐！现在就由我来说个送礼的故事。

董卓是市长办公室的一位秘书，虽官阶不大，但董卓这小子凭着他的小聪明和在市长办公室得到的可靠消息，以及这些年处心积虑积累起来的人脉，搞房地产开发的生意。楼价一直涨高，就是多得这些贪得无厌的家伙。

最近，董卓准备拉拢国土资源局的副局长吕布，帮忙解决新城区周边的钉子户。董卓和手下的人说：“吕布地位悬殊，我看他也是个可用之才，把他招揽进来，一定能够助我们一臂之力！”这时有个声音：“董秘书不要过于忧虑，我和吕布是同乡，知道他是个有贼心没贼胆、见利忘义的人。我想试一下去说服他和我们合作。”董卓拍桌而起：“好！”转而董卓盯着刚才声音的地方看，原来提出做说客的是李肃。

董卓问：“你打算用什么办法说服他？”李肃答：“听说董秘书也爱喝酒，家里珍藏着百年老酒泸州荔枝绿，酒浓香醇，甜润回味，余香无穷。我需要拿这瓶老酒，再加上最近上市的iphone4，用这些利益引诱他。再加以说服，吕布一定会愿意和我们合作。”董卓问李儒说：“这话有没有道理，可行？”李儒说：“董秘书你看到的是新城区幢幢高楼林立，盘满钵满，又何必在乎一瓶老酒？”董卓觉得李儒说得很中听，就把泸州荔枝绿拿出，让李肃带去。

李肃带着礼物，敲开了吕布家的门。吕布妻子开门，谨慎地问：“你找我老公什么事？他有事在忙。”李肃说：“和吕副局长通报一下，老朋友

叙叙旧。”吕太太和吕布说明情况后，吕布让李肃进来。李肃见到吕布说：“老乡，来你家打扰你。”吕布：“哪有哪有，好久不见，李大哥在哪里高就？”李肃就说：“做的是房地产开发这块。听说你在国土资源局升迁了，作为老乡都韬光了。这里有一瓶百年老酒泸州荔枝绿特别送给老乡你，贺你升迁之喜啊。”吕布开瓶拔塞以后，芬芳飘逸，轻抿一口，韵味无穷，饮后余香经久不绝，再三回味，浓香犹存，最特别是喝完后的回味有一股清清的荔枝香气，使人感到清新愉快。吕布收了这瓶酒，心里高兴得很，连忙感谢李肃：“李大哥送这瓶美酒给我，我得回个礼啊。”李肃说：“就是为了老朋友的感情来的，不必客气。”

吕布叫妻子做了一桌子好菜招待李肃。饭桌上，李肃说：“你在国土资源局发展后，日理万机，风生水起，我们兄弟俩都很久没有坐下来叙旧聊聊。”吕布说：“你是看到了表面的风光，做个国土资源局的副局，被局长骑在头上，也不是那么好当的。”李肃说：“良禽择木而栖，明君择主而事。都是选好的路，世界上哪有后悔药买啊！”吕布说：“那李大哥你做房地产生意，跟随的老大还行吧？”李肃说：“我们房地产是和市政府内部的人员合作搞的，市政府办的秘书董卓，你认识吧？我看他还行，审时度势，有勇有谋，新城区一带的房产最后都会是我们的地盘。”吕布说：“现在房价还在涨，我都想从中捞一笔，烦的是没门路。”李肃把最新上市的iphone4、ipad拿出。吕布惊讶地问：“你怎么有这么多新上市的电子产品？”李肃告诉吕布：“这是董秘书特别让我拿来送给你的，百年泸州老酒荔枝绿也是董秘书家的珍藏，送给你就是因为董秘书相中你了。”吕布说：“董秘书这般见爱，我该如何报答啊。”李肃说：“就我这智商，跟着董秘书，日子都过得很滋润。如果你肯和董秘书合作，新城区一带的房产赚的钱，够你一家子下半辈子花了。”吕布有点担忧地说：“你们想的是利用我在国土资源局做的优势？那我岂不是要徇私枉法？”李肃说：“这年头清官还有多少？况且你还被局长压着，多少年才能熬出头？和我们合作，准没错。我们老乡两个一起挣大钱。”吕布还是有点犹豫：“给我一点时间考虑吧，考虑清楚后我会联系你们。”

三天后，吕布把百年泸州老酒荔枝绿带上拜访董秘书，看来新城区的楼价又将达到新高！

【解密《三国演义》·投其所好】

投其所好是一种说服技法，起到劝导他人思路的作用。就是说，根据被说服的一方的性格特征、兴趣爱好、文化修养、人生经历，选择他喜好、合心意的东西，并顺着他的感情倾向、审美意识、道德标准、价值观加以诱导和启发，给到别人一种为他着想的感觉，使对方从你心之所欲，欣然应允。

李肃献赤兔马给吕布，吕布最后妥协了。整个智谋过程大致就是，李肃首先拉近关系，表示为朋友来叙叙旧。吕布自然放松警惕，李肃获得了二人谈话的机会。接着饮酒聊天，李肃暗中试探吕布和上司的关系，以朋友角度给出建议，为吕布谋划着改变方向可能会获得更好的发展。整个聊天都没有表现出丝毫他自己是说客的痕迹。然后李肃献上赤兔马投其所好，吕布心花怒放，这一步是为了铺垫让吕布说出投靠。最后大势已定，李肃就更进一步提出让吕布降了董卓，水到渠成。

再举个例子：男方想说服女方的妈妈接受他，娶走她的女儿，这可是门大学问。去之前，男方知道她的妈妈喜欢听粤剧，翻看了相关的书，听过最热门的粤剧。去到女方家里，男方选择了丈母娘最爱听的话题，并顺着思路展开说话，使之对男方产生无比的亲切感、信任，再给力引导，男方的说服就自然而然成功了。

男方成功的原因在于采用了投其所好的说服方法，根据女方妈妈的兴趣爱好，选择了投合她胃口的话题，顺着她的感情倾向加以诱导与启发，向丈夫娘发起心理攻势，那么感情就容易沟通，就会产生信任和好感，从而乐于答应男方提出的要求。当然，投其所好的具体实施形式是多种多样的。根据不同对手的性格特征、兴趣爱好、文化修养以及人生阅历的不同，而找到你和说服对象沟通的一架桥梁，礼貌对待，投其所好，表现出理解和耐心，适当给予好处，让对方觉得“知己难求”、“你理解他”，和盘托出，你的说服也就事半功倍！

所以，在说服他人的过程中，我们一定要适当地投其所好给予对方好处！

从第三者角度出发：王允施计灭董卓

《三国》本事：王允说服吕布，连环计得以顺利部署

（王允与貂蝉使用连环计离间董卓与吕布，在董卓带着貂蝉同去郿坞后，王允乘吕布愤愤不平之际，劝说吕布共诛董卓。）布曰：“大丈夫生居天地间，岂能郁郁久居人下！”允曰：“以将军之才，诚非董太师所可限制。”布曰：“吾欲杀此老贼，奈是父子之情，恐惹后人议论。”允微笑曰：“将军自姓吕，太师自姓董。掷戟之时，岂有父子情耶？”布奋然曰：“非司徒言，布几自误！”允见其意已决，便说之曰：“将军若扶汉室，乃忠臣也，青史传名，流芳百世；将军若助董卓，乃反臣也，载之史笔，遗臭万年。”布避席下拜曰：“布意已决，司徒勿疑。”允曰：“但恐事或不成，反招大祸。”布拔带刀，刺臂出血为誓。允跪谢曰：“汉祀不斩，皆出将军之赐也。切勿泄漏！临期有计，自当相报。”布慨诺而去。（见《三国演义》第九回）

媚笑乱弹：自古红颜皆祸水

葡萄庄园庄主董卓把汉东一带的葡萄园都收购了，汉东百姓一向赖以生存的葡萄园没了，吃饭都成了问题，却奈何董卓财大气粗，敢怒不敢言。小庄主都想除掉他，但又苦于没有好办法。夜深了，王允踱步来回在葡萄园，

看着天空一轮明月，心里纠结的却是汉东葡萄园的事情，想着汉东数千种葡萄的农民温饱都成问题，就不觉眼角湿润。他突然看到八角楼处有人长叹，走过去一看，原来是家里收留的十六岁的美丽女孩貂蝉。问她因何叹息，貂蝉跪拜在王允面前：“自从我来了董家葡萄园，你就把我当亲人一样对待，我真不知道如何报答你才好。最近看到王大哥你愁眉不展，一定是有难办的事，但又不敢问，所以长叹，如果我能帮你分担忧愁就好。”王允一听，猛然醒悟说：“没想到汉东葡萄园的命运，掌握在你一个小女子手上啊！”

他把貂蝉领到八角楼内，跪在地上给貂蝉磕头。貂蝉连忙让王允起来，并问：“你这是干什么？我能帮上忙吗，尽管吩咐好。”王允看到貂蝉一脸坚决的样子，就说：“董卓和吕布都是好色之徒。我收你做义女，先把你许给吕布为妻，然后再把你献给董卓为妾，你在他们二人之间周旋，见机行事，挑拨离间。设法让吕布杀掉董卓，这样汉东一地的葡萄庄园就有可能还给汉东百姓了。”貂蝉听后，满口答应，并发誓说：“如果我不按王大哥的意思去做，忘恩负义，我就被乱刀砍死！”于是王允和貂蝉共同设下连环计。

王允暗地找了吕布说家里有幼女初长成，许给他做妻子，明里把貂蝉献给董卓。从此之后，貂蝉周旋在两人之间，这厢和吕布暗里送秋波，那头却献媚给董卓，二人中了美人计被迷得神魂颠倒。自董卓娶了貂蝉过门之后，吕布非常不满，有一天，吕布趁着董卓去汉西买化肥的时候，溜进董家庄园和貂蝉见面。貂蝉见了吕布，就假装哭诉被董卓霸占之苦，吕布想着自己心爱的女人被别人欺凌就一肚子火。恰好这时董卓从汉西回来，撞见二人一脸亲密，心中燃烧的怒火激起他的冲动，手里一把尖刀刺向吕布，吕布掩住伤口赶紧逃走。

从此，董卓和吕布两人互相猜忌。王允的连环计算准时机，找来吕布说：“以我看嘛，你和我干女儿貂蝉是天生一对，董卓年纪一大把，就仗着有几个臭钱纳妾无数，貂蝉跟了她可委屈了，而且汉东葡萄庄园的老百姓都让董卓害惨了，真是人人得以诛之，我这里有个办法，能除掉董卓。”

吕布听了，点头道：“岳父大人有何妙计？”

王允说：“如果你现在和董卓较硬，他身边很多保安，必定难以实施。

你可以先假装悔意向董卓认错，让他先去除防备之心之时就是你下手的好时机。”

吕布奸笑：“岳父大人妙计。”

“这里有些安眠药，找个适宜的晚上你找他喝酒，把安眠药磨成的粉末下到董卓房里的酒，他摄入过量，明天就醒不来了。”吕布照着王允的计谋做，铲除了董卓。汉东老百姓重获葡萄庄园。

【解密《三国演义》·从第三者角度出发】

如果你想说服别人帮你做事情，可以试着跳出传统设定的框架。传统的框架就是一般人思考问题或表达观点的角度。试着用第三者的角度去求人做事，对方会更乐于接受你的请求。

王允说服吕布一起合作铲除董卓，也是站在了第三者的角度。对于王允，一来说明如果吕布除掉董卓，那么就能抱得美人归，恰好中了吕布的下怀，这是王允外的第三者角度，丝毫没有为己私念服务的痕迹；二来王允将除掉董卓的利益夸大到造福老百姓，也是站在第三者的角度，而且这等光荣好事多人抢着去做呢。这样的第三者口吻请求吕布除掉董卓，他就很容易被说服。

淘宝卖家的货物供不应求，正在紧急补货，要说服买家接受迟一点发货。卖家先以发货时间为条件说了一下，然后表示价钱绝对不能减，把买家的注意力转到价钱上面，僵持了一阵，卖家把价钱降低了一点，对方很满意，而卖家也赢得了客户。卖家很聪明，换个话题从第三者角度出发，正向说明要迟点发货很难留住客源，那就试着反向说服，用降价切入，引导卖家觉得“捡了个大便宜，迟到收货也值得”，促使交易达成。

遇上难度比较高的说服，不妨换换话题从第三者角度出发，在漫无边际的话题中掌握时机，捕捉住有利于向中心逼近的话题进行引导，才会使对手不知不觉亦步亦趋，致使说服成功。

陷于两难：陈珪劝吕布勿与袁术结亲

《三国》本事：陈珪劝说吕布不要与袁术结亲

（袁术为离间吕布与刘备，提出和吕布结亲。说亲成功后，连夜操办婚事，宋宪等鼓乐喧天送吕布之女出城外。陈珪养老在家，听闻鼓乐声，被告知吕布要与袁术结亲，欲劝阻，扶病来见吕布。）布曰："大夫何来？"珪曰："闻将军死至，特来吊丧。"布惊曰："何出此言？"珪曰："前者袁公路以金帛送公，欲杀刘玄德，而公以射戟解之；今忽来求亲，其意盖欲以公女为质，随后就来攻玄德而取小沛。小沛亡，徐州危矣。且彼或来借粮，或来借兵：公若应之，是疲于奔命，而又结怨于人；若其不允，是弃亲而启兵端也。况闻袁术有称帝之意，是造反也。彼若造反，则公乃反贼亲属矣，得无为天下所不容乎？"布大惊曰："陈宫误我！"急命张辽引兵，追赶至三十里之外，将女抢归；连韩胤都拿回监禁，不放归去。却令人回复袁术，只说女儿妆奁未备，俟备毕便自送来。（见《三国演义》第十六回）

媚笑乱弹：吕布不愿嫁女至袁家

因为袁术家做的是海盐贩卖生意，看中了吕布开酒楼人面广，有助于他的海盐远销，就让自己的儿子娶吕布的女儿。吕布同意了，大摆筵席，鼓乐喧天，城里城外，热闹非凡。

这时，养老在家的陈珪听到了鼓乐的声音，跑到门外问哪家子办喜事

了。邻居告诉陈珪，是袁术和吕布结亲。陈珪叹息：“中了‘疏不间亲之计’啊！”陈珪急急忙忙跑到吕家。吕布说：“今天是吕家好日子，陈老来了，坐坐坐！”陈珪说：“我是听说吕老板你快要死了，特意来吊丧。”大喜的日子里，陈珪说这么一句话，吕布吓了一大跳，说：“何出此言？”陈珪说：“袁术叛卖的海盐来历不明，曾经用金帛贿赂我，叫我帮忙疏通查处私盐的刘备。今天他突然要和吕家结亲，我看他并不是真心想娶吕小姐，而是看中了吕老板你的人脉关系，想借你的面子，疏通刘备啊！如果你把女儿送到袁术那里，吕小姐就成了袁术的筹码，将来就必须答应袁术的种种要求。如果吕家和袁家结亲，他做私盐生意要你帮忙，你要是答应他，就形同于参与非法生意，你要是不答应他，又会结怨于袁家。袁术心胸狭窄，我怕他会对吕老板你不利啊。况且袁术叛卖私盐，祸害百姓，为天下所不容乎！”吕布脸色都变了，说：“袁术这小子陷害我。”

吕布马上叫张辽派人追赶到城外三十里，将女儿抢回来，派人给袁术送去书信，就推辞说女儿的嫁妆还没有准备妥当，等到一切备好了，再把女儿送过去。

【解密《三国演义》·陷于两难】

说服者把说服对象设想在一个往左和往右都难以行动的局面，再替他做一个决定，说服者的观点和思路有价值，考虑到说服对象的利益，那么这样的建议就具有说服力。

袁术和吕布结亲，吕布很有可能陷于两难的局面，陈珪从旁分析，帮他做决断，指点说明结亲是不明智的选择。吕布听起来，陈珪言之有理，既然我已经陷入了两难局面，采取他的建议会比较符合我的利益，果断就接受了陈珪的说服。

这个说服案例其实是告诉我们，当说服者要说服缺乏判断力的人时，可以假定说服对象做某个选择可能陷于两难的尴尬局面，再从旁指点说明如果采取说服者的建议，可以把事情处理妥善。说服对象不知如何取舍，说服者给出明智的建议，就容易让对方信服。

标签效应：陈宫说服曹操厚待自己家人

《三国》本事：陈宫被杀前成功说服曹操善待厚养自己家人

（曹操攻打吕布据守的下邳，吕布自恃粮食足备，安心坐守下邳，不听陈宫出城进攻的劝告。结果吕布被绳绑生擒到曹操手中，命丧白门楼，而投到吕布帐下的陈宫也被擒住。）徐晃解陈宫至。操曰："公台别来无恙！"宫曰："汝心术不正，吾故弃汝！"操曰："吾心不正，公又奈何独事吕布？"宫曰："布虽无谋，不似你诡诈奸险。"操曰："公自谓足智多谋，今竟何如？"宫顾吕布曰："恨此人不从吾言！若从吾言，未必被擒也。"操曰："今日之事当如何？"宫大声曰："今日有死而已！"操曰："公如是，奈公之老母妻子何？"宫曰："吾闻以孝治天下者，不害人之亲；施仁政于天下者，不绝人之祀。老母妻子之存亡，亦在于明公耳。吾身既被擒，请即就戮，并无挂念。"操有留恋之意。宫径步下楼，左右牵之不住。操起身泣而送之。宫并不回顾。操谓从者曰："即送公台老母妻子回许都养老。怠慢者斩。"宫闻言，亦不开口，伸颈就刑。（见《三国演义》第十九回）

媚笑乱弹：曹操被说服善待陈宫一家

20世纪80年代的时候，曹操混黑道杀董卓不成，被全国通缉，后来在一个小县城被警察逮住。陈宫就是那个小县城的警长。曹操成功说服陈宫放了

他，想着在小县城当一辈子警长也不会有未来，就跟了曹操混日子。一路追随，陈宫目睹了曹操做黑道的心狠手辣，作奸犯科的行为，做过警长的正义感始终让他无法违心跟着曹操无恶不作。道不同不相为谋，陈宫不辞而别，两人也因此恩断义绝。

后来，陈宫到了小镇的监狱当看守。曹操造反了，要去监狱救出关在里面的兄弟，又和陈宫碰上了。曹操擒住了看守陈宫，有意调侃了几句："陈警长别来无恙？"曹操这句话实际上是讽刺、责怪陈宫识人不明，不知好歹，有大茶饭不跟着吃，跑来监狱当看守，今天还是一样败在自己手下被擒获。

陈宫毫不客气地说："你心术不正，无恶不作，天有眼会收拾你的，我弃你而去是我的选择，从来没有后悔过。"

曹操说："我心术不正，你在监狱看守，看到拉进来的人多少是替死鬼。"曹操的意思是司法也见不得公正到哪里！

陈宫说："你不要以偏概全，公检法一条线下，你们黑道的始终是被收的！"

曹操换个话题讥讽挖苦陈宫："你老想着你多有能耐，当个看守也太浪费了，今天还不是被我捉住了，白的也不一定敌得过我们黑道呐！"

陈宫嘴里还是不服输，说："我今天被你捉了，千千万万的警察后面上，你总有一天会被绳之于法的！"

曹操见陈宫没有表现出战败被擒的沮丧，就想用死来恐吓陈宫："那你想我怎么处置你？"

陈宫已怀必死之心，叹叹气说："作为看守，我失职；作为儿子，我不孝，死了也毫无怨言。"

陈宫的话提醒了奸诈的曹操，曹操抓住陈宫死穴，用陈宫的家人恐吓他："你死了就算了，那我就让你老妈子去阴间陪你好了！"

曹操真的够狠，硬要把陈宫的老妈也拉下水。陈宫很是紧张，却故作镇静地说："曹大哥你孝顺在行内是出了名，我老妈的安全用不着我考虑，一切都得看你主意啊！"

曹操相当无奈地说："你老婆孩子也不管了？"

陈宫依然不动声色地回答："曹大哥疼惜老婆孩子，堪称模范。我老婆孩子是死是活，也是看你啊！"

陈宫这套说服策略十分高明，他没有破口大骂曹操这样威胁他家人性命如何卑鄙，也没有苦苦哀求曹操放他家人一条生路。他丝毫没有屈服在曹操的淫威之下，而是娓娓道来曹操平常是如何对待妻儿老母的。曹操当然不想手刃无足轻重的陈妈妈和陈太太。答案已经不言而明，曹操只能善待陈宫的家人了。

【解密《三国演义》·标签效应】

当一个人被一种词语名称贴上标签时，他就会作出自我印象管理，使自己的行为与所贴的标签内容相一致。这种现象是由于贴上标签后引起的，所以称为"标签效应"。如果你想要说服他人接受你的请求，有效影响对方为自己办事，告诉他"你能够做到这个事情"、"你是个热心肠人，为别人做点事很应该"此类话，相当于为对方贴上标签，这有利于对方产生相应于贴上的标签的事情，你的说服也就轻而易举完成。

面对曹操用母亲以及妻儿的生命来威胁自己屈服，陈宫非常自然地用说孝德讲仁义这些大道理，分析曹操以孝治天下，施仁政于天下是明君的行为。曹操痛恨陈宫当年对自己的背叛，但今天陈宫仍不肯低头认错，他本来是打算杀掉陈宫全家泄愤，但最后被陈宫贴上标签，受到标签效应的影响被说服，而且陈宫所说的道理都是自己标榜着要做一个明君提出的政策，他别无选择，只好把陈宫的母亲、妻子、孩子都送到许都自己的府上，好好侍奉。陈宫说服策略奏效，也就坦然赴死。

上司对下属表示肯定，"你一定是个效率很高的员工"，员工被贴上"效率高"的标签，相信自己确实拥有这样的优点，并努力做出符合这个标签形象的行为，自然就会实现高效率做事。这比上司苦口婆心说服下属要充分利用时间，高效率办事有效多了。

任何的谈判说服或求人办事都一样，直面表达你的说辞和请求很难打动他人。只要你为他人贴上你期望的标签，标签所具有的定向导向作用，会导致对方作出你期望的行为。

攻破弱点：刘备再次说服袁绍不杀他

《三国》本事：刘备二次说服袁绍死里逃生

（刘备与曹操交战，兵败投到袁绍；而当时关羽为曹操效力，斩杀了袁绍的大将颜良、文丑。袁绍两次欲杀刘备为颜良、文丑报仇。）却说袁绍欲斩玄德。玄德从容进曰："明公只听一面之词，而绝向日之情耶？备自徐州失散，二弟云长未知存否；天下同貌者不少，岂赤面长须之人，即为关某也？明公何不察之？"袁绍是个没主张的人，闻玄德之言，责沮授曰："误听汝言，险杀好人。"遂仍请玄德上帐坐，议报颜良之仇。

郭图、审配入见袁绍，说："今番又是关某杀了文丑，刘备佯推不知。"袁绍大怒，骂曰："大耳贼焉敢如此！"少顷，玄德至，绍令推出斩之。玄德曰："某有何罪？"绍曰："你故使汝弟又坏我一员大将，如何无罪？"玄德曰："容伸一言而死：曹操素忌备，今知备在明公处，恐备助公，故特使云长诛杀二将。公知必怒。此借公之手以杀刘备也。愿明公思之。"袁绍曰："玄德之言是也。汝等几使我受害贤之名。"喝退左右，请玄德上帐而坐。玄德谢曰："荷明公宽大之恩，无可补报，欲令一心腹人持密书去见云长，使知刘备消息，彼必星夜来到，辅佐明公，共诛曹操，以报颜良、文丑之仇，若何？"袁绍大喜曰："吾得云长，胜颜良、文丑十倍也。"（见《三国演义》第二十五、第二十六回）

媚笑乱弹：刘备二次死里逃生

如果你是黑社会老大，被警察捉进监狱，面临枪毙的境况，旁边没有律师为你辩护申诉，那么，你该怎样做才能活着走出监狱呢？

刘备这个混江湖的黑道老大，就面临过这样一个窘况。

袁绍是919警队队长，派出手足颜良去捉曹操，却被正为曹操效力的关羽一枪毙了。因为关羽的枪够快，颜良甚至还没来得及说他是919警队的警员来审问曹操就一命呜呼了。

颜良的手下都被快枪关羽吓着，奔回警队汇报袁绍，就说一个红脸孔的快枪手干掉了颜良。919警队的资深伙计沮授马上就判断出这个枪杀颜良的人是黑社会老大刘备的结拜弟弟关羽。

沮授虽然没在现场看到快枪手枪杀颜良，但他的判断也是有依据的。当年关羽跟刘备去董卓那帮人纠缠，袁绍已经带919警队。关羽在虎口一枪中华雄心脏拿了他命，袁绍是一清二楚的。而且沮授说是红脸孔，非常符合关羽的外貌特征。

得力手足颜良没了，袁绍自然是十分痛惜，第一反应是关羽是刘备兄弟，哥俩肯定是狼狈为奸，内外勾结，警队被他这样灭威风还得了。

袁绍怒气冲头，不问青红皂白，立即对犯事拉进警局的刘备大喊："你兄弟一枪致命杀了我警队的大哥，一定是你被关在牢里，你兄弟想做反！信不信，我就一枪把你也毙了偿命。"

刘备实在是无辜的，他对关羽在外面的行动一无所知，他进监狱前刚好和张飞、关羽失散了，他根本就不知道关羽、张飞去了哪里，而且也不敢相信关羽会投降了死对头曹操。

但是袁绍现在恨不得一枪干掉刘备泄愤，反正在监狱里袁绍说了算，明天报纸一登说黑社会老大刘备心脏病发死于监狱，什么都瞒天过海了，生死落在了袁队长手上。刘备要怎样压抑住袁绍的情绪，保住性命呢？

能从小偷小摸的小混混走到黑社会老大这位置，刘备可不是省油的灯！刘备机灵得很，照现在的情况分析，说明论据说服袁绍放了自己的可能性近乎为零，就只能用情感出发！袁绍做到警队队长，刘备也和他正面交锋过好

几次，也算是摸清底细吧。印象尤其深刻的是有一次，袁绍的手足部署追捕大毒枭，计划都如期顺利进行，但到了最后一个缉拿的晚上，袁绍的小儿子重病，生命垂危，袁绍顾不上任务有多么重要，就奔去医院照顾儿子去了。对待这种感情动物，对待这类居家型的好男人，从情感、价值认可方面寻找突破口，这样说服他放过自己的机会大很多。

刘备故作镇静地说："袁警长，话不能乱说哦，老曹上次来我的赌场闹事，我才失手坐了进来，老婆孩子在混乱中去了哪里都不知道，关在牢里消息传不进来，我咋知道关羽出卖我跟了老曹混呢？况且，红脸孔的人天下之大又不止关羽一个？难道开枪开得快开得准，红脸孔的就一定是关羽了？警长你一定要查清楚情况，不要听有些人的一面之词啊！"

袁绍心想：捉刘备的时候，刘备束手就擒，老婆孩子确实没见着踪影。关羽是刘备结拜兄弟，但到底不是流着一家子的血，自然是老婆孩子重要点，况且他孩子流的就是刘家的血。现在，刘备被关在牢里，老婆孩子音信全无，那么他不知道关羽下落的说法，也有一定道理的。

看来刘备针对袁绍弱点说的一番话起了作用。"天下之大，又不是说开枪开得快开得准，红脸孔的人就一定是关羽"，袁绍回头一想，杀颜良的人未必就是关羽，单凭警队队员的一面之词就下判断，未免有点不公平。袁绍觉得刘备的分析有道理，就暂时放过刘备不枪毙，暂时把关羽关在牢里。

随后，关羽又遭遇了一次性命之忧。

袁绍对于颜良的死耿耿于怀，派出文丑跟踪关羽查清楚事情的来龙去脉。不幸的是，文丑又一次被关羽的快枪毙了，这等于把刘备推上了绝路。袁绍愤怒升级，回到警局就押了刘备出来，准备一枪毙了他，替颜良和文丑报仇。

袁绍一次痛失两名得力助手，对警队的实力和袁绍的感情造成双重打击。这次刘备肯定不能故伎重施，利用袁绍重感情的弱点说服了。那他又是利用了什么条件解决困境的呢？

刘备侃侃而谈，不再回避确实是关羽枪杀了颜良、文丑，也绕进了另一着重点——老曹为什么动用关羽枪杀袁绍旗下的两个精英。刘备说："曹操一向都恨我入骨。他明明知道我犯事进了警局，这才故意派关羽，而不是别

人来对付颜良、文丑。关羽和我的关系好得很，他知道你这样会怪罪我使奸诈，老曹这招借刀杀人用得妙啊！”

实际上，曹操和关羽都不知道刘备被抓进了牢房，但刘备这样一番推理论证不无道理，在袁绍看来有一定说服力。刘备就这样成功把责任推卸到曹操身上，逃了一死。但快枪枪杀颜良、文丑这两个人的确实是关羽，只有把袁绍的心病彻底消除，才能保命。要不哪天袁绍心情不好，自己还是会一枪给毙了。

接下来，刘备说：“袁警长，我写封信给关羽，利用他得到老曹的信任，和你协商一下做卧底，把老曹的犯罪证据收集，一举歼灭老曹旗下的犯罪集团，你看成不？”

袁绍枪杀刘备，并不是因为刘备的犯罪证据确凿，完全只是出于私人恩怨，他兄弟竟然把手下两得力帮手干掉，这口气怎么咽得下。刘备这番话的用意在于，既然袁绍你痛失两个警察，那么我把快枪手关羽拉拢做你们卧底，帮你们剿灭曹操，这切实可行。刘备可是打好了算盘，暂时转向和警察合作，获取袁绍信任，先保命，到时律师给力打官司，出了监狱还是一条好汉。

袁绍一想：曹操真没把我这个警长看在眼里，好一招借刀杀人。反正刘备关在牢房，利用他和关羽的铁关系，让关羽继续留在曹操身边收集犯罪证据也未尝不可，苟且留住刘备的小命！

刘备第二次成功死里逃生。

【解密《三国演义》·攻破弱点】

活在乱世，随时都有可能遇到致命危险，而善于说服就相当于坚硬的盾牌，把危险挡住！刘备两次死里逃生，都是说服技巧的灵活运用，无论是哪一种情势下，他都注重于寻找对方弱点，攻心说服，破解危机。我们既要事先做好准备，掌握对方的弱点，掌握主动权，也要在说服过程中随机应变，发现对方暴露出来的弱点，穷追猛打，瓦解对方的阵势，达到目的。

刘备的第一次说服，是建立在关羽把袁绍手下的将士颜良杀掉，他还不知道的情况下。但以他和袁绍的接触，他知道袁绍作为将领最失败的地方在

于重感情，尤其注重家庭感情，甚至会因为家庭的事情耽误军队的事宜。这种感性的动物，使他感动是很奏效的。刘备没有掌握任何的论据来解释自己的清白和无辜，他把自己的境况添油加醋描述了一番，表示出自己连妻儿都不知道在哪里，怎么会有心思参与了关羽的杀人部署呢？袁绍的价值观决定他的思维定势，他的想法定在了刘备会把妻儿看得比关羽重要，眼前的境况确实是刘备被抓，不清楚妻儿的去处，那么关羽的行动可能真与他无关。

当关羽再次杀了文丑之后，刘备不能再利用袁绍重感情这招对付袁绍，刘备再次面临被杀头的危险。此时，刘备侃侃而谈，详细分析，打算利用袁绍一向和曹操有私人恩怨的这个事实，企图让袁绍形成“嫁祸曹操”的思路，再根据这条思路对症下药，引起共鸣，从而达到说服袁绍的最终目的。刘备谈到曹操两次都命令关羽杀人，杀死了袁绍两名爱将颜良、文丑，就是为了激怒袁绍把刘备杀了，这是借刀杀人啊！“借刀杀人论”在刘备的精心设计下，袁绍信以为真，更加痛恨曹操，而不会迁怒怪罪刘备，刘备逃了一死。

刘备对袁绍的两次说服，都注重寻找对方的弱点，判断出说服对象现有的态度和认知是怎样引起的，根据说服对象的态度和认知设计说话，让对方有正中下怀的感觉，引起共鸣，从而达成说服。

生意谈判中，对手一来就显示出高高在上的气势，贬低我方，希望能以较低价格成交这笔生意。我方抓住这点，斥责他们缺乏诚意，既然对方无心合作，不如作罢。对手满脸羞愧，以为稳操胜券的生意竟然要泡汤，不得不开出更好的条件，希望保持合作。我方就是准确有力击中了对方的弱点，在谈判中随机应变，一语中的，不费吹灰之力便赢得谈判。

金无赤金，人无完人，每个人都存在缺陷。实践说服别人，要善于找出对方说辞上的错误、论据逻辑错乱、论证有所偏颇以及自身性格、行为上的局限等弱点，击中弱点，理直气壮地把对方说服。

高帽子效应：关羽华容道放曹操

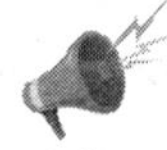

《三国》本事：华容道曹操说服关羽放行

（曹操在赤壁之战中大败，率部溃逃。逃到华容道时，遇到设伏在此的关羽。曹操走投无路，程昱建议曹操利用与关羽的旧日恩情脱此难。）操从其说，即纵马向前，欠身谓云长曰："将军别来无恙！"云长亦欠身答曰："关某奉军师将令，等候丞相多时。"操曰："曹操兵败势危，到此无路，望将军以昔日之情为重。"云长曰："昔日关某虽蒙丞相厚恩，然已斩颜良，诛文丑，解白马之围，以奉报矣。今日之事，岂敢以私废公？"操曰："五关斩将之时，还能记否？大丈夫以信义为重。将军深明《春秋》，岂不知庾公之斯追子濯孺子之事乎？"云长是个义重如山之人，想起当日曹操许多恩义，与后来五关斩将之事，如何不动心？又见曹军惶惶，皆欲垂泪，一发心中不忍。于是把马头勒回，谓众军曰："四散摆开。"这个分明是放曹操的意思。（见《三国演义》第五十回）

媚笑乱弹：曹操说服关羽过华容道

关羽守在码头等曹操，结果还是没等着。这回诸葛亮估计曹操会从华容绕路逃跑，就派关羽把守华容道。果然，曹操从乌林向华容道走，一看关羽在那里守着，不禁感慨这么偏僻的路诸葛亮都派人拦截了，难道曹操我今天

就得走上绝路?

程昱说他有办法，曹操急问：“你有什么方法能让我逃掉，快说！”

程昱走近，在曹操耳边小声说：“你也接触过关羽，他一向是骄傲自满，吃软不吃硬，把义气当饭吃那种人。以前他做卧底也算是跟过你，你就拿旧情义当筹码，感动他一把，看能不能逃过这一劫。”

曹操眉头紧锁：“真行？他们都追捕我这么久了，现在时机来了，关羽还会手软？”

程昱说：“老大你尽管试一下，成功的几率很高！”

曹操深呼吸一下，调整了一下状态，脑袋里回想起从自己十七岁开始混江湖枪战无数回也没“中奖”，做博彩被警察查到来也幸运逃过一劫去了泰国避难，最后还是回来重操旧业。从来没有过这么失败的感觉，竟然……竟然机关算尽被卧底潜进来查明底细，现在竟然还要去求这个叛徒饶自己一命，真是莫大的羞辱！

曹操一个人走到关羽跟前，旁边的人就说：“我们都退到后边，关羽快枪一枪就能杀死曹操，我们见机逃跑。刚才程昱所谓的妙计就是要曹操自投罗网，也不赖，给我们争取了时间。”

程昱讪笑道：“说不准老大能否逃过这一关，关羽这个人反反复复，出尔反尔，老大能不能说服他逃走，都得看造化。”

曹操首先就问候起关羽：“你最近在警队过得还好吧？”

关羽很疑虑，曹操一个人过来，跟他那帮小的都去哪儿了，会不会有诈？他回答说：“我在这等你好久了，总算自投罗网，你想怎样死都成，我成全你。”

曹操黯然神伤：“我落到今天的境地走投无路了，你念在我们的旧情……”

关羽脸都涨红了：“我是兵你是贼，有什么交情可言！”

曹操说：“我以前送金银珠宝、赏赐娇俏舞姬给你，都是看上了你的才干，你是百年一遇的奇才！我很想留你在我身边做事啊，如果你愿意，要我付出什么都行！”

关羽说：“昔日我确实受过你的厚恩，然而我已经帮你渡过很多难关，

算是奉还了！今天的事情我怎么敢徇私枉法？”

曹操说：“还记得你以前跟随我做事威风凛凛的样子吗？你对兄弟义重如山是最让我佩服的优点，昔日情同手足，如今我们竟然自相残杀，你的义薄云天消失了吗？你已经变成恩将仇报的家伙了吗？”

面临曹操的一番恭维，关羽自我感觉良好，原来自己在曹操心中有着这么重要的位置，念在追随曹操时候的情义，他确实动摇了，又看看曹操一副可怜的模样，心一软，就把曹操放走了。

【解密《三国演义》·高帽子效应】

世人把奉承人称为戴高帽子。在人际交往中，我们常需要说服别人接受我们的请求或者观点。如何做最有效呢？每个人都希望得到肯定，由此及彼，别人也渴望我们的肯定。那么适时地给他人戴顶高帽子，说服别人就容易多了。

“诸葛亮智算华容，关云长义释曹操”是《三国演义》中很著名的一个故事：赤壁战前，诸葛亮算定曹操必败走华容，只有一夫当关之险的华容狭路上，曹军几经打击无力再战，曹操只得兵行险着，哀求关羽放行。曹操一阵哭天抹泪回忆以前送过金银珠宝，赏赐娇俏舞女，是看上了关羽的才，又给关羽戴高帽子说至此他仍佩服关羽的才，反正就是把关羽夸到天上去了。关羽是有虚荣心的，听到这些夸奖很受用。有仁有义的关羽念在当年曹操的关照上，加上曹操给他戴的高帽一时迷乱了他的心智，还是放走了曹操。曹操无疑是个成功的说服者，他求关羽放行有个简单且实用的办法，就是给关羽戴了顶高帽子，从过去到现在去谈论他如何地佩服关羽，希望把他揽到门下做助手，这样让关羽会觉得感觉良好，即便是听从命令要缉拿曹操，关羽还是在华容道把关羽放行了，其实这就是“人人都喜欢高帽子”的效应起了作用。

专家认为“人人都喜欢高帽子”，高帽子代表着认可，它能刺激大脑皮层兴奋起来，调动人体各系统的积极性，从而激发人体的反应，行为就会发生改变。朋友把事情搞砸了，你却不失时机地给他戴顶高帽子：“这么难的事情我可做不来，你能接手做到这个程度已经很不错了”；请求朋友帮你

做事情，你可以试一下说：“哎呀，就你针线功夫最到家，来嘛，帮我缝一下这件衬衣的纽扣，我只对你的技术放心。”求人做事前先给别人戴顶高帽子，你的认可是他行动的动力，戴上高帽子的他愉快得很，你的请求就容易多了。

人是最禁不住恭维的动物，虚荣也是人的本性之一。想求领导办事，必须学会给他戴高帽子，话说得好听到位，领导就容易接受你提出的条件和请求，否则只是一件简单的事情，也很容易搞砸；想求同事帮忙，必须学会给他戴高帽子，选择对方爱听的话说，才有利于让他站在你这边做事。因此，要学会给他人戴高帽子。

以退为进：鲁肃说服孙权不降曹

《三国》本事：鲁肃激将进言说服孙权

（诸葛亮随鲁肃过江东共议合作之事，在东吴诸儒的诘问中从容作答，侃侃而谈，游刃有余，东吴文武官尽皆失色。诸葛亮被引见吴侯时偷眼看孙权，心觉此人相貌非常，只可激，不可说，遂待孙权问话，用言语刺激回应。）孙权听了孔明此言，不觉勃然变色，拂衣而起，退入后堂。众皆哂笑而散，鲁肃责孔明曰："先生何故出此言？幸是吾主宽洪大度，不即面责。先生之言，藐视吾主甚矣。"孔明仰面笑曰："何如此不能容物耶！我自有破曹之计，彼不问我，我故不言。"肃曰："果有良策，肃当请主公求教。"孔明曰："吾视曹操百万之众，如群蚁耳！但我一举手，则皆为齑粉矣！"肃闻言，便入后堂见孙权。权怒气未息，顾谓肃曰："孔明欺吾太甚！"肃曰："臣亦以此责孔明，孔明反笑主公不能容物。破曹之策，孔明不肯轻言，主公何不求之？"权回嗔作喜曰："原来孔明有良谋，故以言词激我。我一时浅见，几误大事。"便同鲁肃重复出堂，再请孔明叙话。（见《三国演义》第四十三回）

媚笑乱弹：鲁肃很会讨领导欢心

曹操开的奔驰销售服务有限公司扬言，要在三个月内把橘城的汽车4S店

全部兼并收入奔驰系统，并发挑战书给孙权的丰田集团，表示威胁。丰田集团的“激进派”和“保守派”开始了激烈的讨论。

“激进派”和“保守派”互相权衡了是接受兼并还是反抗的利弊，孙总心里是明白的，但犹豫不决。而最终让孙权下定决心和日产联手对抗奔驰店的竟然是鲁肃。

鲁肃在丰田公司的行政部做行政助理，就是个可有可无的职位，但干着杂七杂八的事情，一副傻大哥的样子，不过这类人往往深藏不露。他是有大智慧的，是在孙总面前第一个坚决主张联合反抗奔驰店的人。

鲁肃说服孙权的方法平直得很，直肠子里说的平直话，但句句中肯，一言一语不无和孙总利害攸关。公司的保守派都担心抵抗奔驰，丰田实力不足，公司资金周转一个困难，工资都发不出，老婆子女吃饭都成问题，都主张着向奔驰妥协，跟着实力雄厚的大集团，没什么不好，只好三餐保证能有饭吃。

孙权周一早会，依然是就这些问题和公司的中层经理讨论，听到大多表示要迎合奔驰公司，当然也有零星表示站住阵脚反击的声音。孙总始终没有表态，退回上厕所时，鲁肃这小助手跟着来到走廊。孙总发现这呆头呆脑的小伙子蛮诚恳的，问：“你对这些事有什么建议吗？有话不妨和我直说。”鲁肃就回答：“刚才那些说要妥协奔驰的人都是在为自己着想，他们都担心公司不迎合奔驰集团，一味反抗，反抗不出什么结果，最后可能会连累到他们工资都发不出。孙总，我们是妥协还是反抗，你说了算。我们无所谓，你真的要妥协，我们还真一点关系没有。我在丰田做个行政办公室助理，让奔驰兼并了作为旗下的分公司，我还是做个行政助理，过多几年我积累点经验，还有可能升职行政经理什么的。我在你这里做助理跟给奔驰老总做助理是一个样。但是你不行，你是堂堂丰田集团的老总，被兼并了就得听奔驰老总的指指点点，你往日老总的排场都得省去。以前你开的是丰田凯美瑞混合动力多拉风，以后你还是管丰田集团，可能开的就是奔驰车，跟我们差不多，都得听上面大的训话。所以你是千万不能妥协。”

孙权听了这话，连连点头称是：“是啊！是啊！我想的就和你一个样。孙权毅然做出了选择，只要有我孙权在丰田一天，我就绝不能让丰田落到奔

驰手中。我就和奔驰集团对抗到底。鲁肃这招以退为进的成功说服，是孙权下定决心的一个关键。

【解密《三国演义》·以退为进】

“以退为进，以曲求伸”是道家思想的大哲理，表达的是对立关系的两者在一定条件下能够相互转化，很多时候为了很好地“进”先必须适度地“退”。所谓以退为进的说服方法，是一种先让对方表达出自己的思路，然后采取针对性的话语或退一步的行动说服对方。这种方法避免了正面的冲突，以退为进的让步，缓解了对方的心理情绪，出奇制胜，从而达到说服对方之目的。

鲁肃悄悄跟上孙权，找到机会单独说话。他首先列出军队里各人的心思，很多希望投降曹操的人都是为了私己利益，以退为进地表达自己即便是投降了曹操也一样是做个小参谋，一点也不妨碍自身的发展，表明语言上是退让，是顺从大家意思，而实际上为了后面的说服作铺垫。继而鲁肃继续说，孙权是吴国首领，怎么可以投降了曹操，屈服在曹操之下，这样的情况孙权能接受、能妥协吗？这样摸清了孙权的情况，自己一定程度的让步，引导孙权发泄出自己内心真实的情感和想法，既没有引起了正面的冲突，又恰如其分地让对方做出了选择，这样以退为进的说服可以增强说服力，很高明地使对方产生逆反心理，成功说服对方。

所以，我们在于说服别人的时候，不必咄咄逼人，步步为营，这样只会让说服止步不前，结局变得更难看。凡是智者都会运用以退为进的说服方式来说服对方，而那些不懂让步的蠢者则是拿着鸡蛋碰石头。

经济谈判中以退为进的说服方法运用得较多，能否灵活运用以退为进攻心说服，直接关系到谈判的成败。成衣制造厂和布匹供应商是长期合作的关系，成衣制造厂想获取更大的利润，希望从压缩成本着手，要求布匹供应商以更低的价格供应布匹，但遭到拒绝。布匹供应商说棉花种植今年收成不如意，加工工人聘请的工价也提高了，价格已经很实惠，实在不能再降价。成衣制造厂知道再降价，布匹供应商挣的钱会更少，但利润还是

会有的，一切借口都是托词，好吧，来一招以退为进。成衣制造厂不再和布匹供应商交涉，而是对外放出风声，表示计划投资棉花种植，直接由棉花生产布匹，然后成衣制造，连锁作用节省成本。布匹供应商听到这些消息，马上改变了态度，主动说情，表示愿意降低价格供应布匹给成衣制造厂。这次谈判中，成衣制造厂声称自己投资种植棉花，就是“退”一步，放出假消息给布匹供应商施加压力，迫使布匹供应商降价供应布匹，这样先退一步，后进两步的谈判技巧，很快就获得了谈判的胜利。

真的，有时候在生活中，只要能够运用适合的说服技巧，就很可能会达到你的目的，而先退一步，看起来像个弱者，适当时机后进两步，不失为是一种很好的说服别人的技巧。

阿伦森效应：刘备临终最后一计

《三国》本事：刘备临终托孤，狠断孔明二心

（东吴陆逊大破蜀兵于猇亭，刘备败北奔回白帝城，赵云引兵据守。刘备自觉无颜见群臣，传旨就白帝城住扎，将馆驿改为永安宫。后来刘备在永安宫病入膏肓，请来诸葛亮听受遗命。）且说孔明到永安宫，见先主病危，慌忙拜伏于龙榻之下。先主传旨，请孔明坐于龙榻之侧。抚其背曰："朕自得丞相，幸成帝业；何期智识浅陋，不纳丞相之言，自取其败。悔恨成疾，死在旦夕。嗣子孱弱，不得不以大事相托。"言讫，泪流满面。孔明亦涕泣曰："愿陛下善保龙体，以副天下之望！"先主以目遍视，只见马良之弟马谡在傍，先主令且退。谡退出，先主谓孔明曰："丞相观马谡之才何如？"孔明曰："此人亦当世之英才也。"先主曰："不然。朕观此人，言过其实，不可大用。丞相宜深察之。"分付毕，传旨召诸臣入殿，取纸笔写了遗诏，递与孔明而叹曰："朕不读书，粗知大略。圣人云：'鸟之将死，其鸣也哀；人之将死，其言也善。'朕本待与卿等同灭曹贼，共扶汉室；不幸中道而别。烦丞相将诏付与太子禅，令勿以为常言。凡事更望丞相教之！"孔明等泣拜于地曰："愿陛下将息龙体！臣等尽施犬马之劳，以报陛下知遇之恩也。"先主命内侍扶起孔明，一手掩泪，一手执其手，曰："朕今死矣，有心腹之言相告！"孔明曰："有何圣谕！"先主泣曰："君才十倍曹丕，必能安邦定国，终定大事。若嗣子可辅，则辅之；如其不才，君可自为成都

之主。”孔明听毕，汗流遍体，手足失措，泣拜于地曰：“臣安敢不竭股肱之力，尽忠贞之节，继之以死乎！”(见《三国演义》第八十五回)

媚笑乱弹：刘备死前立遗嘱

刘备的公司在香港上市，遭到金融风暴的冲击，亏了一大半。诸葛亮派赵云去接应刘备回白帝城散散心。刘备心感无颜，当初把身家一大半投资到上市公司的时候，诸葛亮作过风险预算，曾经分析到市场如果有风浪，有可能亏本，千叮万嘱要刘备分散投资。刘备一意孤行，结果闹成这样，诸葛亮让他回成都东山再起。刘备心情郁闷，就留在白帝城的别墅里静修，没想到越是休息时间多，越是想得多。家庭医生诊断说，刘备患上抑郁症，还被查出癌症末期。刘备自己觉得气数已尽，就叫人把诸葛亮唤来。

诸葛亮打电话问过赵云，知道刘备命不久矣，就把刘备的两个儿子也叫去。当时，刘备让两个儿子叫了两声爹之后，命所有人都退下回避，只留下诸葛亮，对他说：“我知道我也活不久了，你跟我那么久就听我吩咐一下后事吧。阿斗自小就被我娇生惯养，本事没学会，就养成富二代的陋习，花钱不挣钱，更别指望他能把我白手起家的集团做大做强了。你看着办吧，能够扶持培养他你就尽力而为，实在不能你就坐董事长的位置，我毫无怨言。”

刘备又把赵云叫到身边，叫他好好扶助刘禅。最后刘备告诫诸葛亮：“马谡不可重用，必须辞退！”

刘备的遗嘱算是吩咐好了，听起来刘备交待诸葛亮的后事是心腹之言，如果刘阿斗真的扶不上墙，就让诸葛亮取而代之。其实刘备算盘算到家，他明知道诸葛亮不会那样做，偏偏这样说使得诸葛亮更忠心为刘家的集团卖命。反正到了最后，诸葛亮着实是帮刘备看着家族的生意，尽最大的能力扶持刘阿斗。

【解密《三国演义》·阿伦森效应】

阿伦森效应，通俗地解释就是人们会喜欢那些对自己褒扬赞赏的人或

物，而不喜欢那些消极厌恶自己的人或物。在日常的工作与生活，一般人都会尽力避免由于自己的表现不当所造成的他人对自己印象不良方向的逆转。由于阿伦森效应，人的内心会产生自重感，可以促进内心认可和被说服，而阿伦森效应的产生，主要依靠于赞美与奉承。

刘备临终托孤，口里说的是让诸葛亮尽力而为扶持他的儿子刘阿斗，实在不行就取而代之。诸葛亮一直是个出色的人才，活在赞扬当中，刘备这样子恭维他，他自然就会中了阿伦森效应，尽力避免自己的行为不当，以及保持在身边的人眼里良好的形象。刘备想必也是捉住了诸葛亮的这个心理，求诸葛亮办事托付遗嘱的时候，偏要把话反说，最好你能够帮我扶持我的儿子呀，实在不行你就取而代之吧，我无怨无悔。另外还嘱咐赵云要好好看着阿斗，虚伪的刘备算准了诸葛亮会应验阿伦森效应，忠贞到底。

小马去西装店买衣服，看中两款西装都想买，可他原本打算只买一套。这时，聪明的老板就会说："先生能来我们店里光顾是我们的福气，因为像先生你这样气质高贵的人，穿深色西装显深沉，穿淡色西装显高雅，无论你挑哪一套都是很适合的。"小马听完这番恭维话，心里很是喜悦，由于阿伦森效应的力量，小马内心产生满足感，符合了莎士比亚所说的名言"人们满意时，就会付出高价"，买下两套西装。

需要注意的是，过度的恭维可能会导致对方产生厌恶。所以要把握好阿伦森效应产生的度，平时注意观察，发自内心，真诚表现出你对他人的认可与赞美，让他对你产生好感和信任，那么求人办事就不是难事了！

离间攻心：姜维说钟会谋反

《三国》本事：姜维说钟会谋反

（灭掉蜀国后，邓艾、钟会二人争功。邓艾于绵竹筑台以彰战功，听说姜维自降钟镇西了，心中极为痛恨钟会。而钟会受封县侯，不服邓艾功在其上，想利用司马昭异心邓艾会作反的心理铲除邓艾。于是钟会找来姜维商量计谋。）维曰："愚闻邓艾出身微贱，幼为农家养犊，今侥幸自阴平斜径，攀木悬崖，成此大功；非出良谋，实赖国家洪福耳。若非将军与维相拒于剑阁，艾安能成此功耶？今欲封蜀主为扶风王，乃大结蜀人之心，其反情不言可见矣。晋公疑之是也。"会深喜其言。维又曰："请退左右，维有一事密告。"会令左右尽退。维袖中取一图与会，曰："昔日武侯出草庐时，以此图献先帝，且曰：益州之地，沃野千里，民殷国富，可为霸业。先帝因此遂创成都。今邓艾至此，安得不狂？"会大喜，指问山川形势。维一一言之。会又问曰："当以何策除艾？"维曰："乘晋公疑忌之际，当急上表，言艾反状；晋公必令将军讨之。一举而可擒矣。"会依言，即遣人赍表进赴洛阳，言邓艾专权恣肆，结好蜀人，早晚必反矣。（见《三国演义》第一百一十八回）

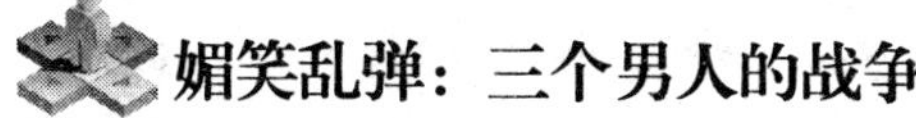

媚笑乱弹：三个男人的战争

邓艾放炸弹炸开一条血路，进了成都，威风得很，趁机想消灭蜀国，继

而灭掉吴国称霸。对手姜维带兵，对外宣言他们有核武器，准备反击邓艾。钟会呼叫邓艾，让邓艾继续炮轰姜维，意图牵制蜀军主力，再派诸葛绪从后方包抄设下炸药，并且派出电子高手扰乱电磁波信号，让姜维和总部失去联系，从而阻断姜维的回援之路。这样姜维的军队离总部有好一段距离，就算是宣称的核武器也来不及运到发挥效应！钟会就带领军队从斜谷进去，夺取阳安关。这样双方配合，堵住姜维，多么完美的计划。

姜维是个聪明人，他考虑到钟会会有这样的计谋，就搏一把，不和邓芝纠缠，而是日夜兼程直奔阴平桥，钟会自以为是的妙计落了个空。姜维调头遇到的是诸葛绪大军，正在安排炸药位置，后面邓芝追杀，情况万分危急。好在无线电波还没有被切断，姜维呼叫总部派出飞机援助，避开诸葛绪的炸药计划，飞去了阴平桥。

钟会这边，调动兵力直取阳平关，遇上了傅佥反击。钟会按照原定计划派人暗地把无线电磁扰乱，傅佥这方联系出现问题，各方人马接受不到信号，无从下手，被钟会一网打尽。钟会轻易地夺得阳平关。

姜维听说汉中沦陷了，军队随飞机飞回剑阁，守住这个“一夫当关，万夫莫开”的关键位置。可惜钟会早已布下天罗地网，姜维一回汉中就等于步入虎口，中了钟会的计谋，败了。姜维无计可施，只好投降。

邓艾因为攻下了成都，各种表扬纷至，引来钟会的妒忌。钟会野心勃勃，本想着独占西川，咋知道到手的桃子被人摘走，干掉邓艾，取而代之的想法在他心里酝酿起来。

姜维为了保命投降了钟会，观察到邓艾和钟会不合。他就想借邓艾和钟会的内部矛盾，说服钟会造反，他煽风点火地说：“钟将军啊，能够攻下成都，都是你的良策妙计啊，邓艾捡了便宜还卖乖，看他得意洋洋的样子，要不我们合计整他一回。”钟会颇感兴趣：“怎么个整法？”姜维说：“诬告，诬告成本低，但作用大！即便诬告没得逞，邓艾名声也大跌。反正我们把邓艾的缺点放大一百倍发给司马昭，效果是会有的。”

于是，钟会被姜维说服一起谋反。钟会写下检举揭发材料，交给司马昭，内容洋洋洒洒一大片，核心表达的就是邓艾要造反。同时，他又派人黑客入侵邓艾的邮箱，以邓艾的语气，写了一封挑战书给司马昭。诬告奏效，

司马昭大怒，一枪毙了邓艾，让钟会取而代之。

【解密《三国演义》·离间攻心】

利用离间计谋使本来处于合作关系的人反目成仇，从而说服双方内讧窝里斗，达成自己设定的目的。离间攻心主要是说服者布局设定一个说服氛围，推动说服的进行。说服氛围的具体情况因人而异，主要是制造出离间攻心的内讧效果，服从于说服目标。但离间攻心说服的难度较大，要熟悉对手双方的情况，找准切入点，才能得以顺利实施。

在姜维说服钟会谋反的过程中，先是姜维投降了钟会，姜维了解到钟会和邓艾的内部矛盾，钟会很不服气邓艾攻下成都，光环绕在四周。这时，姜维提出谋反干掉邓艾正中钟会下怀。姜维就是巧妙利用了钟会和邓艾本身的不合，离间攻心，加以花言巧语煽动钟会情绪，一起造反，这样邓艾的兵权就会落在钟会手上。钟会的妒忌心很强，根本就没想到姜维说服自己造反是别有用心，只想着去除邓艾后自己能获得的好处，就很容易被说服一起谋反。而姜维本想和钟会决计谋反，杀死邓艾再部署计划兴复蜀汉，好一招各个击破！

甲乙丙三方将要进行一场谈判，各自都带有一定的目的和任务，因此彼此之间也存在各种各样的猜测。这时丙方布局离间氛围，既作为第三方介入谈判，试探甲乙双方底细，同时离间甲乙双方的关系，注意运用离间攻心的说辞，设定能让甲乙双方猜疑的话语，促发内讧心理升华，加强猜忌、戒备的心理，建立一种不和谐的气氛。当甲乙双方被离间成功，丙方就应该及时因势利导，提出谈判条件，有了离间攻心的铺垫，说服也就变得轻而易举。

归根到底，离间攻心能促进说服，关键在于营造出内讧的氛围。所以，下一次你要求人办事时，不妨从一开始就有意借助各种语言手段，利用离间攻心的技巧，使被说服的人和第三方关系不和谐，从而促进你和说服对象的关系亲密。相对和谐的关系可以让你的说服工作事半功倍。

第五章

进行心理操纵

解读《三国演义》中说服他人的攻心术

◉ 中间立场：太史慈说服刘备救孔融
◉ 良禽择木而栖：贾诩劝张绣投降曹操
◉ 欲言又止：诸葛亮劝周瑜抗曹
◉ 变被动为主动：阚泽献诈书，巧瞒曹操
◉ 好心情效应：庞统说服曹操采纳连环计
◉ 登门槛效应：刘备智激孙夫人逃回荆州
◉ 传播扭曲效应：孔明吊丧息怨恨
◉ 唤起恐惧：贾诩劝曹操立曹丕为世子
◉ 奥卡姆剃刀效应：费诗巧辩关羽
◉ 形象化策略：吕蒙说服孙权独任大都督
◉ 借助权威：陆逊说服吕蒙退位让贤
◉ 言行一致原理：诸葛亮等说刘备称帝

中间立场：太史慈说服刘备救孔融

《三国》本事：太史慈说服刘备出兵援救孔融

（黄巾余党管亥部领群寇攻打孔融据守的北海，危急之际，太史慈感恩当年孔融派人送面送布救济他家老母，来救孔融。孔融知道单靠太史慈也是无补于事，就提出让孔融去求刘备出兵救援。）太史慈为太史慈得脱，星夜投平原来见刘玄德。施礼罢，具言孔北海被围求救之事，呈上书札。玄德看毕，问慈曰："足下何人？"慈曰："某太史慈，东海之鄙人也。与孔融亲非骨肉，比非乡党，特以气谊相投，有分忧共患之意。今管亥暴乱，北海被围，孤穷无告，危在旦夕。闻君仁义素著，能救人危急，故特令某冒锋突围，前来求救。"玄德敛容答曰："孔北海知世间有刘备耶？"乃同云长、翼德点精兵三千，往北海郡进发。（见《三国演义》第十一回）

媚笑乱弹：一个陌生人的救助

孔融被查出肺癌，在北海医院治疗。医生提出除非有三十万元，要不就不肯帮孔融医治。孔家是一个普通家庭，哪里拿得出三十万元？但是孔融才刚到不惑之年，不治疗怎么说得过去！再拿不出钱来，医生表示只能离院回家等时间。

正是绝望的时候，有一个年轻小伙子来医院病房探望孔融，此人叫做太

史慈。他刚好出差经过北海，听说孔融病了，就来医院看望看望。太史慈是个孤儿，孔融做过社区义工，到过孤儿院献冬衣，还常常去孤儿院探望小孩子。太史慈记得孔融，也非常感激他，听了孔融治病有经济困难的时候，主动提出为孔融筹钱。

孔融说："你一个人在外闯荡也不容易，你怎么帮我筹钱呢？还是算了吧！"太史慈再三请求说："我从小就记住了你，你每个周末都会来孤儿院看望我们，今天我知道了你的情况，我绝不能袖手旁观。就尽管试一试，说不定有办法。你也不能轻易放弃治疗的机会。"

孔融想了想说："你一个打工仔也认识不了多少人，这样，我知道刘备就在离此不远的希望小学做校长，他是个善心人。汶川地震时他也捐了很多钱，如果他愿意借钱援助我们，或许我的病还有得救。"

太史慈直奔学校，等到刘校长忙完了就找他谈借钱的问题。在如今这样物欲横流的社会，每个人都为自己的利益算计着，当然也不乏舍己为人之人。刘备是个大善人，而此时太史慈面临的难题则是：孔融和刘备素不相识，太史慈和刘备也是素不相识。一个陌生人帮另一个陌生人向第三个陌生人求助，确实是有一定难度的。

太史慈却没有落入这样的俗套，他将自己和孔融巧妙分割开来，把自己定位为一个社工的角色，因为善心和大爱，所以前来找刘校长援助。

太史慈是这样说的："我是一名社区义工，和孔融非亲非故，也不是他的老乡。我的良心唤醒我不忍看到他在医院承受病魔的折磨，我的善良驱动我来到你这里求救。孔先生和你素未谋面，但是早就听说过你做善事的热心肠，雪中送炭的仁义，所以我才冒昧来打扰你，请你帮帮孔先生。"

刘备说："你一个和孔融毫无利益相连的第三者都能热心帮忙筹钱救他，那么我出点钱让他治病，那是我力所能及的事情。"

刘备马上去了银行取钱给太史慈。

【解密《三国演义》·中间立场】

中间立场，倘若应用于攻心说服，是指一个人在说服中不参与说服过

程，不给予任何一方以援助，以遵守中立的方式表明其立场。选择立场与说服的成败紧密相关。

就太史慈说服刘备出兵援救孔融分析，太史慈能说服刘备的关键就在于他选对了他的立场。这场说服精彩之处就在于，太史慈作为一个陌生人去说服刘备，而且是说服刘备出兵援救另一个陌生人，太史慈说服奏效。他的成功在于他说服刘备的时候，既没有贸然要求刘备出兵挽救与自己相关的利益，也没有苦苦哀求对方去完成一件事，而是以一个纯粹的第三者身份，一个与孔融毫无关联，和刘备也没有关系的老百姓身份，抱着保护共同家园的愿望，去说服一身正气、仁义高举的刘备，刘备为了成全自己的名声，自然就会去做一个符合仁德的行为，出兵援救也就顺理成章了。

你在公司某部门做领导，提出改革的新政策，希望得到下属的支持。像大多数人一样，你觉得你费尽苦心想出来的政策制度很完美，滔滔不绝地在会议上介绍。即使这个政策在某方面确实是很好的，还是会无可避免地面临一个尴尬：上司不是在自卖自夸吗？这个政策对他是有好处的，我们还是适应老的工作方式。于是，经过劝说，有顽固的员工没有被你说服拥护新政策。

这时，试一下中间立场攻心说服法来扭转乾坤。可以是选择一个已经在公司工作很久，完全适应旧制度的老员工做说客。因为这个角色所代表的立场是中间立场，和你目标说服的人物意见最为相似，他们更容易沟通，也更容易产生彼此间的情感呼应。老员工站在中立的角度出发，替你介绍改革政策有可行性，说服员工们一起支持这个政策，你就能很好地控制好局面。

不管从政或从商，还是日常生活，学会用中间立场攻心说服，能为你的说服增加几分成功的把握。

良禽择木而栖：贾诩劝张绣投降曹操

《三国》本事：贾诩劝张绣投降曹操

（曹操命刘岱、王忠攻打刘备，被刘备擒住而不杀，放回曹营。二人回见曹操，具言刘备不反之事。曹操怒骂二人辱国，并喝令斩之。孔融劝阻曹操斩刘岱、王忠，而应该趁着动兵讨伐刘备前招降张绣，然后再图徐州。）次日来见张绣，说曹公遣刘晔招安之事。正议间，忽报袁绍有使至。绣命入。使者呈上书信。绣览之，亦是招安之意。诩问来使曰："近日兴兵破曹操，胜负何如？"使曰："隆冬寒月，权且罢兵。今以将军与荆州刘表俱有国士之风，故来相请耳。"诩大笑曰："汝可便回见本初，道汝兄弟尚不能容，何能容天下国士乎！"当面扯碎书，叱退来使。张绣曰："方今袁强曹弱；今毁书叱使，袁绍若至，当如之何？"诩曰："不如去从曹操。"绣曰："吾先与操有仇，安得相容？"诩曰："从操其便有三：夫曹公奉天子明诏，征伐天下，其宜从一也；绍强盛，我以少从之，必不以我为重，操虽弱，得我必喜，其宜从二也；曹公王霸之志，必释私怨，以明德于四海，其宜从三也。愿将军无疑焉。"绣从其言，请刘晔相见。晔盛称操德，且曰："丞相若记旧怨，安肯使某来结好将军乎？"绣大喜，即同贾诩等赴许都投降。绣见操，拜于阶下。操忙扶起，执其手曰："有小过失，勿记于心。"遂封绣为扬武将军，封贾诩为执金吾使。(见《三国演义》第二十三回)

媚笑乱弹：张绣找曹操联盟合作

曹操和张绣都是做饮食生意的，近几个季度曹操的生意大跌，原来是贾诩帮张绣出的主意。曹操不想继续和张绣斗下去，他想说服张绣一起搞饮食业。此时，袁绍也打着这样的主意，想和张绣合作。

袁绍祖辈就开酒楼，实力雄厚，曹操是跟风这几年饮食业大热做的投资。袁绍和张绣各做各生意，河水不犯井水，但是曹操曾经包过张绣的婶子做小三，也算有点私人恩怨。从表面看，张绣肯定选择袁绍，和袁绍合作，借此把他的小酒楼壮大。

贾诩却这样和张绣说："老板，我看你跟曹操一起搞酒楼生意吧。"

张绣："那杀千刀的，他勾引我嫂子，我和他不共戴天呀！怎么可能？！"

贾诩："老板，不要急，你听我慢慢说。我觉得和曹操一起做有三大好处。第一，曹操以前是做清洁用品批发生意赚了钱，才发散投资各行各业，钱滚钱赚更多！他的野心可不小，饮食业是他的其中的一步棋，我相信曹操的眼光。第二，袁绍的酒楼是老字号响当当，我们和他合作，地位根本不平等，他们可能不会尊重我们的意见，却会充分利用我们的资源。而曹操刚投资的饮食业则需要合作者，找他合作，他一定会需要我们，看重我们。第三，曹操投资生意很多，这人不简单，识大体，顾大局，眼光长远，跟他能学到更多东西。"

张绣："那我嫂子的事，会尴尬吗？我担心找曹操，连谈的机会都没给。"

贾诩对张绣说："你不要太担心，你想啊，哪个男人不在外面养个小三，而且那都是过去的事了！曹操可以投资各行各业的生意，认识那么多朋友，一定是个心胸开阔的人。就按生意去谈，他稳赚不赔，他还会不谈吗？所以啊，你就放心去吧，没问题啊，我敢拍胸口担保。"

果然，曹操答应了张绣，并承诺会尽心尽力一起搞好酒楼生意。

【解密《三国演义》·良禽择木而栖】

“良禽择木而栖”是中国一句古老的谚语，原来的意思是优秀的禽鸟会选择理想的树木作为自己栖息的地方，引申的意思是优秀的人才应该选择能发挥自己才能的好单位和善用自己的好领导。如果良禽择木而栖的思想应用在工作用人、单位招聘上，是一个很好说服对方的理由。

上述故事中，从现实角度出发，可以猜测张绣投降袁绍的机会比较大。而贾诩是跳出了私人恩怨的小圈，分析和曹操合作能获得何等利益帮助自己的军队发展。贾诩列出的三大理由是，曹操有着征讨天下的野心，这和张绣这方“奉国家以征天下”的战略思想一致，而且曹操自身把前途看得很重，私人恩怨晾在了一边，这样本来忧心的理由就站不住阵脚。袁绍旗下精英无数，投降合作站在的位置肯定不平等，就无法获得对应的权利和利益。合作是为了自身更好的发展，投降曹操着实更能发挥出张绣的才能，更能贴近自己构想的路向前走。所以，贾诩能把张绣说服投降了曹操。

通常情况下，人们总是希望自己受到重视，所以千方百计找一个懂得重视自己的归属。你一旦表示出你能使对方被重视，且善于发掘他长处，满足人被重视的心理需求，当然显得你说的话格外有分量。比如要说服一个有能力却很高傲的人来你的公司工作。你听说了他的脾气，一见面就分析公司的用人制度，对他这类人才高度重视，制定有相关的奖励制度，并适当赞扬他是个不可多得的人才，留在你们公司会得到格外关照，更好地散发他身上的光芒。他会觉得“我就爱留在这样的公司，我这样能获得更好的发展”。接下来谈正事，成功率很高。用“良禽择木而栖”的思维模式设计说辞，满足被说服一方内心潜在的需求，让他觉得被重视，能实现价值，出于为自己着想的考虑，说服对象会爽脆答应说服者的要求。

欲言又止：诸葛亮劝周瑜抗曹

《三国》本事：诸葛亮欲擒故纵说服周瑜

（曹操举兵南下欲攻取东吴，孙权犹豫是降是战。周瑜从鄱阳湖回柴桑议事，意见与鲁肃各异，孔明以献二乔可退操兵激周瑜，瑜决计抗操。）孔明曰：“愚有一计：并不劳牵羊担酒，纳土献印；亦不须亲自渡江；只须遣一介之使，扁舟送两个人到江上。操一得此两人，百万之众，皆卸甲卷旗而退矣。”瑜曰：“用何二人，可退操兵？”孔明曰：“江东去此两人，如大木飘一叶，太仓减一粟耳；而操得之，必大喜而去。”瑜又问：“果用何二人？”

孔明曰：“亮居隆中时，即闻操于漳河新造一台，名曰铜雀，极其壮丽；广选天下美女以实其中。操本好色之徒，久闻江东乔公有二女，长曰大乔，次曰小乔，有沉鱼落雁之容，闭月羞花之貌。操曾发誓曰：吾一愿扫平四海，以成帝业；一愿得江东二乔，置之铜雀台，以乐晚年，虽死无恨矣。今虽引百万之众，虎视江南，其实为此二女也。将军何不去寻乔公，以千金买此二女，差人送与曹操，操得二女，称心满意，必班师矣。此范蠡献西施之计，何不速为之？”

瑜曰：“操欲得二乔，有何证验？”孔明曰：“曹操幼子曹植，字子建，下笔成文。操尝命作一赋，名曰《铜雀台赋》。赋中之意，单道他家合为天子，誓取二乔。”瑜曰：“此赋公能记否？”孔明曰：“吾爱其文华美，尝窃记之。”瑜曰：“试请一诵。”孔明即时诵《铜雀台赋》，周瑜听

罢，勃然大怒，离座指北而骂曰："老贼欺吾太甚！"孔明急起止之曰："昔单于屡侵疆界，汉天子许以公主和亲，今何惜民间二女乎？"瑜曰："公有所不知：大乔是孙伯符将军主妇，小乔乃瑜之妻也。"孔明佯作惶恐之状，曰："亮实不知。失口乱言，死罪！死罪！"瑜曰："吾与老贼誓不两立！"孔明曰："事须三思免致后悔。"

瑜曰："吾承伯符寄托，安有屈身降操之理？适来所言，故相试耳。吾自离鄱阳湖，便有北伐之心，虽刀斧加头，不易其志也！望孔明助一臂之力，同破曹贼。"孔明曰："若蒙不弃，愿效犬马之劳，早晚拱听驱策。"瑜曰："来日入见主公，便议起兵。"孔明与鲁肃辞出，相别而去。（见《三国演义》第四十四回）

媚笑乱弹：打击盗版，人人有责

曹操的书店专门卖盗版书，由于价格实惠，种类繁多，生意就越来越大。

诸葛亮是《南江日报》的副总编辑，总编刘备联合华信出版社举行"南国书香节"，并希望借此打击盗版，倡导读者尊重版权，购买正版书籍。

周瑜是书店的经理，掌握着很多关于贩卖盗版书的资料，诸葛亮为了说服周瑜拿到曹操卖盗版书的证据，欲擒故纵道："我有一个好办法，既不用出动警察部门的人力物力打查盗版书，又不用文化局人员大伤脑筋；只需要派一个神秘人物，送两个人到曹氏书店给曹操，他的盗版书就能全落到我们手上，到时南国书香节，就可以把盗版书全部展出烧毁，警戒读者打击盗版。"

周瑜问："你们打算找哪两个能人帮忙？"

诸葛亮说："我以前还是个小记者的时候，就听说曹操卖盗版书很赚钱，暴富后就在金沙湾那边买了'铜雀台'别墅，并且在里面金屋藏娇。他这个好色鬼，听说了西边坡的乔家有两个女儿，大女儿叫大乔，小女儿是小乔，样子比凤姐对得起群众，身材比芙蓉姐姐还诱人，就发誓'我老曹一生有两个愿望，第一是把盗版事业做大做强，第二就是包起大乔小乔做小三小四，藏在铜雀台，两大美女陪着到终老。这样我死而无憾呀！'可以分析出

曹操掌控着盗版书的整个市场，有钱有地位，也不过想身边妻妾成群满足淫欲。周经理为什么不直接去找乔家老爷，商讨一下多少礼金能够娶到乔家二大美女，然后回头和曹操说，让曹操心里有底，房子啊车子啊银子啊，他也不在乎的，换来两个美女他自然心花怒放。到时他心理一放松，那么你就能把他电脑里面的盗版书资料拷贝给我们呗！你还犹豫什么？”

周经理说：“曹操心里想着要二乔做小三小四，有什么证验没有？”

诸葛亮说：“曹操的小儿子叫曹植，在人大学汉语言文学，是个知名作家。曹操就曾约稿让他儿子写过一本《铜雀台赋》，书的内容大致就是描述两个美女的美貌吸引着男主角，而男主角倾尽财力和精力，誓要得到两个美女，寓意就是表达他想要大乔小乔。

周瑜问：“不知道诸葛副编你看过这本书没有，可记得书中内容？”

诸葛亮说：“我很喜欢其中的几个章节，熟记于心。”说完就背了几段下来。其中有一段描写确实暗喻着曹操想要二乔的意思。

周瑜听后很是愤怒，站起来就大骂道：“这淫贼！”

诸葛亮连忙劝说：“对，就一色迷迷的淫贼。不过也不是没有惩治他的方法的，就以他这个弱点派出大乔小乔勾搭上他，再从他身上搜集盗版证据也不迟啊！”

周瑜说：“诸葛副编，你有所不知，小乔正是我老婆！”

诸葛亮假装无辜的样子说：“我确实不知道这事儿。胡口乱说，真不应该！你就当没听过好了。”

周瑜却说：“我和淫贼老曹誓不两立，我会配合你们报社做好反盗版工作的！希望能够加入你们的反盗版团队！”

于是，二人联合定下反盗版大计。

【解密《三国演义》·欲言又止】

如果有意在说服过程中欲言又止，可以让对方自露破绽，则能引出对方说出自己的计划。说话时有意识地通过看似不懂装傻卖疯的言语形式，含蓄地分析出某种行为的益处，从而使对方信以为真，以至正中说话者的下怀，

是一招很高超的说服技巧。兜个圈子来说话，有些话非得欲言又止，含蓄委婉，才能表达出说服效果。

诸葛亮说服周瑜联合抗曹，前面都在分析曹操的弱点和制定计划用美色诱惑他，而始终没有提起能让曹操感兴趣的人是谁。在这里，诸葛亮欲言又止，装疯卖傻。最后周瑜气愤地说了句，其实小乔就是他的妻呀！诸葛亮佯装不知，忙赔礼道歉。但此时，周瑜已默认了诸葛亮的计谋，决定与之联手。

日常交谈中，总会有一些让我们不方便爽快说出的话题，需要欲言又止地从相反的角度深入，软化语意后再委婉地表达，便于听者接受。例如你在公园散步的时候，看到一个小伙子在草地上吃完东西，没清理垃圾。把“你随地丢垃圾影响环境，是不道德的行为！”改成“小伙子，在草地上吃东西很惬意哦，怎么今天我怎么看都觉得草地没昨天那么绿，到底有什么不同呢……”你欲言又止，然后让小伙子自己去觉悟，其实潜台词就是随地丢垃圾是不正确的。这样一来，他自然也就接受了你的建议或意见。

懂得驾驭语言的人，在不同场合会灵活运用不同的表达方式。欲言又止的含蓄表达能使本来困难的说服变得顺利起来，兜个圈子来说服，让听者接受了你委婉的请求。

变被动为主动：阚泽献诈书，巧瞒曹操

《三国》本事：阚泽献诈书，巧瞒曹操

（周瑜用苦肉计打了黄盖之后，派阚泽到曹营献诈降书。阚泽连夜装成渔翁，驾着轻舟，前往曹军水寨，见到曹操后献上了黄盖的诈降书。）曹操于几案上反复将书看了十余次，忽然拍案张目大怒曰："黄盖用苦肉计，令汝下诈降书，就中取事，却敢来戏侮我耶！"便教左右推出斩之。左右将阚泽簇下。泽面不改容，仰天大笑。操教牵回，叱曰："吾已识破奸计，汝何故哂笑？"泽曰："吾不笑你。吾笑黄公覆不识人耳。"操曰："何不识人？"泽曰："杀便杀，何必多问！"操曰："吾自幼熟读兵书，深知奸伪之道。汝这条计，只好瞒别人，如何瞒得我！"泽曰："你且说书中那件事是奸计？"操曰："我说出你那破绽，教你死而无怨：你既是真心献书投降，如何不明约几时？你今有何理说？"阚泽罢，大笑曰："亏汝不惶恐，敢自夸熟读兵书！还不及早收兵回去！倘若交战，必被周瑜擒矣！无学之辈！可惜吾屈死汝手！"操曰："何谓我无学？"泽曰："汝不识机谋，不明道理，岂非无学？"操曰："你且说我那几般不是处？"泽曰："汝无待贤之礼，吾何必言！但有死而已。"操曰："汝若说得有理，我自然敬服。"泽曰："岂不闻'背主作窃'，不可定期？倘今约定日期，急切下不得手，这里反来接应，事必泄漏。但可觑便而行，岂可预期相订乎？汝不明此理，欲屈杀好人，真无学之辈也！"操闻言，改容下席而谢曰："某见事

不明，误犯尊威，幸勿挂怀。”泽曰：“吾与黄公覆，倾心投降，如婴儿之望父母，岂有诈乎！”操大喜曰：“若二人能建大功，他日受爵，必在诸人之上。”泽曰：“某等非为爵禄而来，实应天顺人耳。”操取酒待之。（见《三国演义》第四十六回）

媚笑乱弹：阚泽假装跳槽进曹氏

阚泽是孙氏集团的员工，而且和黄盖认识好多年，感情深厚。黄盖知道他会说话，还有胆识，就想叫他打好推荐信拿到曹操那里。阚泽爽快答应了：“我们哥们儿，你能够为公司牺牲那么大，我一定出尽我的力量帮你一把。”黄盖连忙感谢。阚泽问：“需要我马上回去打一份推荐信吗？”黄盖说：“不用，推荐书我已经写好了。”

当晚，阚泽拿着推荐信到曹操的别墅登门拜访。去到的时候已经很晚，保安通传曹操，曹操很疑虑：“这么晚了，孙氏集团的员工来找我，难道是阴谋？”保安说：“他自称是孙氏集团的员工阚泽，有很重要的事情才深夜来打扰曹总。”

曹操把阚泽请进来。保安带阚泽到客厅坐下。曹操问：“既然你是孙氏集团的员工，这么晚了，你来这里，有什么事呢？”阚泽答道：“我知道曹总你求贤若渴，今天来是想跳槽去你公司，另外还推荐一个好朋友。”曹操说：“曹氏和孙氏斗得天昏地暗，你私自来找我谈跳槽的事情，你用什么理由说服我相信你？”阚泽说：“黄盖是公司的老员工，在孙氏做了三十多年的送信员，因为得罪周经理，就被他当众辱骂，并被辞退。我为此深深感到不忿，很想做点成绩出来，挫一下周瑜的威风。黄盖也受不了周瑜这种人了，也打算跳槽来曹氏，特别叫我送来自荐信。不知道曹总您能不能容纳我们？”曹操问：“自荐信在哪里，我看看。”推荐信里写了黄盖在孙氏工作三十多年，本来不应该怀有二心跳槽到其他公司，但是以事论事，曹氏的实力远强于孙氏集团，孙氏集团的员工关系不和谐，周瑜独揽经理的权利滥用，而且作威作福。作为老员工的黄盖这样被羞辱，心里怀有痛恨。曹氏集团的老总曹操一向诚心待物，虚怀纳士在行内是很有口碑的，所以黄盖愿意

跳槽到曹氏，做出一番成绩。

曹操反反复复把推荐信看了十几次，突然拍桌子瞪大眼睛大怒说："黄盖这招苦肉计，叫你送来推荐信，就想混入我们曹氏捣乱？保安，送客！"保安进来要把阚泽拉走，阚泽一直在大笑。

曹操问他为什么被识穿了诡计还一直发笑。阚泽说："我不敢取笑曹总，只是笑老朋友黄盖！笑他不识相，看错了曹总你！"曹操追问："怎么看错人了？"阚泽说："既然你已经下了定夺，那么何必还要问呢？"曹操说："我自小就跟我爸在商海混，深知商海奸伪之道，你这样的阴谋能骗到别人，怎么可能骗到我？"阚泽说："你说推荐信的事都是虚伪的？"曹操说："我就指出你的推荐信的破绽，让你心服口服。既然你是真心要跳槽来我们曹氏，你为什么那么晚跑来我的别墅，不约好时间，你现在还有什么好说的？"阚泽继续大笑："你还敢说出你自小跟着父亲在商海混，那还不及早采取保守策略，把投资的钱收回去。如果继续硬碰硬，你肯定输在周瑜手下！没有商业头脑的老总。"曹操说："什么叫做没有商业头脑的老总？"阚泽说："你没有计谋，不懂道理，这就是没有商业头脑的表现！"

曹操更是感兴趣地问起："那你再说说我这个老总哪里做得不够好？"阚泽说："你对待人才都不珍惜，我何必说呢！"曹操说："你说，说的有道理，我自然会敬服。"阚泽说："我是背着孙氏集团跳槽到你曹氏。如果约好时间，那岂不是很容易泄漏出去！你连这个道理都不懂，还冤枉我们，把人才拒之千里！完全就是没有头脑的表现。"曹操马上变了一副表情，说："我一时看走眼，差点把你们给耽误了！"阚泽说："那么我和黄盖以后就是曹氏的人，一定倾尽全力为曹总你做事。"曹操很高兴："你两人如果能帮我斗赢周瑜，一定给你们升职加薪。"

看来阚泽的瞒天过海成功迈出了第一步。

【解密《三国演义》·变被动为主动】

总觉得说服别人是一件难事的人往往是因为把自己放在一个被动的位置，这类人由于不主动掌控局面，很容易把说服失败的原因算在别人难以打

动上。如果他们懂得通过发问寻找突破口，就可变被动为主动，根据对方说话透露出的信息，主动掌控说话的尺度、话题和语气等等，抛出的问题一条条引导对方答出你心中所想的，这样不就达到了说服目的吗？

阚泽献上降书，曹操一看再看，发现降书内容有几点不妥当，黄盖无端被毒打，又是三朝元老，吹捧他几句诚心待物、虚怀纳士，怎么说投降就投降来我曹营来呢？阚泽很聪明，没有马上辩解，而是由着曹操左右把他带走，而且仰天大笑，吸引了曹操的注意，把他喊回来问原因。这时，阚泽掌握了说服的主动权，他分析道黄盖不识人，又取笑曹操夸夸其谈熟读兵书，贤才和蠢材都区分不开。这都是阚泽的精心设计，一步步发问，根据曹操的回答，把他引导到一个说法——不收下降书，收纳黄盖是错误的行为。最后，阚泽自然就说服了曹操“礼贤下士”！

一对一说服的时候，一方在高谈阔论，对方却悉心对着盆栽修剪叶子，表现冷淡，爱听不听。这时说服方很被动，被说服对象牵着鼻子走，继续滔滔不绝说不下去，也只是徒劳无功。怎样才能变被动为主动呢？一定要使用技巧，突然把音量放低，甚至沉默下来，或是故意大笑两声。如此设下圈套，不难赢得主动权，对方反而会想“他到底在说什么”、“他怎么不说话了”、“他为什么大笑起来”等，从而集中注意力在说服方，洗耳恭听以解除心中的疑问。

生活中，你想要请朋友帮忙，学习中，你想请教同学难题，购物时，你想说服推销者拿到一个更便宜的价格，都可以试一下变被动为主动，直言表白，快人快语，你的主动能使你牵着他的思维走，最后向你妥协。

好心情效应：庞统说服曹操采纳连环计

《三国》本事：庞统说服曹操采纳连环计

（赤壁之战前，庞统受周瑜之命骗得曹操的谋士蒋干的信任，随蒋干来见曹操，献连环计。）统佯醉曰："敢问军中有良医否？"操问何用。统曰："水军多疾，须用良医治之。"时操军因不服水土，俱生呕吐之疾，多有死者，操正虑此事；忽闻统言，如何不问？统曰："丞相教练水军之法甚妙，但可惜不全。"操再三请问。统曰："某有一策，使大小水军，并无疾病，安稳成功。"操大喜，请问妙策。统曰："大江之中，潮生潮落，风浪不息；北兵不惯乘舟，受此颠播，便生疾病。若以大船小船各皆配搭，或三十为一排，或五十为一排，首尾用铁环连锁，上铺阔板，休言人可渡，马亦可走矣，乘此而行，任他风浪潮水上下，复何惧哉？"曹操下席而谢曰："非先生良谋，安能破东吴耶！"统曰："愚浅之见，丞相自裁之。"操即时传令，唤军中铁匠，连夜打造连环大钉，锁住船只。（见《三国演义》第四十七回）

媚笑乱弹：庞统说服曹操把货车连接起来

曹家和周家做的都是粮食批发生意。周瑜眼看着曹操家的粮食批发生意风生水起，起了坏心肠，他打听到曹操新入货的一批粮食会在明天六点运到

东门城楼交接，周瑜很苦恼怎样才能使计让曹操用铁索把所有的车连接在一起，方便他用一把火全部烧掉。这时候，蒋干走过，周瑜心生一计，对鲁肃说：“怎样摆平曹操那边，就看这小伙子了！”

周瑜设计好，叫鲁肃安排蒋干在喜宴酒楼装着偶遇庞统。见到庞统就侧面提起他最近日子过得很闲暇，得不到重用，然后煽动庞统：“庞先生啊，你有你自己的能耐，以你渊博的知识和出色的才干，为什么不投靠曹家，跟着曹操学点东西呢，而且你一定能够争取的机会，日后会有出息。”庞统借机说：“现在能遇到您，真是天意啊。还想请您帮忙引见曹老板呢。”蒋干听了之后喜出望外，心想着自己找了个人才回来曹家帮忙，一定会得到曹操的称赞，就把庞统带到了曹操的家。

猎头公司也曾经帮曹操找过庞统，这次庞统亲自上门应聘，对曹操说：“早就听说了曹老板的神机妙算，生意做得又红又火。真奇怪，今天来到怎么都没看到下手忙碌的身影呢？”曹操说：“今天他们到北郊码头运货了，很多货今天运到，车都派出好几十辆了，但是一时出动那么多货车挤在马路上，回来得很慢。”庞统借机说：“曹老板你把所有货车连接起来，环环相扣，这样一条马路走过去，速度不就能提高一点，还省油啊！”精打细算的曹操手指一捏，也有道理，接受了庞统的建议，打电话通知司机们这样做。

庞统迷惑完曹操，马上连夜赶回了周家，天还未亮就等在东门城楼前的小山里，看来火烧曹操这批货有戏了。

【解密《三国演义》·好心情效应】

好心情效应，指人们在心情好的时候，更容易说服对方。说服的要素主要包括传达者、信息内容、沟通渠道和听众四方面。传达者在沟通过程中能让听众获得一个好心情，那么信息传达的内容就会容易被说服达成。

庞统说服曹操采纳连环计，也是在曹操处于好心情的情况下，在他找曹操之前，曹操早就听说凤雏乃治天下之才，有着收纳庞统进曹营的心。庞统很聪明地给曹操戴了一顶高帽，赞扬曹操用兵如神、足智多谋等。曹操本来就是个很喜欢被捧高的人，自然心情就好起来，那么谈事情就容易多了。庞

统把连环计大致说明了一下，而且说出了把铁船连接起来的两大好处，曹操听起来有道理，没有深入思考，采纳了庞统的建议。

科学家曾经做过大量的试验，证明了处于好心情的人当中有90%会愿意答应别人的请求。实际上，好心情效应就是让对方心里有一个盼头，让这个积极的想法支配他的思想，从而控制他的行为。比如女儿问妈妈拿零用钱，妈妈顺道问了一句："你这次的钢琴考试有没有取得好成绩？"女儿的回答是肯定的，更容易让妈妈答应给零用钱。这个例子中，妈妈不一定是要女儿的钢琴水平如何地高，可能只是希望从女儿的回答中获取一个好心情，觉得她的女儿的未来是有盼头的。虽然只是一句肯定的回答，但直接影响到妈妈是否答应女儿的请求。

"对方想要什么就给什么"，传达者要把握住这个本质的特点，传达信息时带给听从一个好心情，锁定对方的心理，再对症下药劝说或提要求，那么如愿以偿的机会也会增大。

登门槛效应：刘备智激孙夫人逃回荆州

《三国》本事：刘备智激孙夫人逃回荆州

（刘备在江东娶了孙权之妹，后被周瑜施计将其软禁在东吴。正当刘备被声色所迷之时，赵云用诸葛亮之计通报曹操要报赤壁鏖兵之恨，带兵杀奔荆州，情况危急，希望刘备可以赶回荆州。）玄德入见孙夫人，暗暗垂泪。孙夫人曰："丈夫何故烦恼？"玄德曰："念备一身飘荡异乡，生不能侍奉二亲，又不能祭祀宗祖，乃大逆不孝也。今岁旦在迩，使备悒快不已。"孙夫人曰："你休瞒我，我已听知了也！方才赵子龙报说荆州危急，你欲还乡，故推此意。"玄德跪而告曰："夫人既知，备安敢相瞒。备欲不去，使荆州有失，被天下人耻笑；欲去，又舍不得夫人：因此烦恼。"夫人曰："妾已事君，任君所之，妾当相随。"玄德曰："夫人之心，虽则如此，争奈国太与吴侯安肯容夫人去？夫人若可怜刘备，暂时辞别。"言毕，泪如雨下。孙夫人劝曰："丈夫休得烦恼。妾当苦告母亲，必放妾与君同去。"玄德曰："纵然国太肯时，吴侯必然阻挡。"孙夫人沉吟良久，乃曰："妾与君正旦拜贺时，推称江边祭祖，不告而去，若何？"玄德又跪而谢曰："若如此，生死难忘！切勿漏泄。"（见《三国演义》第五十五回）

媚笑乱弹：刘备带夫人回荆州

一天，保姆急急忙忙地报告刘备："老爷，赵云有急事找你！"

刘备叫赵云进大厅询问发生什么事。赵云样子很吃惊地说："老爷你天天在这边和夫人吟诗作对，不想回荆州了？"刘备问："有什么事这么慌张？"赵云说："今天一大早诸葛亮找人来报信，说曹操看你没在家都造反了，叫了一群恶霸霸着荆州，老爷你赶快回去，我怕继续下去，荆州不保啊！"刘备迟疑了一下："这个，我要和夫人商量一下。"赵云说："你要和夫人商议，一定不肯让老爷你回去，孙权找了你做上门女婿，就是想绑着你在这边不回荆州。不要和夫人商量了，果断收拾行李跟我一起走。迟了就要误事了！"刘备说："你先退下等我想想，我自有分寸。"

刘备进了卧室见夫人，暗暗落泪。夫人问："相公，你有烦心事？"刘备说："我漂泊在外，在生之年不能侍奉父母亲，又不能祭祀宗族，是大逆不孝的行为。现在老父危在旦夕，都不能赶去病床前见他最后一面，我我我……"夫人打断："你不用瞒我，我都听到了，赵云说曹操霸占着荆州，你打算回去处理，才说出这番话，对吧？"刘备跪在地上说："既然夫人都知道了，我也不好隐瞒你了。如果我不回去，曹操必然霸占着荆州，欺诈荆州的农民种罂粟，到时民不聊生，不堪设想啊。如果我回去了，又舍不得夫人，进退两难，很是纠结。"夫人说："既然我都嫁了给你，你去哪里我都跟随着你。"刘备说："夫人你虽然是这样想的，但是你大哥会放你走吗?我当初娶你是说好了当上门女婿不回荆州了。我还是一个人回去看看情况再作打算。"说完这番话，刘备眼里流出了泪水。孙夫人劝说："相公，你别太忧心，我试一下和我母亲沟通，她一定会放我跟你回去的。"刘备说："就算丈母娘愿意，你大哥也未必肯啊。"孙夫人沉默了一阵子，就说："要不我们来个瞒天过海，就说去江边祭祖，不辞而别，如何？"刘备跪在夫人面前连忙感谢。二人计划得差不多，刘备吩咐赵云："过几天，你备好小船在江边等我。我就和孙权说要去江边祭祖，再趁机和夫人坐上你安排好的小船一同离开。"

三天后，刘备和孙夫人拜访母亲。孙夫人说：“夫君想念父母祖宗坟墓，但相隔甚远，不能亲自上香祭祀，日夜伤心。今天打算去江边，望北遥祭，先和母亲你告知一声。”孙母说：“这是孝顺呀，我怎么会阻止呢？我虽然没见过刘家人，但是你跟着丈夫去祭拜，算是尽了妻子的责任。”孙夫人和刘备拜谢离开。

孙夫人收拾好行李，瞒着大哥就坐上刘备的马车出城，和赵云相会。当天孙权喝酒大醉睡在床上，下人一直不敢打扰。直到第二天，孙权才收到消息知道刘备走了，急着召唤孙家上下骑马追他们回来。程普进言：“孙小姐从小就喜欢耍点武功，性格严毅刚正，府上的壮丁有时都会害怕她。既然肯追随刘备一起去，一定是同心同德了。追上小姐的男丁，怎么敢下手呢？”孙权很生气：“蒋钦、周秦，你两个追上去，拿我妹妹和刘备的人头回来。违令的回来重罚！”

另一边刘备一路赶路，来到柴桑的时候听到人说：“有人追来。”刘备问：“赵云，有人追来了，怎么办？”待到刘备去到山脚时，碰上了两个孙家侍卫。两个侍卫厉声高叫：“刘备快下马就范。周管家命令我们在这等候你很久了，快跟我回去孙家。”刘备脸色都变了：“赵云，前面有人拦着去路，后面有人追着，我刘备这次是插翅难飞呀！”赵云安慰刘备：“老爷别慌。”孙夫人说了一句：“你们可有什么好办法？”刘备说：“当日你大哥和周管家合谋招我做上门女婿，这不是夫人你的意愿，就是想困住我去夺荆州这块肥地。我明知道这是个圈套，我还是不畏万死来了，就是仰慕夫人你有这男子汉一般的胸襟。前段时间听闻有小人要陷害我，但夫人还是不离不弃，一心相随。现在周管家派人拦在前面，只有夫人才能解决这个难题啊。如果夫人不答应，我就死在马车前，报答夫人的恩德。”孙夫人很愤怒：“我哥都不当我是亲骨肉，为了夺走荆州，就用我做鱼饵招亲，我还有什么面目见他？今天的危险就由我去化解吧！”

于是孙夫人走出马车，喝住守在前面的两侍卫：“你两个想造反吗？”两侍卫果真被吓着，回答孙夫人说是周管家派他们守在这里等着逮刘备的。孙夫人大怒：“周管家这个逆贼，我孙家从来都没有亏待你，刘备是我的丈夫，孙家的上门女婿，我都和母亲和哥哥说了要回荆州。你们两个在山脚

等着拦路，是打算打劫我夫妻俩吗？”侍卫说：“不敢，不敢。夫人请息怒。”孙夫人说：“你们只卖帐给周管家，却没有把我这个孙小姐看在眼里。你们完成不了任务，周管家要罚。拦着我去路，周管家也是要罚的！”侍卫只好乖乖让路给孙夫人走过。

蒋钦、周秦两个追上了，和两侍卫了解了情况后，一起追刘备和孙夫人。刘备又和孙夫人说：“侍卫又追上来了，怎么办？”孙夫人说：“相公你先走，我和赵云在后面应付。”刘备先走了，孙夫人对私人说：“你们几个还跟着我干什么！”侍卫们答：“我们也是听从孙老爷的吩咐，夫人，刘备请跟我们回去。”孙夫人怪责他们：“你们这帮人，离间我和哥哥关系。我都嫁人了，又不是要和刘备私奔。是母亲说好了要我随夫君回荆州的。就算哥哥来了，也是要按照母亲的意思去做。你两个凶巴巴的，要想杀害我吗？”四人面面相觑，想着孙权平时最听孙母的话，也就不敢说什么就退下了。

最后，刘备冲破了重重难关，带着孙夫人回了荆州。

【解密《三国演义》·登门槛效应】

登门槛效应，又称为得寸进尺效应，是指一个一旦接受了他人的一个微不足道的要求，就有可能接受更大的要求，这种现象，犹如登门坎时，要一级台阶一级台阶地越过，这样能更容易更顺利地登上高处。

刘备对孙夫人用的也是登门槛效应的说服方法——先是欺骗孙夫人说要回荆州祭拜祖宗和看看老父老母，这是个很合理也很微不足道的请求，但聪明的孙夫人听到了刘备和赵云的对话，知道这是刘备编出来要回荆州的借口，就让刘备实话实说。接着刘备说出了他想回荆州是因为曹操的势力扩散，荆州告急，他是想着回去拯救荆州百姓于水深火热之中，这样正义凛然的理由自然能把孙夫人说服，孙夫人竟然答应了刘备一起瞒过孙母回荆州。在逃走的过程中，刘备三番五次被孙权的下属拦截，刘备一次次得寸进尺地提出要孙夫人帮他解决困境。最后，刘备在孙夫人的帮助下，顺利回到了荆州。每次刘备对孙夫人提出的请求都是微不足道的，但孙夫人都帮了他，到最后孙夫人是自然而然就认可了帮助刘备离开哥哥孙权的身边，回到荆州继

续他的事业。本来孙夫人不可能答应的事情，就是在刘备实施登门槛效应说服下，孙夫人一步步妥协。

从刘备智激孙夫人逃回荆州这个故事中，我们可以得到很多人际交往的启发。当我们要求某人做某件较大的事情又担心他不愿意做时，可以先向他提出一件类似的、较小的事情。如体育老师希望班上的女生能克服身体的极限，进行五千米的长跑，不宜一下子对她们提出这样的要求，而是先让她们完成一圈，接着练习两圈。当学生达到这些要求后，再通过鼓励逐步向其提出更高的要求。到最后，体育老师提出要女生跑五千米长跑时，女生就不会有很大的抗拒心理，而是欣然尝试，甚至很容易就达标。

利用登门槛效应攻心说服的例子很多，在日常生活和学习上，我们也可以灵活应用和借鉴，做到无声无息就让对方按照你的思路办事，不经意处见匠心，效果会更好！

传播扭曲效应：孔明吊丧息怨恨

《三国》本事：柴桑卧龙吊丧，平息东吴诸将怨恨

（周瑜被诸葛亮气死，诸葛亮前往东吴吊丧。）（诸葛亮）乃与赵云引五百军，具祭礼，下船赴巴丘吊丧。于路探听得孙权已令鲁肃为都督，周瑜灵柩已回柴桑。孔明径至柴桑，鲁肃以礼迎接。周瑜部将皆欲杀孔明，因见赵云带剑相随，不敢下手。孔明教设祭物于灵前，亲自奠酒，跪于地下，读祭文曰：

呜呼公瑾，不幸夭亡！修短故天，人岂不伤？我心实痛，酹酒一觞；君其有灵，享我烝尝！吊君幼学，以交伯符；仗义疏财，让舍以民。吊君弱冠，万里鹏抟；定建霸业，割据江南。吊君壮力，远镇巴丘；景升怀虑，讨逆无忧。吊君丰度，佳配小乔；汉臣之婿，不愧当朝。吊君气概，谏阻纳质；始不垂翅，终能奋翼。吊君鄱阳，蒋干来说；挥洒自如，雅量高志。吊君弘才，文武筹略；火攻破敌，挽强为弱。想君当年，雄姿英发。哭君早逝，俯地流血。忠义之心，英灵之气。命终三纪，名垂百世。哀君情切，愁肠千结。惟我肝胆，悲无断绝。昊天昏暗，三军怆然。主为哀泣，友为泪涟。亮也不才，丐计求谋；助吴拒曹，辅汉安刘。掎角之援，首尾相俦。若存若亡，何虑何忧？呜呼公瑾，生死永别！朴守其贞，冥冥灭灭。魂如有灵，以鉴我心。从此天下，更无知音。也是实话。呜呼痛哉！伏惟尚飨。

孔明祭毕，伏地大哭，泪如涌泉，哀恸不已。哭其不能助我以攻曹，乃真哭，非假哭也。众将相谓曰："人尽道公瑾与孔明不睦，今观其祭奠之情，人皆虚言也。"鲁肃见孔明如此悲切，亦为感伤，自思曰："孔明自是多情，乃公瑾量窄，自取死耳。"（见《三国演义》第五十七回）

媚笑乱弹：诸葛亮惺惺相惜周瑜

周瑜精通书法，才艺出众，只是气量狭小，不能容忍。他和诸葛亮从小就是书法界参赛的对手，有好几次比赛都是稍逊诸葛亮，十分妒忌诸葛亮的书法，几次都想设计陷害他。青竹书法大赛后，诸葛亮的名声更响了，周瑜心里越发觉得不舒服，决心要单独挑战诸葛亮比一场，无奈还是输在诸葛亮笔下，郁郁寡欢，还一度到心理治疗室做心理调整。

周瑜仍然不甘心，修养在深山，心里还是天天想着比赛输给诸葛亮的事，一气之下，忧郁症又发作，医生安排了周瑜家人日夜照顾，监管他的情绪，才好了一点。

直到周瑜听到诸葛亮代表国家到国际参加书法比赛，还一举夺得冠军，新闻联播一播出这条消息，周瑜不禁大叫了一声："你叫我颜面何存！"之后一直沉默，不和身边的任何人说话，天天把自己关在房间里，抑郁症发作，最后气得昏倒在病床前。临终前，仰天长叹一句："既生瑜，何生亮！"连叫了几声就倒下，再也没有起来。

周瑜家人为周瑜举行丧礼，诸葛亮听说了之后，就和赵云一同去凭吊。周瑜的灵柩运回柴桑，诸葛亮也开车去了柴桑，周瑜的家人连忙驱赶诸葛亮离开，但看到赵云凶巴巴的样子，只得作罢。诸葛亮叫赵云把祭拜的物品放在灵前，亲自奠酒，跪在地上，读祭文，哭得很凄惨。祭文内容："周瑜啊，你不幸英年早逝！才华横溢的你，不仅让人伤心，连天都觉得怜悯。我心实在很痛，就此敬一杯酒给你吧，你如果在天有灵，就尝一口。"短短的几句话，真诚感人，不仅让周家人愤怒、敌对和责怪的强烈情绪缓和了大半，还使众人自然而然地随之转入凭吊周瑜、哀悼书法奇才的悲痛氛围之中。

接着，诸葛亮从不同方面高度概括了周瑜短暂而辉煌的一生，每读一小段就声泪俱下哭泣一番，场景十分感人。在场的人无一不动容。祭文的第三部分渲染了诸葛亮凭吊周瑜的哀痛情绪，痛惜周瑜这个书法界的奇才英年早逝，人们都深感遗憾和悲痛。最后他回忆和周瑜自小一起练习书法，在无数书法比赛碰头竞争的情景，表达出知音难求，最后伏地大哭，不能自已。

【解密《三国演义》·传播扭曲效应】

信息在传播过程中被层层扭曲，以至面目全非，这个常见的心理效应，叫做传播扭曲效应。因为口头传播存在不确定性和带有过强的主观色彩，而且大部分人都会把传言夸张化，添油加醋传播开来，出现了扭曲的效果。了解了传播扭曲效应的成因，要说服别人扭转个人形象，就得把扭曲的信息重新输入，在被说服者面前建立一个全新的形象，才能获得对方的信赖，使你具有说服力。

诸葛亮之所以能在柴桑吊丧周瑜，平息东吴诸将怨恨，也是因为他通过感人肺腑的祭文传播出全新的信号，表现出他良好形象的一面，改变了周瑜身边将士之前传言形成的恶劣形象。凭吊前，将士们不欢迎诸葛亮来凭吊，觉得他是猫哭耗子，甚至持剑欲杀诸葛亮。而诸葛亮深情念完祭文，跪地痛哭，悲恸欲绝。众人愤怒的情绪缓和了一大半，还感叹“人尽道公瑾与孔明不睦，今观其祭奠之情，人皆虚言也”，证明诸葛亮正式打破了将士之前传播扭曲的形象，让将士信赖他，顺利实现了说服东吴将士联合抗曹的目的。

说服其实就是一个信息传播的过程，是说服者和被说服者通过行为和思想的交换、交流，解决问题。如果了解传播扭曲效应的不良后果，就更应该在平常的行为中注重传播自我良好的信息，以引起被说服者相应积极的心理变化和心理反应。

成功的老师一定懂得传播扭曲效应，说教学生尤其注重每句话的出发点和褒贬语言。因为语气稍有不对，敏感的学生就容易记在心里，在学生群体中加油添醋，传播开来，那么老师的形象一旦被扭曲，就很难重新建立，更难说服学生听自己的话。说服教育的过程中，老师要注意先讲什么，要讲什

么，在学生持积极情绪时表达什么，在学生怀疑自己观点时又该如何处理，这都得靠老师灵活处理。

把握好说服过程中交换信息的度，尽量避免传播扭曲效应，争取在被说服者面前留下良好印象，才可达到说服效果。

唤起恐惧：贾诩劝曹操立曹丕为世子

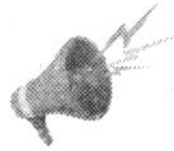

《三国》本事：贾诩成功劝说曹操立曹丕为世子

（曹操接受“魏王”封爵后，议立世子。曹丕从政经验丰富，曹植才华横溢，曹操很是犯难。谋士们各抒己见，曹丕、曹植各有粉丝支持。）操欲立后嗣，踌躇不定，乃问贾诩曰：“孤欲立后嗣，当立谁？”贾诩不答，操问其故，诩曰：“正有所思，故不能即答耳。”操曰：“何所思？”诩对曰：“思袁本初、刘景升父子也。”操大笑，遂立长子曹丕为王世子。（见《三国演义》第六十八回）

媚笑乱弹：贾诩的沉默让曹丕做了曹家继承人

曹操是百姓村数一数二的财主，准备在两个儿子曹丕、曹植中选一个做继承人，二人暗里斗争非常激烈。曹丕年幼就跟在曹操身边学做生意，经验比较丰富；曹植脑袋瓜转得快，聪明过人，两人各有优势，曹操都犯愁该选择谁来继承自己的事业。

贾诩是曹操身边的智囊团，虽然是在曹操已经富起来后才跟在身边一起打理生意，但曹操对他信任有加，曹丕约了贾诩出来谈怎样才能提高自己的父亲面前的印象分，贾诩就说：“希望大少爷多读点书提高修养，勤于学习，日夜孜孜不倦，不违背做儿子的道义，这就够了。”曹丕听从了他的建

议，刻意磨炼自己，使自己在才学上大有长进，得到了曹操的另眼相看。

曹操在选择继承人的事儿上犹豫不决，家中的智囊团各有倾向，既有人极力推荐曹丕，也有大批的忠实粉丝支持曹植。曹操留意到贾诩没有发表意见，觉得他心里定是看到了不一样的东西。

第一次，曹操旁敲侧问贾诩该选哪个做继承人，贾诩闭口没回答。还有一次，只有曹操和贾诩在的时候，他问贾诩："你看曹丕和曹植，挑哪个做继承人比较靠谱？"贾诩闭口不答。曹操问："你一向是我的智囊团，平时生意上有问题我们都会一起讨论，为何这次沉默了？"贾诩回答说："我是在琢磨一些事情，所以没有回答你的问题。"曹操很好奇："你在想什么？"贾诩答："我想起了袁绍父子和刘表父子啊。"

曹操知道袁家兄弟争家产不和，刘表则是背后中伤他哥，不单是内部抢上位，导致的一连串的祸害和内乱很值得引起反思啊！曹操自然明白这等结果非常严重，也理解了贾诩委婉但深刻的沟通方式，幡然悔悟，最后选择了曹丕作为曹家继承人。

【解密《三国演义》·唤起恐惧】

从心理学上分析，贾诩的劝说引起了对方的恐惧，从而达到自己的目的。这是一种间接的劝说方式，以避免双方的直面冲突和对抗为前提。换言之，这种说服攻心术的巧妙在于不直接摆事实说道理，而是通过特殊的行为形成恐惧感，来给对方思考的余地和空间，最终达到效果。

贾诩成功劝说曹操立曹丕为世子，当曹操问起贾诩意见的时候，贾诩不像其他人那样直言相谏，没有说曹丕的一句好话，也没有说曹植一句坏话，更没有举什么大道理来说服曹操该怎么做，而是简单地列举袁绍、刘表当初的历史事实来点拨曹操。曹操马上心领神会，袁绍和刘表废长立幼、引起内乱的教训使曹操内心产生恐惧。贾诩婉转地利用了曹操的这种心理状态达到说服曹操立曹丕为世子的效果。

其实，引起恐惧是一种很见效的说服技巧。它能吸引人的注意，让人极度紧张，促使人采取行动以避免风险。

设想一下，欧美在禁烟宣传上重口味地画着埋葬在白烟中的骷髅骨、黑一片还穿孔的肺，这会让烟民们产生恐惧。如果继续抽烟，自己就会化成白烟中的一堆骷髅骨头；如果继续抽烟，自己的肺就会黑压压一片，还穿了很多洞。烟民着实感到恐惧，这一系列的暗示就起到了说服作用。显然，这样引起恐惧的说服，会比对他们说无数次不要吸烟的老话更有用。

我们要引起恐惧的目的就是要向对方灌输某些思想，让他们有所行动（比如因为恐惧而退后，因为恐惧而换一种做法，因为恐惧而作出迟疑的决定等），使用恰当给力的词语，加上巧妙的威逼就可以操纵对方的想法，让对方就照着我们所说的做法去做了。

奥卡姆剃刀效应：费诗巧辩关羽

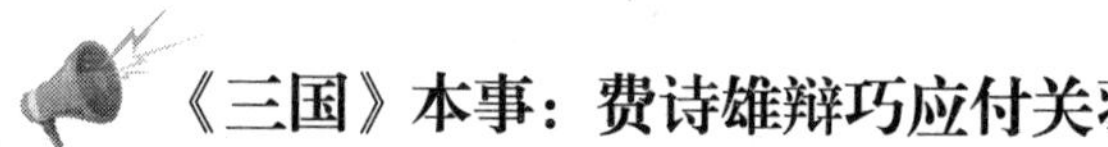

《三国》本事：费诗雄辩巧应付关羽

（刘备取得汉中，进位汉中王，封关羽、张飞、赵云、马超、黄忠为五虎大将，并差前部司马费诗为使，赍捧诰命投荆州来。）云长出郭，迎接入城。至公廨礼毕，云长问曰：“汉中王封我何爵？”诗曰：“五虎大将之首。”云长问：“那五虎将？”诗曰：“关、张、赵、马、黄是也。”云长怒曰：“翼德吾弟也；孟起世代名家；子龙久随吾兄，即吾弟也：位与吾相并，可也。黄忠何等人，敢与吾同列？大丈夫终不与老卒为伍？”遂不肯受印。诗笑曰：“将军差矣。昔萧何、曹参与高祖同举大事，最为亲近，而韩信乃楚之亡将也；然信位为王，居萧、曹之上，未闻萧、曹以此为怨。今汉中王虽有五虎将之封，而与将军有兄弟之义，视同一体。将军即汉中王，汉中王即将军也。岂与诸人等哉？将军受汉中王厚恩，当与同休戚、共祸福，不宜计较官号之高下。愿将军熟思之。”云长大悟，乃再拜曰：“某之不明，非足下见教，几误大事。”即拜受印绶。（见《三国演义》第七十三回）

媚笑乱弹：把事情简单化了，好办！

刘备做了军队里的将军，关羽等五人为尉官。刘备派费诗到荆州颁发任

命通知书给关羽，同时调关羽到樊城镇守。费诗领了这项美差，轻松上路。

关羽迎上费诗，得知刘备荣升将军，由衷地为一起出生入死的兄弟感到高兴。

费诗说："刘将军对你另有封赏。"

关羽想想做将军也不过是图个名声好听，而且没有上升空间不好玩，就好奇问："封了什么呢？"

费诗回答说："有五位军官提拔为尉官，你是上尉啊！"

关羽听了，心里暗自洋洋得意，问："其他四个是谁？"

费诗说："张飞、赵云、马超和黄忠。"

关羽勃然大怒："黄忠是谁啊，听都没听过的老头儿就上位尉官了？我坚决不和这等老兵同列。你的封赏上尉我没兴趣！"

费诗顿时十分尴尬，他怎么也没想到会发生这种事，明明是喜事瞬间变成难以收拾的局面。好在费诗机灵，立即发出一阵大笑把尴尬的场面化解，他说："关大哥，你这就不对了。你不要生气，先听我来说一说这个道理。升官加爵的人每年都一大批，有的升官做个上校，实力还比上尉高呢！官爵的高低并不代表着一个人硬件和软件的实力。现在，刘将军根据你们这几年的成绩，加封尉官，黄忠也在其中是有他的理由。以前的南滨战役里，老黄也是冲锋陷阵的，而且刘将军和你的情谊，哪里能和黄忠同日而语？您和刘将军出生入死，共赴患难。你们兄弟俩不分彼此。上尉还是将军都只是外人的一个叫法。就算没有封为上尉，你得到的尊重还是在此之上的呀！"

费诗咕噜咕噜说了一段出来，关羽还是有点犹豫，费诗反而担心了，害怕得罪新官上任的关上尉，就说了一个冷笑话："关上尉，我就一小小传达者，你可不要新官上任三把火和小的开玩笑嘛！我就知道你不会辜负刘将军的。"

关羽一改刚才涨红了脸的激动样子，反而语重心长地说："我真是二百五啊，不经大脑就说出这样一堆废话。多亏你提醒了，才没有冲动啊。冲动是魔鬼！我就高高兴兴接受上尉升官加爵啦！"

【解密《三国演义》·奥卡姆剃刀效应】

奥卡姆剃刀效应是由英国奥卡姆的威廉提出的，用简单的话来说，它是指保持事情的简单性，抓住根本，解决实质，不需要人为地把事情复杂化，这样才能更快更有效地将事情处理好。最有说服力的请求是简单化的请求。奥卡姆剃刀效应的思想核心就是简单，所以才是攻心说服极其有用的法宝。所有的人绞尽脑汁设计开场白、说服术，希望能把对方说服。事实上，抓住奥卡姆剃刀定律，把说服的本质问题解释清楚，简单而不具有私心，即是说服力的表现。

对于三国中的关羽，已经有很多人专门深入研究过他的性格特点及其心理变化。而在三国故事中，能把关羽说服的人并不多。费诗之所以能成功，就是因为他遭到关羽拒绝的时候，把对话的重点放在了“关羽能够升官加爵并不是冲着名声来的，而更看重的是和刘备之间的结拜兄弟情，以及冲锋陷阵，为百姓为社会奉献的精神”上。费诗还抓住了这场说服的关键点，即关羽不想和黄忠同列是因为他觉得自己的位置比黄忠高一截，自己应和刘备并排，这说明他需要有人认可他的权力和存在。费诗没有把说服复杂化，而是回归本源，把关羽与众不同的权力位置点出来，表明他和别人有所不同，这样抓重点地说服让关羽心服口服了。

奥卡姆剃刀效应其实可以应用在学习、生活、工作的方方面面。比如在求人办事时，最好坦诚地把请求简单陈述出来，对方会更乐意帮个忙。可以想象：如果你的一个平常很少往来，并不算特别亲近的亲戚来你家拜访，东扯西谈套近乎，明明有事要麻烦却没有说出重点，最后很有可能你的耐性都被消耗光了。即使最后他婉转提出了并不过分的请求，也很难让你心服口服地帮他解决问题。

学一下费诗的奥卡姆剃刀效应，正如他的说服一样，简单明了，这不仅仅是说服的前提和基础，抓住根本解决本质问题本身即是说服力。

形象化策略：吕蒙说服孙权独任大都督

《三国》本事：吕蒙说服孙权让他独任大都督一职

（曹操联合东吴，夹攻关羽，关羽撤退荆州之兵，攻取樊城。陆逊献计吕蒙夜袭荆州，并由吕蒙说服了孙权接受这个做法。孙权想派出吕蒙同其弟孙皎同引大军前去。吕蒙用昔日周瑜、程普为左右都督相处并不和谐的例子说服孙权拜吕蒙为大都督。）逊大喜，密遣人探得关公果然撤荆州大半兵赴樊城听调，只待箭疮痊可，便欲进兵。逊察知备细，即差人星夜报知孙权，孙权召吕蒙商议曰："今云长果撤荆州之兵，攻取樊城，便可设计袭取荆州。卿与吾弟孙皎同引大军前去，何如？"孙皎字叔明，乃孙权叔父孙静之次子也。蒙曰："主公若以蒙可用则独用蒙；若以叔明可用则独用叔明。岂不闻昔日周瑜、程普为左右都督，事虽决于瑜，然普自以旧臣而居瑜下，颇不相睦；后因见瑜之才，方始敬服？今蒙之才不及瑜，而叔明之亲胜于普，恐未必能相济也。"权大悟，遂拜吕蒙为大都督，总制江东诸路军马；令孙皎在后接应粮草。（见《三国演义》第七十五回）

媚笑乱弹：吕蒙独当一面做经理

做房地产生意的孙权交给吕蒙一个重要的任务，解决方兴村的村长关羽，拿下方兴村的土地。可是关羽顽固得不得了，吕蒙三番四次找他谈，价

钱加了又加，还是没有答应吕蒙让出方兴村的土地。这下，吕蒙急了，他可是在孙老板面前夸下海口说一定能够取回方兴村的土地啊，现在该如何是好呢？他实在是想不到好的解决办法，只好装病不去上班，叫人向孙权请假。

同部门的员工陆逊来探望吕蒙，他是看出来了吕蒙装病，就是想逃避收回方兴村土地的任务，就献计说关羽始终不肯下台阶，心里可没我们想得伟大，不是为了方兴村的百姓，而是因为不能认输。村民都说，吕蒙很厉害，如果村长关羽一下子就屈服了，收我们的钱财把土地卖掉，他多没面子。他就是吃软不吃硬，如果你派我做代表和他谈，认个孙子又跪又求，他面上沾光了，自然就肯把地给我们。吕蒙拍掌直呼良策！

于是吕蒙继续装病不起来，打好辞职信交给孙权。陆逊回公司和孙权说了他的计划。孙权打电话问起在家中养病的吕蒙："昔日周瑜不做经理的时候推荐了鲁肃，鲁肃辞职后就推荐了你做经理，现在你不做了，也得推举一个人做呀！"吕蒙说："如果你找有领导才能、大将之风的人，关羽这人就吃软不吃硬，没作用。所要呢，你得挑一个性格比较软的，就如陆逊这类的人暂时代表我去和关羽谈事情。"

孙权照吕蒙的意思去做，第二天对外发布了消息。关羽得知陆逊坐了吕蒙的位置，奸笑了几声，心里想，这个名字都没听过的家伙，浑水摸鱼做了个房地产公司的经理，这次有他好看的，看他怎么来求我要土地。

果然不出所料，陆逊约了关羽谈土地问题，把关羽吹捧上天，结果关羽开心得忘乎所以，就答应了高价卖出方兴村的土地给孙氏房地产。

第二天，陆逊叫吕蒙回公司，一同进入孙权的办公室报告情况。孙权对他俩说："如今关羽把方兴村的土地高价转让给我们了，那么现在派吕蒙你和我表弟孙皎一同跟进这个项目的建设，如何？"吕蒙说："老板，这个我不同意。如果你要重用我，那么就由我一个人挑起大旗跟进项目；如果你是想你表弟跟进项目，那么就由他主管这个项目好了！以前周经理在位的时候，程普是副经理，都是由周经理说了算，程普屈居周瑜之下，相处得并不是很和睦！后来程普也是逐渐看到周经理做事到位，才渐渐敬服他的。我自问我的才干比不上周瑜，而孙皎是远比程普聪明的人，我怕我处理不好我们的关系，合作碰撞不出火花啊。"

孙权恍然大悟，只是安排了吕蒙继续做经理，跟进方兴村的建设项目。

【解密《三国演义》·形象化策略】

思考构成了人脑海中的印象，随后将这些印象转变为事实和经验，在生活中呈现出来，这谓之形象化。一个完整的说服过程是包含信息表达、传达和接收三部分。形象化策略是在说服的传达这部分产生影响，使对方对说服者表达的信心有效加工、整理，被引导到说服者期待的效果。如果说服者在说服别人的时候，运用形象化策略描述，把一个概念在对方脑海里形象地展现出来，他们都会虔诚地相信说服者所表达的言辞，最终被说服。

吕蒙说的“岂不闻昔日周瑜、程普为左右都督，事虽决于瑜，然普自以旧臣而居瑜下，颇不相睦”，就是为了激起孙权对于前任左、右都督同时被重用时，相处不和谐，没有达到了双赢效果，为孙权带来更多利益的回忆。而且这些印象都是事实，要从中汲取经验。孙权脑海里起了形象化的作用，觉得吕蒙说得很有道理，如果按照他现在“卿与吾弟孙皎同引大军前去”，那么“蒙之才不及瑜，而叔明之亲胜于普，恐未必能相济也”！孙权能形象地猜想到吕蒙和孙皎一同做左右都督的局面，那么吕蒙想独当一面坐东吴都督位置就呼之欲出了！

形象化策略应用于说服是非常常见的。妈妈常常都会吓唬小孩子“不要去黑暗的地方去，那里可能会有妖怪，专门吃小孩”，其实妈妈的本意是出于保护孩子，说服孩子不要轻易到黑暗的地方，防止危险的发生。而妈妈形象化的说服，传达给孩子“黑处有危险”这样一个深刻的印象，孩子被说服，乖乖地听妈妈的话，不会乱去黑暗的地方。

抽象的说辞不仅会让对方减少对你的信任感，还可能导致说服彻底失败。但是改用形象化策略说服的方法，往往说服效果也会明显增加。当你难以应付说服对象时，试一下巧妙地运用形象化策略，可以说服对方接受你对问题形象化的认知，逐步被你引导达成有利于己的协议。

借助权威：陆逊说服吕蒙退位让贤

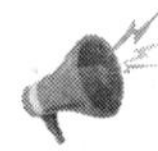

《三国》本事：陆逊运用权威说服吕蒙主动退位

（孙权欲乘关羽与曹操交战、荆州防卫空虚之际攻取荆州。大都督吕蒙在听闻荆州军马整肃，预有准备，觉得无法向孙权交待，只好假装生病。）陆逊进言曰："吕子明之病，乃诈耳，非真病也。"权曰："伯言既知其诈，可往视之。"陆逊领命，星夜至陆口寨中，来见吕蒙，果然面无病色。逊曰："某奉吴侯命，敬探子明贵恙。"蒙曰："贱躯偶病，何劳探问。"逊曰："吴侯以重任付公，公不乘时而动，空怀郁结，何也？"蒙目视陆逊，良久不语。逊又曰："愚有小方，能治将军之疾，未审可用否？"蒙乃屏退左右而问曰："伯言良方，乞早赐教。"逊笑曰："子明之疾，不过因荆州兵马整肃，沿江有烽火台之备耳。予有一计，令沿江守吏，不能举火；荆州之兵，束手归降，可乎？"蒙惊谢曰："伯言之语，如见我肺腑。愿闻良策。"陆逊曰："云长倚恃英雄，自料无敌，所虑者惟将军耳。将军乘此机会，托疾辞职，以陆口之任让之他人，使他人卑辞赞美关公，以骄其心，彼必尽撤荆州之兵，以向樊城。若荆州无备，用一旅之师，别出奇计以袭之，则荆州在掌握之中矣。"蒙大喜曰："真良策也！"（见《三国演义》第七十五回）

媚笑乱弹：陆逊上位有妙计

张昭总能讨得孙权的欢心，在孙权打算派出陆逊成立紧急调查小组，跟进曹操贩毒组织的情况时，张昭毅然反对。而吕蒙作为调查小组组长，一直跟进相关情况，也没打算让其他新手接手任务，况且陆逊刚从警校毕业，遇事没有经验，没有经历，更没有功绩，吕蒙不可能由着他做调查小组组长。按此分析，陆逊最后能坐上小组长的位置实属不易。

陆逊年纪虽小，但头脑灵活，他心生一计，就是借助关羽的名声。当时关羽快枪手的名声威震四方，快枪下毙了多少黑道老大，追捕贩毒组织多次立功，老曹都闻风丧胆，可见关羽是有一定的权威影响力，连毒枭曹操都畏之如虎，吕蒙、孙权就更不在话下了。

吕蒙知道快枪手关羽离开荆州前，做了精密部署，每隔二三十里就设立信号接受点，一旦荆州有什么变动，关羽就会马上赶回援救。吕蒙向来惧怕关羽，得知这个消息后，就迟迟不敢打关羽主意。另一方面，他又唯恐918警队队长孙权问及任务执行情况，只好装病不出来。

吕蒙装病，被陆逊看穿了，他知道他上位的机会来了，就直接报告警长孙权说，吕蒙根本没病，是害怕关羽做卧底藏在老曹组织里，难分忠奸，不敢轻举妄动，只好装病。

孙权为了了解真实情况，就派陆逊去收集相关情况。

吕蒙听到保姆把门开了，是陆逊来探病，听说还带来了长白天的名药材作为治病良药。吕蒙装病，知道陆逊肯定有事而来。陆逊开门见山："我知道您的病是心病，病根就在于关羽做的信号监测系统灵敏得很，这样，你就完成不了警队派给你的任务。"吕蒙点头："你分析到位，不知道有没有办法赐教一下！"

陆逊说："关羽骄傲自大。信号反馈系统就是为了监测警方和黑道两方，可以随时预防我们从背后潜入他们的组织。如果你假装病了，把你平常的任务交给他人，再叫这个人故意夸奖关羽，大加赞颂。关羽就会掉以轻心，再避开关羽进入荆州城内，老曹的犯罪证据就有望能收集到了！"

吕蒙觉得陆逊分析得非常有道理，表示为了帮助警队达成任务，愿意自我牺牲辞职让贤，并询问该由谁做小组长。

陆逊早就盘算好了，他从头到尾盯着的都是小组长这位置。照前面分析说的，找一个默默无闻的人麻痹关羽头脑，蒙蔽关羽判断，也就能够使用骄兵之计。能让关羽十分轻视的人，眼前的陆逊就十分合适。吕蒙尽管很不舍得小组长的位置，但是为了完成任务，不得不心甘情愿退位让贤。因为自己不敢正面对抗关羽，却又常常被孙警长催着完成任务。所以吕蒙只能装病缓解一下心里的巨大压力。

陆逊这样一说，吕蒙觉得这办法求之不得！所以吕蒙马上就打电话给孙权，提出辞职。陆逊成功说服了吕蒙，当上了调查小组组长。

【解密《三国演义》·借助权威】

陆逊懂得利用权威力量，对吕蒙恐吓让他处于极端矛盾中，提出了选一个平庸的人麻痹关羽的头脑，让关羽掉以轻心，解决荆州的问题。这个办法，正好卸去了吕蒙的心头重担，也是解决荆州问题的一个尝试。吕蒙被说服，果断向孙权提出辞退让贤，希望陆逊能蒙蔽住关羽的判断，取回荆州。

这则故事与孙权总是信任张昭的区别在于，陆逊借助的权威是外部权威，即关羽。人们往往盲从权威，而外部权威站在你的对立面，你会因为权威的崇高而恐惧权威。关羽是个极具威慑力的外部权威，陆逊能够说服吕蒙关键在于，他反制性地利用了人们对外部权威的崇拜和恐惧。陆逊利用吕蒙对于外部权威人物关羽的危机感，提出可行性的建议，虽然要求的是吕蒙交出都督的职位，但借助权威的作用发生了，吕蒙被彻底说服。

在每一个演变的社会过程，也存在权威力量。正是因为权威力量，领袖的作用就容易实现。领袖借助权威力量，充当群众的引路人，强制性规定社会规则、法律条例等等，而领袖无需任何后盾，就轻易让群众服从命令，完全不必再为说理操心。

借助权威增强说服力可以给我们一些启示：营造权威，权威可以来自于真实的地位或者特殊的权利，当你没有这种条件的时候，也可以虚张

声势假装出权威；使用权威，在恰当的时候借助所在位置或虚张声势的权威，说服过程中大胆地震慑对方。借助权威，凭借胆略，说服攻心你便是王道。

言行一致原理：诸葛亮等说刘备称帝

《三国》本事：诸葛亮等说刘备称帝

（曹丕疑许昌宫室多妖，于洛阳大建宫殿，且传言汉帝已遇害，自立为大魏皇帝。孔明、许靖等人上表，请汉中王即天子位。）汉中王览表，大惊曰："卿等欲陷孤为不忠不义之人耶？"孔明奏曰："非也。曹丕篡汉自立，王上乃汉室苗裔，理合继统以延汉祀。"汉中王勃然变色曰："孤岂效逆贼所为！"拂袖而起，进于后宫。众官皆散。三日后，孔明又引众官进朝，请汉中王出。众皆拜伏于前。许靖奏曰："今汉天子已被曹丕所弑，王上不即帝位，与师讨逆，不得为忠义也。今天下无不欲王上为君，为孝愍天子雪恨。若不从臣等所议，是失民看矣。"汉中王曰："孤虽是景帝之孙，并未有德泽以布于民；今一旦自立为帝，与篡窃何异？"孔明苦劝数次，汉中王坚执不从。孔明乃设一计，谓众官曰："如此如此。"于是孔明托病不出。

汉中王闻孔明病笃，亲到府中，直进卧榻边问曰："军师所感何疾？"孔明答曰："忧心如焚，命不久矣。"汉中王曰："军师所忧何事？"连问数次，孔明只推病重，瞑目不答。汉中王再三请问。孔明喟然叹曰："臣自出茅庐，得遇大王，相随至今，言听计从；今幸大王有两川之地，不负臣夙昔之言。目今曹丕篡位，汉祀将斩，文武官僚，咸欲奉大王为帝，灭魏兴刘，共图功名；不想大王坚执不肯，众官皆有怨心，不久必尽散矣。若文武

皆散，吴、魏来攻，两川难保，臣安得不忧乎？”汉中王曰：“吾非推阻，恐天下人议论耳。”孔明曰：“圣人云：‘名不正，则言不顺。’今大王名正言顺，有何可议？岂不闻‘天与弗取，反受其咎’？”汉中王曰：“待军师病可，行之未迟。”孔明听罢，从榻上跃然而起，将屏风一击，外面文武众官皆入，拜伏于地。

汉中王惊曰：“陷孤于不义，皆卿等也。”孔明曰：“王上既允所请，便可筑台择吉，恭行大礼。”即时送汉中王还宫，一面令博士许慈、谏议郎孟光掌礼，筑台于成都武担之南。诸事齐备，多官整设銮驾，迎请汉中王登坛致祭。谯周在坛上，高声朗读祭文。

读罢祭文，孔明率众官恭上玉玺。汉中王受了，捧于坛上，再三推让曰：“备无才德，请择有才德者受之。”孔明奏曰：“王上平定四海，功德昭于天下，况是大汉宗派，宜即正位。已祭告天神，复何让焉？”文武各官，皆呼万岁。（见《三国演义》第八十回）

媚笑乱弹：诸葛亮说服刘备做成都老大

刘备听说成都的市长已经遇害，痛哭伤心，并下令汉中的百姓都披麻戴孝，遥望凭吊。刘备因此忧虑，大病一场，暂时处理不了汉中村的事情，交代了诸葛亮。诸葛亮和村里的人商议说，既然管理成都的市长去了，成都一带也不能一日无主，不如推举刘备这个汉中村的村长做市长。

于是，诸葛亮等老百姓商议请刘备做主。刘备一听，大惊说：“你们要陷我于不忠不义吗？”诸葛亮连忙答：“没有，没有！曹丕自立门户，说他是成都的市长。而你一直从汉中打过来占地，抱着的是为百姓谋幸福的心，理应由你继承成都市长的位置的。”刘备脸色变了，说：“我这样做不就是和曹丕的行为一样卑鄙吗？”说完，他就很生气地走了。

三天后，诸葛亮和百姓们又来到刘备家里。许靖说：“成都的市长就是被曹丕下毒手的，他不过就是想要抢他的位置。如果刘大哥你觉得做成都的市长是不忠不义的行为，那么纵容曹丕做市长，百姓受苦受难，一样是不忠不义！”刘备说：“我只是幸运才被大家推上了汉中村村长的位置，我无德

无能，一旦做了市长，那和抢夺有什么区别？”刘备坚决不肯，诸葛亮和百姓们商量，说他有妙计如此如此。于是，诸葛亮对外宣称他病了，没有去办事处上班。

刘备听说诸葛亮病了，亲自来到诸葛家探望，在床边问：“你好多天没来办事处上班，究竟患的是什么重病？”诸葛亮答：“我每天忧心忡忡，命不久矣！”刘备说：“你忧心什么事情？”刘备连问数次，诸葛亮都推托说病重，闭着眼睛养神，没有回答。刘备再三追问，诸葛亮才长叹一声，答：“我自从乡下出来，跟着刘大哥你做事，一直相随到现在，言听计从。现在你占取了两川的地盘，曹丕造反，对外宣称做成都市长。而我们老百姓都推举刘大哥你管理成都，你没有答应，百姓们都诸多怨言，不久你就会失去民心。如果民心不团结，曹丕乘虚而入，我担心两川不保啊！我还怎么睡得着？”刘备说：“我不是推托，是怕有些百姓不服，在私下议论纷纷。”诸葛亮说：“名不正才会言不顺。如今刘大哥你是被老百姓推举上来的，还怎么会被人议论不服？”刘备再次推辞：“等你病好了，回来办事处上班，再作打算。”诸葛亮听完，跃然而起，说：“市长，既然你已经答允了，我们就挑个好日子对外发布消息。”

刘备说：“你们要陷我于不义！”诸葛亮说：“你已经答应了我们所请，就要挑日子对外发布消息了！”

等到了挑选的好日子，记者招待会前，刘备又一次推辞说：“我无才无德，还是请老百姓们挑一个德才兼备的人做市长。”诸葛亮说：“刘大哥你一路占地过来，为的都是抵抗恶霸入侵，想让老百姓过上安稳的日子。你的功德让老百姓都愿意推举你做成都市长，等一下对外发布消息后，你就是成都市长，名正言顺！”接着，诸葛亮对外发布了刘备被百姓推举为成都市长的消息。

【解密《三国演义》·言行一致原理】

如何消除彼此间的意见分歧，成功说服对手，达成共识，已经成为现代人的必修之课。而掌握对方心理，就等于掌握了说服的契机。要想有

效地说服一个人，就要学会向对方提出期望，引导他自愿作出保证，为了言行一致，他就会去履行这个承诺，更易于使对方向着你所设想的方向发展。心理学研究证明，根据言行一致的原理，潜移默化地引导对方做出积极、公开和自愿的承诺，如此一来，说服者本要说服对方履行事件的可能性就会大大增加。

诸葛亮装病，逼得刘备承认灭魏兴汉，为文武官僚共图功名，称帝名正言顺。此时，诸葛亮跃身而起，屏风后面文武百官都拜伏地上，叩见新王。刘备心理矛盾的是，自己无德无才，自立为帝和曹丕谋朝篡位无异，但是诸葛亮解开了他纠结的心理，被说服并承诺择日行大礼。刘备内心还是过不去自己那关，再次犹豫这是不仁义的行为。但他已经没有退路了，因为诸葛亮安排的文武百官见证了刘备公开、自愿作出称帝的承诺，刘备无法反悔，只能作出与承诺一致的行为。

你说服别人的时候，会不会说出类似“我就知道你应付不来”、“我真不知道当初为什么会让你担此重任”、“你做事效率能提高一点吗”等话，这无疑是犯了说服的最大错误之一。这些说法无法唤起对方的激情，刺激不了他实施行动。假设你要说服你的秘书小李勤奋工作。你应该说：“你知道的，小李，你跟在我身边做事好多年了，我一直很佩服你的做事的高效率，绝对不会偷懒。”利用这种说法，你已经把小李定义为一个工作勤奋、效率高的秘书。她就找不到借口偷懒，而是保持言行一致，约束自己成为你所说的那类人。

言行一致效应是让对方接受说服、强化意愿、兑现行动很有效的心理策略。当然，使用这个说服技巧前，得先打下基础引导对方自愿作出承诺。

第六章

攻破心理壁垒

解读《三国演义》中争取合作的攻心术

◉ 欠情心理：犯长安李傕听贾诩

◉ 学会低头：孙策向袁术借兵

◉ 思维缜密：郭嘉谓曹操之“十胜十败”论

◉ 对症下药：刘备说曹操杀吕布

◉ 诡辩与诡道：诸葛亮舌战群儒

◉ 末句放大效应：黄盖为报国甘受苦肉计

◉ 愧疚回报法：蒋干说服曹操重用自己

◉ 刺激对方获得肯定：庞统说服刘备取西蜀

◉ 替对方做决定：诸葛亮劝刘备进位汉中王

欠情心理：犯长安李傕听贾诩

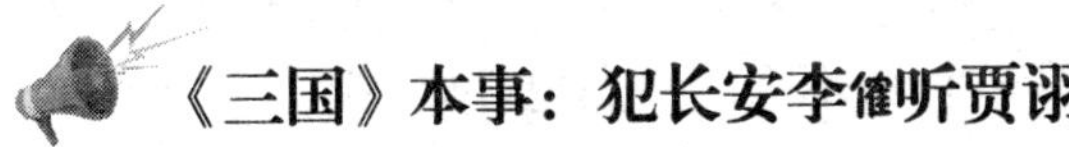

《三国》本事：犯长安李傕听贾诩

（董卓被杀后，其部将李傕、郭汜、张济、樊稠逃居陕西，使人至长安上表求赦。王允觉得董卓的跋扈，皆因得此四人助之，所以不肯赦免四人。）傕曰：“求赦不得，各自逃生可也。”谋士贾诩曰：“诸君若弃军单行，则一亭长能缚君矣。不若诱集陕人，并本部军马，杀入长安，与董卓报仇。事济，奉朝廷以正天下；若其不胜，走亦未迟。”傕等然其说，遂流言于西凉州曰：“王允将欲洗荡此方之人矣！”众皆惊惶。乃复扬言曰：“徒死无益，能从我反乎？”众皆愿从。于是聚众十余万，分作四路，杀奔长安来。(见《三国演义》第九回)

媚笑乱弹：李傕长安围剿土匪记

董卓受托押镖，途中遭到暗算被杀，李傕等人十分恐惧，不知所为，准备各自解散，逃回归乡里。

贾诩是镖队的一员，也担心会有埋伏导致自己小命不保，就出面阻止他们这样一走了之，对李傕等人说：“我想应该是落脚长安的土匪想抢劫镖车，做的手脚暗杀了董大哥，董大哥生前厚待你们，把你们安排在镖队工作，现在董大哥死了，你们就这样苟且偷生，不查明情况。我建议，不

如我们向西面走，直捣土匪在长安的巢！如果能报仇当然最好，实在行动不了，也算是仁至义尽呀！”大家听了，觉得贾诩说得有道理，也就采纳了他的建议。

于是，李傕等带着兄弟们日夜兼程，向长安方向走。一路上，做押镖的兄弟听闻了土匪频频抢劫镖车的事情，已经有好几家镖局遭受毒手。李傕说：“如果我们都坐视不理，只会助长土匪继续作奸犯科，那么我们押镖会面临更多难关。兄弟们，我们一起聚集起来，向西面走，直捣土匪在长安的巢！”各大镖局的兄弟听了李傕的劝说，觉得言之有理，纷纷加入李傕围剿土匪的队列。

快到长安前，李傕已经聚集了十余家镖局的人马。土匪的首领听说了镖局的人要来报仇，觉得这些鼠辈破坏力不强，一点也没放在眼里。李傕和镖局兄弟们商议，土匪落脚在长安城郊的深山，三更偷袭土匪老巢，埋下炸药，趁他们睡觉，一把火烧掉。说干就干，兄弟们齐心协力按计划行事，最终一举歼灭土匪。

【解密《三国演义》·欠情心理】

欠情心理，是在恩情未报的情况下，请求别人做事。由于欠下的情与义，相当于被别人捉住了把柄，别人提出请求，就不得不被他说服着要这样做或那么做。如果要说服一个毫无关系的人，就要毫不间断地攻击，使对方产生不好意思拒绝的情义心理，对方就会顺从你的说法。贾诩之所以说服了李傕等人一起攻入长安，是因为他和李傕对话的时候，说到为董卓报仇，还提及了生前对李傕等人有情有义，让李傕等人建立起欠情心理。那么说服他们为董卓报仇，直攻长安就顺理成章了。

欠了别人的情意是需要还的，即便是你并不太同意的事情，还是得硬着头皮答应。小红想要借钱，要想短时间说服一个人肯把钱借给她，她慎重选择了一个与自己有情义的好朋友。小红之所以选择这个好朋友的原因是，小红以前借过钱给她。小红提出借钱的请求，言辞中故意放大以前小红借钱帮她渡过难关的事情，让好朋友心里产生这样的想法：她曾经帮过我，如果

我不理会她，她也很可怜。这时，朋友脸上露出了为难的神色，小红说了声“对不起”便要离去。小红的客气让朋友觉得不出手帮忙而有歉意，喊回小红。朋友的欠情心理起反应了，就等于接受了小红的说服。

如果你和说服对象之间没有过多的情义关系，也可以通过设计对话使说服对象产生欠情心理，达到说服目的。反复说出你的请求，一再强调你很需要对方的帮助，对方产生心理负担，出于同情的反作用，会软化了想要拒绝的心。

学会低头：孙策向袁术借兵

《三国》本事：孙策向袁术借兵，回江东创立基业

（孙坚战死后，其子孙策投袁术，屡立战功。袁术大宴将士庆贺，筵散，孙策因思父孙坚如此英雄，自己却沦落至此，放声大哭，引来朱治。朱治提议孙策向袁术借兵往江东，假名救吴景，实图大业。）次日，策入见袁术，哭拜曰：“父仇不能报，今母舅吴景，又为扬州刺史刘繇所逼；策老母家小，皆在曲阿，必将被害。策敢借雄兵数千，渡江救难省亲。恐明公不信，有亡父遗下玉玺，权为质当。”术闻有玉玺，取而视之，大喜曰：“吾非要你玉玺，今且权留在此。我借兵三千、马五百匹与你。平定之后，可速回来。你职位卑微，难掌大权。我表你为折冲校尉、殄寇将军，克日领兵便行。”策拜谢，遂引军马，带领朱治、吕范、旧将程普、黄盖、韩当等，择日起兵。（见《三国演义》第十五回）

媚笑乱弹：借钱要先学会低头

孙策宣布破产，和张鸣一席长谈后，决定把房产证、古董什么的都给袁术做保证，问袁术借钱东山再起。以前孙家兄弟孙坚跟过袁术走江湖，孙策就想借着这丁点儿人情，问袁术借钱。

孙策去到袁家，大男人哭着脸说：“袁大哥啊，你得救我全家啊！”袁

术扶起孙策说："你破产的事情，我看过报纸也有所了解。"孙策继续说："我上有老下有小，我破产了过穷酸日子没关系，可怜我这不孝子，不合格的老爸，要让老母和小孩受苦……"话说到一半，孙策又是泪流满面。袁术见了急忙安慰。孙策装完孙子，苦苦哀求袁术："袁大哥，你愿意借点钱给我东山再起吗？你就发一下好心吧。"袁术面露难色说："这……这个以后再说吧，我的公司最近周转也不好。你还年轻，能够先去打拼几年挣回本钱再来。"孙策早有准备："我把房产证、家里的老古董都拿来给你抵押，如果我不还钱给你，我老爹留下的房子和古董都归你！不知意下如何？"袁术奸笑，说："你说话可算话？"孙策说："一言既出，驷马难追。""好，我借三百万给你，今天马上叫财务汇入你账号！"

孙策查账看到钱已经到手，就马上派人把房产证和古董都送到袁术家。

【解密《三国演义》·学会低头】

学会低头，表达的是一种处事态度。纵横江湖，如果你只是抬头观望，总是处于一个高高在上的位置，可能永远都找不到自己的位置，无法说服自己在适当的位置发挥作用。有时，学会低头，能够说服自己随遇而安；有时，学会低头，能够说服别人接受自己尊重自己。

孙策为了能回江东再创基业，不惜屈就自己在袁术面前装孙子。首先，他把自己放在了一个低处的位置，哭哭啼啼希望得到袁术的帮助，父亲大仇未报，父母兄弟在家乡危在旦夕等等的情况都是为了说明自己的窘况，这样的低头并不代表着孙权要妥协袁术或者妥协现实，而是希望得到袁术的援助东山再起。但是袁术并没有答应。接着，孙策把家里最有价值的传国玉玺为质，提出交换，无疑代表再一次谦虚地在袁术面前低头。孙权正是用这种低头装孙子的聪明和智慧，说服了袁术借兵马给自己。

妻子很想说服丈夫不要离婚。如果妻子咄咄逼人，甚至一哭二闹三上吊的架势，都是说服的大忌，一旦这样做了，说服丈夫就不大可能了。假如妻子说"在有生之年遇见你，使我的人生更丰富和完整，离开了你，我的人生将会暗淡无色"此类的话，反正就是避免生硬地把不想离婚的意思表达出

来，避免攻击性的言语，而是低头说出自己很舍不得丈夫，希望能够挽回这段感情。抱着低头态度说出的话，说得动听，也让人轻松接受。

以上说服者的成功都得益于低头的说服态度。学会低头，对方就不好意思给一个低头的人脸色看；学会低头，可以钝化攻击的冲击力，营造和谐的气氛，给自己说服他人带来莫大的好处。当然，低头的时候需注意适可而止。低头并不是卑微到尘埃里去，适度的低头才会让对方觉得真实。

思维缜密：郭嘉谓曹操之“十胜十败”论

《三国》本事：郭嘉十胜十败论坚定曹操信心

（袁绍与曹操均是一方诸侯，袁绍经常向曹操挑衅，但曹操当时军事实力比不上袁绍，于是询问谋士郭嘉的意见。）操曰：“吾闻绍欲图许都，今见吾归，又别生他议。”遂拆书观之。见其词意骄慢，乃问嘉曰：“袁绍如此无状，吾欲讨之，恨力不及，如何？”嘉曰：“刘、项之不敌，公所知也。高祖惟智胜，项羽虽强，终为所擒。今绍有十败，公有十胜，绍兵虽盛，不足惧也：绍繁礼多仪，公体任自然，此道胜也；绍以逆动，公以顺率，此义胜也；桓、灵以来，政失于宽，绍以宽济，公以猛纠，此治胜也；绍外宽内忌，所任多亲戚，公外简内明，用人惟才，此度胜也；绍多谋少决，公得策辄行，此谋胜也；绍专收名誉，公以至诚待人，此德胜也；绍恤近忽远，公虑无不周，此仁胜也；绍听谗惑乱，公浸润不行，此明胜也；绍是非混淆，公法度严明，此文胜也；绍好为虚势，不知兵要，公以少克众，用兵如神，此武胜也。公有此十胜，于以败绍无难矣。”操笑曰：“如公所言，孤何足以当之！”荀彧曰：“郭奉孝十胜十败之说，正与愚见相合。绍兵虽众，何足惧耶！”嘉曰：“徐州吕布，实心腹大患。今绍北征公孙瓒，我当乘其远出，先取吕布，扫除东南，然后图绍，乃为上计；否则我方攻绍，布必乘虚来犯许都，为害不浅也。”操然其言，遂议东征吕布。（见《三国演义》第十八回）

媚笑乱弹：郭嘉的十胜十败论

临近年底，曹操的汽车公司和袁绍的汽车公司斗得火热，今年综合实力最强势的公司会是哪一家，很快就会揭晓。

这一天，郭嘉敲门进董事长办公室，曹操问："郭经理找我有事儿？"郭嘉拿出一份文件，说："袁绍叫人送来一份文件，说年底的汽车货源不足，供不应求，是想来问我们借资金入货的。"曹操说："我听说袁绍去了许都开会，现在他回来，又准备玩什么花样？"于是曹操过目了一下文件，看出了袁绍是想借这份文件，表明他们公司的汽车销售势头大好，问郭嘉："袁绍摆明就是想挑衅我们！我们年底是不是该搞点促销活动，拉高销售额，把业绩冲上去呢？可是我又担心资金、人力各方面难以调动安排，你有什么想法？"

郭嘉说："我觉得我们公司十大胜处，今年必定稳拿销售榜冠军。第一，道胜。人性是人自然的天性，而袁绍公司一向采取强行约束，管理销售人员拉高销售额，达不到业绩的都要无情淘汰。这方面我们公司强多了，我们因时事制宜，员工的自由空间大，也好管理。第二，义胜。我们做的品牌车都是进口货，而袁绍公司的品牌车全部是国产货。虽然我们一开始压下重本，等待回本不容易，但是时间长了，大家会知道哪个公司卖的车才是货真价实的。第三，治胜。袁绍本身是军人出生，转行开汽车公司，公司里的管理人员大多数都是在部队里的兄弟，文化素质不高，治理水平不咋样。而我们一向是纪律严明加上人性化糅合。这样治理公司才能走得远。第四，度胜。袁绍的性格外表宽厚，内心多疑，任人唯亲，而曹总经理你用人无疑，唯才所宜。这点，你看我和中层的好多位经理一直跟着你就是很好的证明了。第五，谋胜。袁绍处理大事常常错失良机。而曹操处事果断，善于随机应变，在谋略和决策方面都远远超过袁绍。第六，德胜。袁绍这个人沽名钓誉，喜欢被吹捧，他们公司里面的管理层大多也是跟从他的职务虚名，而没有实际本领的人多。而曹总经理以仁义和诚心待人，自己严谨简朴，公司里业绩优秀的人都可以拿到奖金，这样才能留住有才能的人呀！第七，仁胜。袁绍妇人之仁，看到眼前的利润忽略远

见的建设。而曹总经理重视创新研发，生产适合消费者需求的汽车产品，做的是实事，对待公司以人为本，使得公司员工都得到良好的升值和发展。公司内部力量很团结呀。第八，明胜。袁绍军人出身，很喜欢听阿谀奉献的话，偏爱身边的马屁精，言听计从，不喜欢直言进谏的人，不愿意采纳贤才的意见，连和他一起搞汽车公司的亲兄弟袁术都和他势如水火。他身边也不是没有人才，但是他不会用呀，不失败才怪。而你正好相反，你虚心请教身边的人的意见，允许不同声音的出现，明辨是非。第九，文胜。袁绍是个不明是非的人，更气人的是他简直把这种不明是非的事情做到了极点。而你以礼相待员工，很少有不按规矩办事的时候，这样员工就可以心服口服为你做事。第十，谋胜。袁绍没有领导才能，喜欢乱指挥，这次他说要借钱进货也很有可能是虚张声势。曹总经理领导才能杰出，在领导组织公司上，远远胜于袁绍。”

曹操笑了说：“你说的十胜十败论，我怎么敢当！”郭嘉说：“徐州的吕布公司今年销售额不错，我看我们先制定计划对付吕布，然后再相应地搞促销活动对抗袁绍的汽车公司，这是上上之策啊。”曹操觉得郭嘉分析得很有道理，就听从了他的建议。

【解密《三国演义》·思维缜密】

说服别人，首先要求你有清晰的头脑和缜密的思维。所谓说服的“说”是通过嘴巴去表达，但是语言的组织来自于思维的运转，从而得出有条理的说辞。因此，说服力的根本来源于思维。越是缜密的思维，越是有强的说服力。

曹操就北方之势询问郭嘉。郭嘉详细而立体地对比分析了曹操与袁绍的状况，提出十胜十败说，劝说曹操征讨吕布。因为郭嘉的思维缜密，分析到位，具有很强的说服力。曹操才坚定信心对付袁绍，并拟定了近期和远期的作战计划。曹操本身是一个有很强判断能力的领导者，郭嘉能说服他的根本，就来源于郭嘉本身缜密的思维，在详尽地了解了曹操、袁绍双方基本情况的基础上，根据事物的发展规律，郭嘉推理分析、概况总结，才做到了深入而科学的结论。郭嘉的说服利用的就是人的心理，用他自身严密的思维抓

住了曹操的内心思维，即便是奸诈且多疑的曹操，思路也被完全把握住、控制住，曹操“被判断”下了征讨袁绍的决定。

美国总统林肯口才并不是很好，他曾经在一次国会演说中，从“民有、民治、民享”三方面出发，论述了社会的建设蓝图，铿锵有力，全面科学，赢得了共鸣，也赢得了美国人民的心，是说服力的经典案例。一次成功的说“动”人心，是绝离不开缜密的思维思考和巧言妙语的说辞。

再分析一个常见的实例，为什么写论文的时候，大量的图表和数据可以增强论文的可靠性和说服力。就是因为与论点切合的大量图表和数据，知识链和思维链都很长很稳固，反映了作者思维的缜密，以及用这类实实在在的论据证明论点，显得全面且科学。

总而言之，在生活中，处处都需要卓越的说服力，那么我们就需要学习理论的说服技巧，在实践应用中多加训练思维的缜密性，使自己变得能说会道，而且说的内容全面科学。每个人都可以拥有出众的说服力，只要你不懈地训练，在不久的以后，相信你的思维会更严密，说辞会更惊人，谈判会更具有说服力。

对症下药：刘备说曹操杀吕布

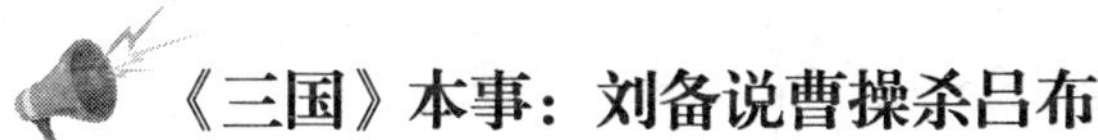

《三国》本事：刘备说曹操杀吕布

（曹操生擒吕布，对杀死吕布或是留为己用犹豫不决，问计于刘备。）方操送宫下楼时，布告玄德曰："公为坐上客，布为阶下囚，何不发一言而相宽乎？"玄德点头。及操上楼来，布叫曰："明公所患，不过于布；布今已服矣。公为大将，布副之，天下不难定也。"操回顾玄德曰："何如？"玄德答曰："公不见丁建阳、董卓之事乎？"布目视玄德曰："是儿最无信者！"操令牵下楼缢之。布回顾玄德曰："大耳儿！不记辕门射戟时耶？"忽一人大叫曰："吕布匹夫！死则死耳，何惧之有！"众视之，乃刀斧手拥张辽至。操令将吕布缢死，然后枭首。（见《三国演义》第十九回）

媚笑乱弹：曹操被忽悠不招吕布

曹操和刘备是两家公司的董事长，曹操的公司最近在招聘董事长助理，应聘到最后有个叫做吕布的人很适合这个岗位。曹操问起了刘备招揽人才的意见。

最后一关面试的时候，吕布的表现给曹操留下了很深的印象。吕布做完自我介绍后，拍心口说了一句："曹董事长，今天我来应聘，你的公司明年就能挤进全市五强企业行列。"曹操被这小子的霸气震住了，继续听吕布的

豪言壮志。吕布说："之前我在董氏集团做事的时候，我们已经在商场较量过，你懂的。"曹操故意说："吕布，你还是把话说明白一点。"吕布说："我在董氏旗下的时候，董氏的综合实力是远在曹董事长您领导的公司之上，我敢保证我能跟着你办事的话，我能创造出更辉煌的成绩。"曹操说："自信的人我很欣赏。好吧，你先回去，我们这边有消息再通知你。"

回到办公室，曹操问："老刘，你觉得吕布做我的贴身助理，适合不？"刘备摇摇头说："我看不太适合。"曹操追问："何出此言？"刘备接着说："老曹你可别忘了丁建阳和董卓的事情，我眼睛可雪亮得很，吕布这小子得慎用。"曹操懂了刘备的意思说吕布是个朝秦暮楚、反复无常的人，先后背叛了丁式集团和董式集团，反复跳槽把公司的机密材料泄露出去。虽然吕布的硬件和软件都很适合做董事长助理，可招入这样的人冒的风险太大了。

结果，吕布在这轮面试中被淘汰出局。

【解密《三国演义》·对症下药】

对症下药可以解释为，针对病症用药，比喻针对事物的问题所在，采取有效的措施。用于说服攻心，则指针对说服的核心，采取行而有效的方法。对症下药建立在对说服对象的了解基础上，了解的内容包括对方的性格、长处、兴趣、当时的情绪以及内心的想法等。

吕布能来到曹营发表一番豪言壮语，丝毫没有贪生怕死的心。曹操本来就有收降吕布的打算，刘备之所以借曹操的刀干掉吕布，就是担心吕布的壮言化为现实，阻碍了他争夺天下的宏图伟略。三国中，曹操的性格有一个很大的弱点是疑神疑鬼，心胸狭窄。刘备对症下药，利用了曹操生性多疑的性格特点，说了一句"公不见丁建阳、董卓之事乎"。

这场说服中，刘备最厉害的地方在于把握了曹操性格的弱点，也就是说服时的最佳着力点，说出这句话，曹操自然就能向着"背叛"这方面的形势联想，觉得吕布是个人才，但招揽进来，很有可能惹来麻烦，还是果断放弃吧！刘备的知己知彼，对症下药，最后说服一步到位。

纵横江湖，会遇上实力相当的对手，也难免会遇上实力比自己强得多的对手，因人而异，摸清对方的强弱虚实，设计出对症下药的说服话语，直击要害，百战百胜。

小林每天早出晚归地上班，想请求住在楼上的阿姨去市场的时候顺带帮他买菜。小林了解到阿姨很喜欢养花，对症下药从这里入手，赞扬阿姨养的花漂亮，取经学学阿姨养花的方法，打开她的“话匣子”。人都喜欢谈论其最感兴趣的事情，小林的对症下药给了阿姨好感，再对她提出请求，便较容易达到说服的目的。

经理策划一次活动安排工作，由于人手不足，她希望能说服阿美一个人负责联系客户到店的工作。经理了解阿美是个能说会道，善于交际的女孩，开会时说“阿美你在联系客户这块比别人更有方法，我相信这次任务会是你发挥能力的一次好机会”，这样的说辞既有理有据，又能表明经理对员工的信任，还能引起阿美对这个任务的兴趣。

对症下药，从了解开始。对不同的说服对象悉心研究，从所了解说服对象的性格、长处等入手，才能够针对性采取你说服的方式，达到说服目的。否则，在还不了解对方或事物的问题所在，就急于下结论，就像不称职的医生一样，不了解病人病情便开药方，自然不能药到病除！

诡辩与诡道：诸葛亮舌战群儒

《三国》本事：诸葛亮舌战群儒

（曹操引大军追击刘备，并欲一举攻下江东。诸葛亮在鲁肃的引荐下，来到江东，欲说服孙权共同抵抗曹操。）肃乃引孔明至幕下。早见张昭、顾雍等一班文武二十余人，峨冠博带，整衣端坐。孔明逐一相见，各问姓名。施礼已毕，坐于客位。张昭等见孔明丰神飘洒，器宇轩昂，料道此人必来游说。张昭先以言挑之曰："昭乃江东微末之士，久闻先生高卧隆中，自比管、乐。此语果有之乎？"孔明曰："此亮平生小可之比也。"昭曰："近闻刘豫州三顾先生于草庐之中，幸得先生，以为'如鱼得水'，思欲席卷荆襄。今一旦以属曹操，未审是何主见？"孔明自思张昭乃孙权手下第一个谋士，若不先难倒他，如何说得孙权，遂答曰："吾观取汉上之地，易如反掌。我主刘豫州躬行仁义，不忍夺同宗之基业，故力辞之。刘琮孺子，听信佞言，暗自投降，致使曹操得以猖獗。今我主屯兵江夏，别有良图，非等闲可知也。"昭曰："若此，是先生言行相违也。先生自比管、乐——管仲相桓公，霸诸侯，一匡天下；乐毅扶持微弱之燕，下齐七十余城：此二人者，真济世之才也。先生在草庐之中，但笑傲风月，抱膝危坐。今既从事刘豫州，当为生灵兴利除害，剿灭乱贼。且刘豫州未得先生之前，尚且纵横寰宇，割据城池；今得先生，人皆仰望。虽三尺童蒙，亦谓彪虎生翼，将见汉室复兴，曹氏即灭矣。朝廷旧臣，山林隐士，无不拭目而待：以为拂高天之

云翳，仰日月之光辉，拯民于水火之中，措天下于衽席之上，在此时也。何先生自归豫州，曹兵一出，弃甲抛戈，望风而窜；上不能报刘表以安庶民，下不能辅孤子而据疆土；乃弃新野，走樊城，败当阳，奔夏口，无容身之地：是豫州既得先生之后，反不如其初也。管仲、乐毅，果如是乎？愚直之言，幸勿见怪！”孔明听罢，哑然而笑曰：“鹏飞万里，其志岂群鸟能识哉？譬如人染沉疴，当先用糜粥以饮之，和药以服之；待其腑脏调和，形体渐安，然后用肉食以补之，猛药以治之：则病根尽去，人得全生也。若不待气脉和缓，便以猛药厚味，欲求安保，诚为难矣。吾主刘豫州，向日军败于汝南，寄迹刘表，兵不满千，将止关、张、赵云而已：此正如病势尫羸已极之时也，新野山僻小县，人民稀少，粮食鲜薄，豫州不过暂借以容身，岂真将坐守于此耶？夫以甲兵不完，城郭不固，军不经练，粮不继日，然而博望烧屯，白河用水，使夏侯惇、曹仁辈心惊胆裂：窃谓管仲、乐毅之用兵，未必过此。至于刘琮降操，豫州实出不知；且又不忍乘乱夺同宗之基业，此真大仁大义也。当阳之败，豫州见有数十万赴义之民，扶老携幼相随，不忍弃之，日行十里，不思进取江陵，甘与同败，此亦大仁大义也。寡不敌众，胜负乃其常事。昔高皇数败于项羽，而垓下一战成功，此非韩信之良谋乎？夫信久事高皇，未尝累胜。盖国家大计，社稷安危，是有主谋。非比夸辩之徒，虚誉欺人：坐议立谈，无人可及；临机应变，百无一能。——诚为天下笑耳！”这一篇言语，说得张昭并无一言回答。

座上忽一人抗声问曰：“今曹公兵屯百万，将列千员，龙骧虎视，平吞江夏，公以为何如？”孔明视之，乃虞翻也。孔明曰：“曹操收袁绍蚁聚之兵，劫刘表乌合之众，虽数百万不足惧也。”虞翻冷笑曰：“军败于当阳，计穷于夏口，区区求救于人，而犹言‘不惧’，此真大言欺人也！”孔明曰：“刘豫州以数千仁义之师，安能敌百万残暴之众？退守夏口，所以待时也。今江东兵精粮足，且有长江之险，犹欲使其主屈膝降贼，不顾天下耻笑。——由此论之，刘豫州真不惧操贼者矣！”虞翻不能对。

座间又一人问曰：“孔明欲效仪、秦之舌，游说东吴耶？”孔明视之，乃步骘也。孔明曰：“步子山以苏秦张仪为辩士，不知苏秦、张仪亦豪杰也：苏秦佩六国相印，张仪两次相秦，皆有匡扶人国之谋，非比畏强凌弱，

惧刀避剑之人也。君等闻曹操虚发诈伪之词，便畏惧请降，敢笑苏秦、张仪乎？”步骘默然无语。

忽一人问曰：“孔明以曹操何如人也？”孔明视其人，乃薛综也。孔明答曰：“曹操乃汉贼也，又何必问？”综曰：“公言差矣。汉传世至今，天数将终。今曹公已有天下三分之二，人皆归心。刘豫州不识天时，强欲与争，正如以卵击石，安得不败乎？”孔明厉声曰：“薛敬文安得出此无父无君之言乎！夫人生天地间，以忠孝为立身之本。公既为汉臣，则见有不臣之人，当誓共戮之：臣之道也。今曹操祖宗叨食汉禄，不思报效，反怀篡逆之心，天下之所共愤；公乃以天数归之，真无父无君之人也！不足与语！请勿复言！”薛综满面羞惭，不能对答。

座上又一人应声问曰：“曹操虽挟天子以令诸侯，犹是相国曹参之后。刘豫州虽云中山靖王苗裔，却无可稽考，眼见只是织席贩屦之夫耳，何足与曹操抗衡哉！”孔明视之，乃陆绩也。孔明笑曰：“公非袁术座间怀橘之陆郎乎？请安坐，听吾一言：曹操既为曹相国之后，则世为汉臣矣；今乃专权肆横，欺凌君父，是不惟无君，亦且蔑祖，不惟汉室之乱臣，亦曹氏之贼子也。刘豫州堂堂帝胄，当今皇帝，按谱赐爵，何云‘无可稽考’？且高祖起身亭长，而终有天下；织席贩屦，又何足为辱乎？公小儿之见，不足与高士共语！”陆绩语塞。

座上一人忽曰：“孔明所言，皆强词夺理，均非正论，不必再言。且请问孔明治何经典？”孔明视之，乃严畯也。孔明曰：“寻章摘句，世之腐儒也，何能兴邦立事？且古耕莘伊尹，钓渭子牙，张良、陈平之流。邓禹、耿弇之辈，皆有匡扶宇宙之才，未审其生平治何经典。——岂亦效书生，区区于笔砚之间，数黑论黄，舞文弄墨而已乎？”严畯低头丧气而不能对。

忽又一人大声曰：“公好为大言，未必真有实学，恐适为儒者所笑耳。”孔明视其人，乃汝阳程德枢也。孔明答曰：“儒有小人君子之别。君子之儒，忠君爱国，守正恶邪，务使泽及当时，名留后世。——若夫小人之儒，惟务雕虫，专工翰墨，青春作赋，皓首穷经；笔下虽有千言，胸中实无一策。且如扬雄以文章名世，而屈身事莽，不免投阁而死，此所谓小人之儒

也；虽日赋万言，亦何取哉！”程德枢不能对。众人见孔明对答如流，尽皆失色。

同坐上张温、骆统二人，又欲问难。忽一人自外而入，厉声言曰：“孔明乃当世奇才，君等以唇舌相难，非敬客之礼也。曹操大兵临境，不思退敌之策，乃徒斗口耶！”众视其人，乃零陵人，姓黄，名盖，字公覆，现为东吴粮官。当时黄盖谓孔明曰：“愚闻多言获利，不如默而无言。何不将金石之论为我主言之，乃与众人辩论也？”孔明曰：“诸君不知世务，互相问难，不容不答耳。”（见《三国演义》第四十三回）

媚笑乱弹：诸葛兄口水淹死了一群人

话说天下大事，分久必合，合久必分。东汉末年，曹操家族开的刀子店生意蒸蒸日上，手中掌握着整个市场的动态情报，稍有实力的刀子店都被他干掉了，要么倒闭，要么破产了！唯独刘备和孙权家的生意还行，老曹自知一下子要弄倒这两股力量挺不容易。于是，老奸巨猾的老曹就派人拿着他的书信去东吴，想暗中和孙权联手，一举干掉刘备再实施他的妙计。

孙小子公司属下的员工大都主张投靠曹氏家族混口饭吃，保个饭碗总比垂死挣扎强多了。只有鲁肃这小子天不怕地不怕，竟然主张抵抗老曹，誓不投奔曹氏集团。鲁肃天生老实样，脑子转的总比地球慢半拍，想的就是踏踏实实在孙家打份工，熬个出头日，挣个小钱回荆州下乡买田置地取个漂亮老婆。他这次最聪明的一举便是，请来诸葛兄当说客，借助江湖力量说服孙权和东吴属下的员工。

鲁肃请来诸葛兄喝杯咖啡，顺便引进东吴一群在公司做策划的谋士，这些人都不是省油的灯，个个肚子里藏着黑不见底的墨水。东吴第一大策划师张昭首先就口出狂言：“听说刘备去你家里三趟，才把你请出那偏僻无人的深山，以为有了你在公司指指点点就能如鱼得水，还贪心想夺走荆襄九郡做生产基地。但荆襄都被老曹得到了，你还有什么好方法呢？”

诸葛兄心里想，如果不先难倒张昭，就没法说服孙权联合刘备那边一起对抗曹氏集团。诸葛亮说：“刘备要先拿下荆襄做他地盘，易如反掌呢。他

那个要面子的家伙，是不忍心夺取以前刘家基业坏了名声，才让老曹捡个便宜。现在很多工人守在江夏，是另有宏图大计，小混混不动脑怎么会分析到这些。做大做强企业，都是要真材实料的人拿出好主意的。那些人总是侃侃而谈，碰上事儿，办法一个都拿不出来，最后同行人都笑掉牙齿了。”一番话，说得张昭哑口无言。

张昭本以为稳操胜券，没想到被诸葛亮气得脸涨红涨红，话都说不出一句。这时后面转出一个人来，大声说道：“老曹这边人多势众，你还要怎么着？”

诸葛亮转睛一看，原来是虞翻。诸葛亮知道虞翻以前是个算命佬，道：“哇，原来是帮人看风水的神棍虞大嘴啊，怎么，是改行还是被和谐了啊？”

虞翻拿出一张报表来，红着脸说：“老曹旗下员工几十万人。前段时间逼着袁氏集团走投无路，通过吞并增加了大量人才；现在又招新员工，再加上荆州集团的员工。一百个对付你一个，老曹压迫让他们日夜赶工，怎么都把市场给强占住，你有什么办法呢？”

诸葛亮：“像老曹这种诈骗犯的企业报表你也敢信！你不知道曹操以前学会计出身，作假账等事最擅长了，一百几十万，你以为是猪啊。饭堂做饭的粮食都够吃死你啊。就算是了，那我们也不怕，一百多万员工他不可能每天让他们日夜加班，就趁着没人时候堵他，揍他，干掉老大还威风什么。倒是你们，哭着喊着要破产，能有点儿出息不？”

虞翻没话说了。

接着步骘说了：“孔明你不过就是学苏秦张仪耍嘴皮子嘛。”

诸葛亮道：“耍嘴皮子的英雄总比还没见到曹操就怕得要想放弃的英雄高明。”

又有薛综说了：“你觉得老曹这个人怎么样呢？”

诸葛亮：“弱智加十倍，连曹操是叛徒都不知道，你是怎么混到我们公司内部高管人员来的？”

薛综：“那是小人书上的误导啊，老曹一定会稳居商业精英榜榜首，连易老师都说了，曹操是可爱的商人，一些必要的手段不过是为了市场平衡，他才是新时代的偶像、思想先进的代表哈。”

诸葛亮："果然是标准的无间道，徐州事件老曹为求利益把你老家全家逼上绝路这么快就忘了，崇拜曹操崇拜成你这种连祖宗都忘了的德性，你爸爸妈妈知道了不知道会不会后悔把你生出来啊？"

这时，来自吴郡的陆绩不知好歹道："曹操可是相国曹参的后代，根红苗正，先天就有红血统，哪像你们家刘备是个盲流黑五类啊。"

诸葛亮摇晃着扇子眯眯眼笑了："我当谁呢，原来是偷东西的陆小四啊，难怪，偷就偷了嘛，法院都判了，就别装模作样了，非要装嘴硬，这样不好嘛，人家只是要你道歉，又没叫你赔，乖乖道个歉就没事了，不要再让人家拉着你游街了好不好？乖，你还年轻，做错事也还有机会，不用着急，我给你慢慢讲。那曹操嘛，谁都知道他祖父曹滕是太监，太监怎么生儿子呢？所以曹操不可能是革命的后代嘛。曹阿瞒同学非要冒充，居然还敢出来参加选秀，结果当然就被人揪出来嘛，揪出来还死不承认，这点和你还真像，哈哈。接着说，就算曹同学假造让自己的根那么红了一点点，但是后天土壤还是坏了那么一点点，所以我们的刘备当然就比他高了那么一点点。至于高了哪一点点呢？原来是这样的，那刘皇叔原是贫下中农出生，不是什么黑五类。再加上自愿脱离资产阶级腐朽生活，所以就比大多数人都要高了那么一点点。更何况我们的伟大领袖、商业奇才——汉高祖也是贫下中农出生，懂了吗？如果懂了就点点头。不要这样嘛，你偷东西又不是我告的，是袁术家姓庄的丫头告的你嘛。你需要和人家对不起就说嘛！虽然你这么真诚地望着我，但我也不能替你说道歉啊。我可以给你个真诚的建议。你要当'最小偷'千万要注意了啊，下次再偷东西可不要那么明显嘛，让12个证人一起发现你身上57件赃物，真的很不好解释啊……"

严畯见陆绩罩不住了，跳出来说："诸葛村夫，你不就会耍嘴皮子吗？你有什么真才实学？发表过几篇论文？敢在这里发飙？"

诸葛亮不屑道："只有阁下这么蠢的人才会去发表论文，我这等杰出人士，都去搞政治去了，就算再不济也要上上过百家讲坛啊什么的赚赚银子啊。敢问你赚到几个百万，兄弟姓甚名谁，在哪里做官啊？"

江东众谋士再按捺不住，开始纷纷谩骂诸葛亮。当时江东众人的唾沫星子和诸葛亮的唾沫星子之间的距离只有零点零一公分，四分之一炷香过后，只听到东吴老将黄盖一声大喝：很好，很强大，彪悍的人生不需要解释！凭着三寸不烂之舌，诸葛兄口水淹死了一群人。

【解密《三国演义》·诡辩与诡道】

所谓诡辩，就是有意地把真理说成是错误，把错误说成是真理的狡辩。用一句简单明了的话来说，就是有意地颠倒是非，混淆黑白。诡道则是指诡诈之术。

从引文中可以知道，诸葛亮在舌战群儒中，既很好地运用了诡辩之术，且更好、更高、更机智地运用了诡道之术。

张昭诘问诸葛亮质疑刘备的能力弱，最后竟落得无容身之地之凄惨，着实厉害。诸葛亮听出张昭的诘问不过是意气之争，目的在于挖苦嘲讽诸葛亮。从这里可以看出，“舌战群儒”从一开始就没有客观分析当时敌我的形势，而是彻彻底底的文人相轻与意气之争。面对挖苦，诸葛亮不慌不忙撒谎说：“吾观取汉上之地，易如反掌。”这种毫无事实依据与技术含量的自负，在如此露骨的意气之争中，无疑最为有效。随后他又道：“我主刘豫州躬行仁义，不忍夺同宗之基业，故力辞之。刘琮孺子，听信佞言，暗自投降，致使曹操得以猖獗。今我主屯兵江夏，别有良图，非等闲可知也。”夸奖主子仁义，斥骂刘琮不争气，一句话，好的全是我的，坏的全是别人的。且不论事实真相是否如此，这种论辩逻辑其实是与事实真相毫无关系的，是这样当然要这样说，不是这样也不妨碍这样讲。最后一句“非等闲可知也”，又捎带脚再一次地对张昭等人进行嘲笑挖苦。吹牛和挖苦，无疑是这段反驳的实质性内容；而以挖苦做结，正告诉我们：这才是舌战的真正目的，重中之重。诸葛亮此举攻势凌厉，使对方并无一言可答。诸葛亮既曲尽事理，又详细陈述事实，巧用诡辩将对方诘问一一化解。

对虞翻的“刘备大败犹言不惧曹实为大言欺人”之语，诸葛亮只以刘备寡不敌众，退守夏口，以待天时相应，是为防守，随即便有“江东兵精粮足，且有长江之险，犹欲使其主屈膝降贼，不顾天下耻笑”之语来反攻，使虞翻不能对。既化解了虞翻的诘问，又发起了反攻，使对方失去据理陈词的

机会，赢得漂亮。

步骘指出诸葛亮打算效张仪、苏秦的游说之举，诸葛亮却淡化张仪苏秦二人的辩士身份，而突出其豪杰的本色，是诡辩的最高境界，强调二人“皆有匡扶人国之谋”，点出儒者们无勇无谋，只知巧言论辩，实则贪生怕死的本质。诸葛亮避开某些辩士为利益而游说的特点，在突出其“匡扶人国”大志的同时，也为自己张目，我为匡扶人国而来，你们却为葬送人国而辩，孰高孰低，一目了然。这种先声东再击西的方法巧妙避开对方观点，转守为攻就抵挡了步骘。

对薛综则厉声责问：“薛敬文安得出此无父无君之言乎！”诸葛亮抓住儒者鼓吹忠孝为本的特点，以“君父”两个正大堂皇的字眼吓倒薛综，实在是击到了对手的致命之处，薛综自然“满面羞惭”；对陆绩，诸葛亮以不温不火的语调反唇相讥，指出其以出身论英雄的荒诞不经，使陆绩语塞。而对严畯的“治何经典”之法，诸葛亮只以三句话回应，首先认为“寻章摘句”者为“世之腐儒”，并不能“兴邦立事”；继而举例，伊尹、姜子牙、张良、陈平、邓禹、耿弇“皆有匡扶宇宙之才”，而并未死钻书本；最后总括为“舞文弄墨”只是书生所为。短短数语，有理有据，在一连串的古圣今贤的列举中反衬出书生的无用，从而使以治经典为荣的严畯低头丧气。

整个过程，诸葛亮机动灵活，时而声东击西，时而详细回答反攻，时而嬉笑怒骂，时而穷追猛打，游刃有余。很多时候要在说服过程中占上风，切记要把握住的并不是要证明哪一方有理，而正是要像诸葛亮那样采用诡辩和诡道，审时度势，权衡利弊，采取“以子之矛、攻子之矛”的战术，根据场面情境以及诡辩者提出的问题，不妨如法炮制，对于对方不符合事实和逻辑不指责其荒谬性，而是同样荒谬，用相似的问题反问，或施展无中生有的方法，让对手自挖陷阱，陷于两难。

在日常生活中，我们常常遇到这类场景，很多人和你在争论某个问题，你的观点分明有合理之处，但就是不能说服对方，有时还会被对方反驳得哑口无言。这时候就可以用诡辩和诡道的技巧，心里只有明白了“只有胜负无对错”的现实，不执著于争论事实的对错，而把对手的观点换个说法偷换概

念，再进行分析，逐步引导对方说出事实和逻辑的局限性。你还可以采取声东击西的方法转移对方的注意力后，运用一定的具体情节和事例加以分析攻破，巧妙把对方说服。

总之，说服别人不是神秘的天赋，可以通过借鉴三国里面的攻心术，通过实践的灵活运用，增强自己的说服力。

末句放大效应：黄盖为报国甘受苦肉计

《三国》本事：黄盖为报国甘受苦肉计

（赤壁之战前，江东老将黄盖欲诈降，为取得曹操信任，与周瑜商量施行苦肉计。）却说周瑜夜坐帐中，忽见黄盖潜入中军来见周瑜。瑜问曰："公覆夜至，必有良谋见教？"盖曰："彼众我寡，不宜久持，何不用火攻之？"瑜曰："谁教公献此计？"盖曰："某出自己意，非他人之所教也。"瑜曰："吾正欲如此，故留蔡中、蔡和诈降之人，以通消息；但恨无一人为我行诈降计耳。"盖曰："某愿行此计。"瑜曰："不受些苦，彼如何肯信？"盖曰："某受孙氏厚恩，虽肝脑涂地，亦无怨悔。"瑜拜而谢之曰："君若肯行此苦肉计，则江东之万幸也。"盖曰："某死亦无怨。"遂谢而出。（见《三国演义》第四十六回）

媚笑乱弹：得罪周瑜，伤不起！

周瑜整晚都在办公室思考要派谁做商业间谍潜入曹操的公司里盗取商业机密呢？正在这个时候，老员工黄盖兴冲冲地跑来周瑜跟前说："这次的项目竞争中，曹操的实力明显比我们强。而且看不清他们到底会在下周一的记者招待会上有何举动，这样对我们公司很不利，为何不派人做商业间谍潜入他们公司呢？"周瑜非常吃惊：商业间谍的事情在早会的时候有谈到，但这

是公司内部高层会议的机密，连公司送信员黄盖都知道，这怎么得了？

于是周瑜忙问黄盖："谁告诉你这么好的办法了？"黄盖说："这是我通宵没睡觉，蹦出来的主意。我在公司上班都三十多年了，不忍心看着公司在任何一次商业竞争中落败。"这下，周瑜更加坐不住了，商业间谍的提议是周瑜苦思冥想了好久才得出的办法，今早在会议上提出。黄盖这个送信的没文化的人，也能想到？周瑜的妒忌心理又一次发作起来，恨不得把黄盖炒鱿鱼，永远消失在他眼前。但一想到黄盖是公司的老员工，对集团忠心耿耿，这样做就显得自己是个卑鄙小人，还是忍住了。

黄盖来之前，我不是一直在办公室苦恼派谁去做商业间谍吗？眼前的送信员黄盖是个适合的人选啊！周瑜对黄盖说："我还在苦恼该选公司的哪位员工潜入曹氏集团呢。"黄盖听了，觉得机会来了，自己做了三十年的送信员，现在正是突破升职的好机会，于是自告奋勇说："好吧，就我去。"周瑜质问："你不担心被曹氏发现了你是我们这边的人，有所牵连？"黄盖说："这点儿考验算什么，能为公司做点事，我开心着呢！"于是，一场别有用心的苦肉计在周瑜和黄盖之间秘密计划。

第二天，黄盖故意顶撞周瑜，周瑜马上炒了黄盖鱿鱼，还狠狠地对外放话，表现得罪周瑜，伤不起，有没有？

【解密《三国演义》·末句放大效应】

末句放大效应，顾名思义就是最后一句话起到放大的作用，让对方印象特别深刻，应用于实际谈判或说服时，有可能引发对方深思你提出的内容，也有可能启示对方下定决心答应你的请求，效果显著。纵横江湖，学会说话，语言妙不可言的地方能产生意想不到的说服效果。

你看，黄盖提出了火攻的战术，不识趣跑去周郎面前显摆才干。周瑜觉得要选一个人演一场好戏，好让曹操相信诈降的勇士真的是要投靠他。周瑜这小气鬼觉得黄盖是不二人选，又顺道可以体罚用刑于黄盖，出一口气！周瑜说了这样一句话："吾正欲如此，故留蔡中、蔡和诈降之人，以通消息；但恨无一人为我行诈降计耳！"前半句是分析战情，而末句是关键，

理解成：“我周郎难得想到了绝顶好计谋啊，可惜挑不到适合的人冒险诈降呀！”这句话是周瑜的感叹，也是周瑜故意说给黄盖听的劝词。由于末句放大效应，引发了黄盖的思考：对呀，这计谋高明，但需要有人冒险去执行，一直苦于报国无门的我，为什么不去做这个勇士呢？结果，周瑜说服了黄盖诈降，还提出打黄盖的苦肉计，好让曹操相信投降。

在现实生活中，我们也可通过这个效应达到自己的目的。例如，平时你不太喜欢的一个朋友上门拜访，你不想留他在家里多一秒钟，又不可能直接说出让他走。二人谈话时，末了，你加一句“今天是留在我家吃饭还是回去吃”。本是和谐的对话，添加了末句，传达了不友善的信息，对方潜意识懂了，多半会识趣地回答:“不麻烦你了，我先走。”这种末句放大实质就是语意心理学的作用，人们习惯放大一段话末句的意思，并因此产生联想和深思，从而影响一个人的决定。

因此，你如果想要说服别人或向别人提出请求，切记一定要把这些关键字眼放在句末，这个位置的语言自然有“放大”作用，让人印象深刻，不听不行。

愧疚回报法：蒋干说服曹操重用自己

《三国》本事：蒋干说服曹操第二次重用自己

（曹操招人往东吴说周瑜，蒋干自告奋勇做说客，不料中了周瑜计谋，带回假书信，使曹操误杀蔡瑁、张允。周瑜又生一计，和黄盖共同设下苦肉计过江投降。曹操对甘宁、黄盖之降持疑。）却说曹操连得二书，心中疑惑不定，聚众谋士商议曰："江左甘宁，被周瑜所辱，愿为内应；黄盖受责，令阚泽来纳降：俱未可深信。谁敢直入周瑜寨中，探听实信？"蒋干进曰："某前日空往东吴，未得成功，深怀惭愧。今愿舍身再往，务得实信，回报丞相。"操大喜，即时令蒋干上船。（见《三国演义》第四十七回）

媚笑乱弹：蒋干一错再错

一个早会上，曹操很生气地说："昨天媒体报道孙氏的公司盈利又创新高，周瑜做的一系列改革起了很大的作用。我决定灭一下他们威风，掷下重金招聘周瑜过来做经理，你们当中谁有好主意就在会议上提出来，大家商量一下？"话刚说完，就有一个声音回应："我自小就和周瑜一起上学，愿意用我的三寸不烂之舌去孙氏集团说服周瑜。"曹操很高兴，看到说话的人是蒋干。曹操问："你和周瑜关系亲密吗？"蒋干说："曹总经理，你放心。我去孙氏找周瑜，一定把他劝来曹氏帮忙。"

不料蒋干反而中了周瑜的将计就计，给曹操带回一份假的文件，使曹操炒了蔡瑁和张允。孙氏集团的周瑜和刘氏集团的诸葛亮联合起来对付曹操。曹操的新产品上架前一天就被孙氏和刘氏抢先盗取了商业机密，推出同类产品，抢占市场先机。曹操非常生气，马上召集中层干部开早会商讨对策。

曹操明白第一次派出蒋干到孙氏没有完成任务后，并没有处置蒋干，而是继续留他在公司。曹操的奸诈是同行都知道的，他并非一个心慈手软的人，如果员工犯下这样的大错，他理应是把他炒掉，他能继续留蒋干在公司，是因为他知道蒋干还会有用。

曹操继续在会上发问，如何应对眼前的严峻形势，孙氏和刘氏两个集团联手起来，继续派人去和周瑜协商是否适合？这时，蒋干又一次地自告奋勇，提出他愿意再一次去孙氏集团跑一趟。

这时，有人说：“同样的错误照理他不会犯两次，就给蒋干一个机会将功赎罪吧！”也有声音是这样的：“用老同学的感情做幌子忽悠我们，这次可不敢冒险再派他去做说客。”蒋干说了什么话让曹操信服了他，继续重用他呢？

蒋干说：“对于上一次不能顺利完成任务，我感到十分愧疚。希望曹总经理能再给我一次机会，我会倍加小心，吸取上次的教训，争取把周瑜挖槽来我们曹氏集团。”

曹操掂量掂量，听出来蒋干是意识到他的错误了，第二次去做应该会有所提高，他想将功赎过证明自己也是无可厚非的。况且带着歉意，他一定会竭尽所能去说服周瑜的，就姑且给他一个机会吧。

结果蒋干还是中了周瑜和庞统的计策，将庞统带回曹氏集团，还自以为捞了一个奇才呢，为之后的悲剧埋下了伏笔。

【解密《三国演义》·愧疚回报法】

你的行为已经错误了之后，利用你对做错事情的愧疚，提出再来一次，将功赎过的请求，这样的愧疚回报法，激发对方心理奇妙的变化，也同样可以有效把对方说服，扭转难堪的局面。

三国行兵打仗，有时稍微偏差的一个决定就会影响到战场的形势。第一次，蒋干说服周瑜未果，带回了假书信，曹操误杀训练水军的都督蔡瑁和张允。可以这样理解吧，蒋干做的是跑腿活，没有多加分析就把书信给了曹操，间接地造就了这样的局面。草船借箭事件后，曹操再次希望派出人劝降周瑜，蒋干想去，他利用的就是愧疚回报的心理，说服了曹操让他去。他承认了第一次劝降的失败以及苦果，表示出十分愧疚，而最好的弥补方法是他再次出动，并保证能把周瑜说服。当别人觉得你的行为可以带来回报，利益驱使的力量就容易把对方说服。

如果你曾经在不经意中说错了话让你的同事难受，你争辩着说服他原谅你是无补于事的，带着你的愧疚，第二天早上买一份早餐或者小礼物摆在他的桌子上，这样的愧疚回报法，无意间就说服了对方，得到谅解。如果你希望在办公室内发展和谐融洽的人际关系，而人人都难以避免会犯错，那么可以通过愧疚回报的方法获得优势——你犯错后的愧疚与回报，能说服别人你是个知错能改，值得交上的朋友。

如果你是餐厅的服务员，端上的饭菜被客人投诉说不新鲜，你争辩着说餐厅的饭菜保证新鲜什么的都是浮云，顾客就是上帝，表现出对客人用餐不如意的愧疚，提出打折或者送甜品作为愧疚的回报，客人的心理会产生微妙的变化，那么你的说服也就奏效了。

愧疚回报法是很强的说服因素，如果别人认同了你的愧疚谅解你，你再投以回报，那么很容易就能把别人说服。

刺激对方获得肯定：庞统说服刘备取西蜀

《三国》本事：庞统说服刘备取西蜀

（益州的刘璋为抵御汉中张鲁，听取谋士张松的建议，派法正到荆州请刘备入川相助。刘备的谋士庞统劝说刘备应乘机夺取益州。）当日席散，孔明亲送法正归馆舍。玄德独坐沉吟。庞统进曰："事当决而不决者，愚人也。主公高明，何多疑耶？"玄德问曰："以公之意，当复何如？"统曰："荆州东有孙权，北有曹操，难以得志。益州户口百万，土广财富，可资大业。今幸张松、法正为内助，此天赐也。何必疑哉？"玄德曰："今与吾水火相敌者，曹操也。操以急，吾以宽；操以暴，吾以仁；操以谲，吾以忠：每与操相反，事乃可成。若以小利而失信义于天下，吾不忍也。"庞统笑曰："主公之言，虽合天理，奈离乱之时，用兵争强，固非一道；若拘执常理，寸步不可行矣，宜从权变。且兼弱攻昧、逆取顺守，汤、武之道也。若事定之后，报之以义，封为大国，何负于信？今日不取，终被他人取耳。主公幸熟思焉。"玄德乃恍然曰："金石之言，当铭肺腑。"于是遂请孔明，同议起兵西行（见《三国演义》第六十回）

媚笑乱弹：庞统说服刘备取西蜀

刘备做了汉中村的村长后，是打算把西蜀也拿到手扩大汉中村的土地面

积的，所以他听说了张松路过荆州回西川的时候，就安排了赵云去接待他。刘备这人门面功夫还是蛮会做的，盛宴款待张松，张松也识趣，就答应了刘备回西川后做内应，帮助刘备取得西蜀。

恶霸曹操也盯上了西蜀这块地，刘璋呢，则是管辖西蜀这一带的头儿。张松在刘璋面前是这样说的，与其让恶霸曹操抢去西蜀，不如把西蜀献给刘备。然而村民中也有很多反对的声音，但是假设恶霸来犯，又想不出有效的办法。刘璋只好铤而走险，安慰自己，刘备这个汉中的负责人，乱世中冒出来的英雄才坐上了村长的位置，是个仁义君子，又是同宗兄弟，决不会夺他的西川。

要不要进川，夜深了刘备还一个人坐在书桌前想。庞统在旁边说："刘大哥，你还在犹豫什么？"刘备说："你有什么建议吗？"庞统说："现在的形势是孙权主东边，曹操主北边，我们的优势不明显。而西川这一带的土地肥沃，寸土寸金，如果我们能够取下，会带来很大的帮助。而且上次我们热情款待张松，也算是收买了他做内应，天赐的好机会，刘大哥你还犹豫什么呢？"刘备说："经过了上次汉中村的事情，我和曹操算是水火不相容。他采取暴政，我就仁义为先；他主的是奸诈，我就忠诚排前，反正事事和他相反，这样时间久了，自然就能取得百姓的人心。如果因为小小的利益就失去信义，那么太可惜了。"庞统笑了："你说的话有一定道理，但是生逢乱世，这样一味坚持仁义道德是寸步难行的。和恶霸混江湖的人哪有什么君子可言！我就觉得应该变通，取下西蜀，事情成了之后再平定安抚民心，这样怎么算是失信呢？今天你不取，也终有一天会被别人夺走。所以我希望刘大哥你三思啊！"刘备恍然大悟地说："你说的金石良言，我茅塞顿开啊！"

于是刘备邀请孔明，一起商议向西行取西川的事情。

【解密《三国演义》·刺激对方获得肯定】

每个人肯定自己的标准都是有所差异的，而刺激一个人获得肯定，会促使他被说服去实施你的请求。刺激的方式有很多，包括言语和行为上的刺激，还可以是煽动对方情绪达到刺激的效果，应用最为广泛的便是言语

刺激。

三国里，刘备是个对社会评价高度敏感的人，他深受儒家道德规范的影响。在他看来。与其不义取西川，不如不取。刘备认为要想被万民敬仰视作真君子，就必须经得起道德的考验，因此，即便是刘璋把西川已经送到了他面前，他都还在犹豫是否取西川。庞统就算再巧舌如簧，也很难说服刘备对刘璋翻脸，赤裸裸地抢走刘家兄弟的地盘。但是，庞统聪明的是，他用咄咄逼人的语言刺激到刘备，让刘备自我肯定了取西川的行为，让他觉得只有取西川平定天下，建立一个真正有道义的行为才是最好的选择。不管言辞内容是什么，只要能让刘备感到夺取西川并非不仁不义，正是符合仁义道德的行为，符合他对自己形象的定位。那么即使要求他做的行动没有改变，也能使他迈出一步去实施这个行为！

甲要接手一个收购苹果的项目，要以比市场价更低的价格收购他家乡一带的苹果。甲很想做好这个项目，但是想到要利用他和家乡人的关系把价格压低，会让农民吃亏，心里很别扭！这时，乙要说服甲，就得刺激对方，使其自我肯定，改变他的行为！乙可以说："如果你这样想，我们不收购你家乡的苹果，也会有其他收购商压价收购，从长远来看，你家乡的农民能够以低价接受我们的收购，建立可靠的合作关系，能保证以后苹果的销路，也没有吃亏多少呀！"在这个案例中，乙用请求、协商的语气提出建议，同甲一起分析这个行为带来的结果，使其心悦诚服，并让对方肯定自己的行为是符合本身的价值观，那么即使要做出的行动没有改变，也能使他接受请求，完成任务。

自我肯定是促使一个人采取行动的催化剂。你请求对方做一件事情，他接受不了这样的行为，可以说完全处于自我否定的状态，是很难有积极性按你的请求完成事件。反之，换个说法刺激他，肯定这个行为符合其价值观，才有可能说服他接受请求。当然，刺激对方也须注意要尊重对方，谨慎否定。

替对方做决定：诸葛亮劝刘备进位汉中王

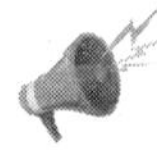

《三国》本事：诸葛亮劝刘备进位汉中王

（刘备取得汉中之地后，部下谋士及众将想拥立刘备为帝。）孔明随引法正等入见玄德曰：“今曹操专权，百姓无主；主公仁义着于天下，今已抚有两川之地，可以应天顺人，即皇帝位，名正言顺，以讨国贼。事不宜迟，便请择吉。”玄德大惊曰：“军师之言差矣。刘备虽然汉之宗室，乃臣子也；若为此事，是反汉矣。”孔明曰：“非也。方今天下分崩，英雄并起，各霸一方，四海才德之士，舍死亡生而事其上者，皆欲攀龙附凤，建立功名也。今主公避嫌守义，恐失众人之望。愿主公熟思之。”玄德曰：“要吾僭居尊位，吾必不敢。可再商议长策。”诸将齐言曰：“主公若只推却，众心解矣。”孔明曰：“主公平生以义为本，未肯便称尊号。今有荆襄两川之地，可暂为汉中王。”玄德曰：“汝等虽欲尊吾为王，不得天子明诏，是僭也。”孔明曰：“今宜从权，不可拘执常理。”张飞大叫曰：“异姓之人，皆欲为君，何况哥哥乃汉朝宗派！莫说汉中王，就称皇帝，有何不可！”玄德叱曰：“汝勿多言！”孔明曰：“主公宜从权变，先进位汉中王，然后表奏天子，未为迟也。”玄德再三推辞不过，只得依允。（见《三国演义》第七十三回）

媚笑乱弹：众人推举刘备做村长

汉中村的村民听说赶走了恶霸曹操，人心大悦，在村里摆起了筵席庆祝。刘备自然是这次赶走恶霸、维护正义的大英雄。村民们都有推举刘备做汉中村村长的意思，但又觉得在筵席上贸然提出不妥，于是就把这个主意告诉了孔明。孔明在汉中村里德高望重，平时在大场合都会提出好建议，大家都很尊重他。孔明听来人说完此事后拍手叫好，灵光一闪想到了好主意。

筵席上，汉中村的村民都很高兴，喝酒喝得很欢。酒过三巡，话也说开了。诸葛亮借着酒意敬了一杯给大英雄刘备，说：“刘大哥，这次赶走恶霸曹操，你威风得很。以前汉中村都由恶霸操纵着，如今他走了，村里也没个说话的人，你的英勇得到了很多村民的认可。不如应天顺人做汉中村的村长，继续带领村民发展得更好。”刘备很吃惊：“孔明你的好意我受不起啊。我虽然来了汉中村很多年，但是始终不是土生土长的村民。汉中村一向都是同姓人做村长，我可不敢打破这个规矩啊！”孔明说：“也不一定。如今这个局势，社会动荡，恶霸到处欺负百姓，践踏庄稼，抢夺钱财，无恶不作。同时时势也造就了英雄，你就是乱世中的一威武的英雄。四海之内都有英雄崛起，把生死置之度外，希望能够联合起来把恶霸消灭，重新建立一个美好的社会。如今刘大哥你避嫌守义，恐怕会失众人之望啊！”刘备说：“要我直接就做村长，我怪不好意思的。可不可以让我再考虑一下？”

筵席中的村民异口同声地说：“刘大哥，没有什么不好意思的。你不答应做我们汉中村的村长，我们群龙无首啊！”孔明说：“刘大哥你平生以义为本，不肯就此接受做村长，要不你抓住这个好机会，依村民的意思，暂时做个负责人处理村中大小事务？”刘备说：“好吧，你们都推选我做负责人，我先负责村里的事情。如果找到了适当的人选，再重新交代事情给新一任的村长吧。”孔明说：“百姓们都无异议，就照你的意思做吧。”这时，张飞大叫说：“恶霸曹操尚且强行统领着村民，刘大哥你赶走了他，村民们都想让你做村长。做个负责人名正言顺呢！”刘备说：“低调，我只是暂时做个负责人！”孔明说：“不着急，就先做个负责人。”

刘备再三推辞不过，只好依允了孔明的意思。

【解密《三国演义》·替对方做决定】

当你已经了解了说服对象的动机，引起了他谈话的兴趣，同时收集到说服对象的相关信息（譬如他的条件、需求、限制等），那么接下来你要掌握的一个说服技巧就是——替对方做一个决定。根据说服对象的特点，简单、明确地提出你的建议，这样的说服会更奏效。

诸葛亮成功劝说刘备进位汉中王，基于对刘备的了解，诸葛亮劝说的时候就直接帮刘备做了决定，首先他是以“百姓无主。应天顺人，即皇帝位，名正言顺，以讨国贼”的建议劝说刘备，企图激发刘备的仁义道德，为百姓做主称王。但是刘备受他内心的“过度合理化效应”影响，觉得作为汉朝的臣子称王是反汉的事情。诸葛亮再次帮刘备做决定，如果刘备平生以义为本，不肯称王，那么就暂为汉中王。这样退一步的决定，刘备就好接受了，于是诸葛亮说服成功。

说服是一门大学问，针对不同的说服对象要用不同的方法。尤其是在谈话后，了解到说服对象是一个犹豫不决的人时，不妨在说服他的时候先帮他下一个决定，再加以确凿的证据，就容易把说服对象的天平偏向你设计的方向。

比如你要让顾客购买职业装，你先入为主告诉他买了这套职业装有什么好处，而且借托儿们的口，告诉他很多成功的白领人士也买了这个牌子的职业装，反应也不错。那么作为一名白领，像那些成功人士一样，肯定会作出购买一套这样效果不错的职业装的决定。这就是人的一种本能，他在犹豫的时候，你分析说这样做的决定是正确的，而且很多成功人士也有做这样的选择，那么他就不会怀疑你劝说的话没有道理。聪明的说服者总是能够说服别人，掌握了一定的技巧，其实，这并不难。

第七章
设置心理陷阱

解读《三国演义》中反效果的攻心术

◉ 间接指出错误：陈琳、曹操未能说服何进

◉ 思维定势效应：李儒劝董卓舍貂蝉

◉ 过度合理化：陶谦不能说服刘备让徐州

◉ 见利忘义：吕布屡次不听陈宫之劝

◉ 看人说话：田丰、沮授力劝袁绍却遭拒

◉ 忠言逆耳：许攸献计袭许昌

◉ 对等立场：诸葛瑾劝诸葛亮加入东吴

◉ 光环效应：赵范未能说服赵云迎娶其嫂

◉ 不以貌取人：孙权为何弃用庞统

◉ 利益冲突：孙夫人探母遭赵云拦截

◉ 多考虑再提建议：司马懿劝曹操夺西川

◉ 明示恐惧策略：廖化让刘封救关羽

◉ 寻找共同点：诸葛瑾劝关羽投降

◉ 刻板效应：刘备不听劝，执意夺荆州

间接指出错误：陈琳、曹操未能说服何进

《三国》本事：陈琳、曹操未能说服何进不要召董卓进京

（何进欲除掉十常侍，但其妹何太后不准。袁绍就给何进出了个主意，召四方之士除宦官。）绍曰："可召四方英雄之士，勒兵来京，尽诛阉竖。此时事急，不容太后不从。"进曰："此计大妙！"便发檄至各镇，召赴京师。主簿陈琳曰："不可！俗云：掩目而捕燕雀，是自欺也，微物尚不可欺以得志，况国家大事乎？今将军仗皇威，掌兵要，龙骧虎步，高下在心：若欲诛宦官，如鼓洪炉燎毛发耳。但当速发雷霆，行权立断，则天人顺之。却反外檄大臣，临犯京阙，英雄聚会，各怀一心：所谓倒持干戈，授人以柄，功必不成，反生乱矣。"何进笑曰："此懦夫之见也！"旁边一人鼓掌大笑曰："此事易如反掌，何必多议！"视之，乃曹操也。（见《三国演义》第二回）

且说曹操当日对何进曰："宦官之祸，古今皆有；但世主不当假之权宠，使至于此。若欲治罪，当除元恶，但付一狱吏足矣，何必纷纷召外兵乎？欲尽诛之，事必宣露。吾料其必败也。"何进怒曰："孟德亦怀私意耶？"操退曰："乱天下者，必进也。"（见《三国演义》第三回）

媚笑乱弹：何必纷纷召外援乎？

百乐集团窝里斗得厉害。何进妒忌蹇硕锋芒毕露，又知道公司里的中层对之也心怀不满，因此做了董事长助理后，便和公司里的袁绍、袁术结成帮派，准备对付蹇硕这些人。蹇硕则联合人事部的几个员工赵忠、宋典、郭胜，想办法把何进赶出公司。郭胜跑到董事长那里告密。怎知道何进先发制人，就让董事长把蹇硕炒了。

袁绍趁机说服何进把蹇硕联合起来的人都赶出公司，但是董事长不同意。袁绍就对何进说：“我们表面上发布招聘信息，实际就暗箱操作引入外援，增加在公司里的说话力度。现在公司事情也多，引进的董卓这个能人应该可以顺利，到时联合他的力量，一起威逼董事长，看他还能拿我们怎么样！”何进接受了这个建议。

何进的秘书陈琳说：“这个方法不妥当。董事长对公司的大小事务都会询问到位，如今我们贴出招聘广告，还要引入中层领导人员，必然会受到董事长的干涉。况且现在公司内部斗争不断，请入外援，恐怕大家都各怀一心，到时我们的计划不成，反而会引来更多内乱啊。”何进大笑着说：“你这个是懦夫的想法！”

旁边的一个人鼓起了掌，说：“这事情易如反掌，何须再讨论！”一看，原来是曹操在说话。曹操继续说：“公司里难免会存在对手，只不过董事长不能倾向他们，把权力都给了他们。这样我们做起事来就不方便。现在我们要对付他们，内部解决完全可以。何必还要请入外援，外援都是些不熟悉的人，安着什么心肠谁知道呢？！”何进说：“你是否也怀有私心，才不愿让我引入外援？”曹操摇摇头叹气。何进执意引入外援，拨通了董卓的电话。

【解密《三国演义》·间接指出错误】

当你采用常规的思维逻辑说服对方，他无法接受的时候，可以进行反向思考，提出相反的观点，增强说服力。

上述故事中，何进的思维一直处于一种直观思维，他以为杀了蹇硕可以吓到其他的宦官，事实不然。他以为要斩尽杀绝所有宦官，才能掌权控势，只是看到了事情的表面，而没有从对手的方面去分析。他想外调兵力进京，以为可以加强兵力，铲除宦官，根本没有逆向分析这样做相当于引狼入室，会为长安乱埋下炸弹。陈琳和曹操的谈判直指何进的要害，逆向分析利弊，但是何进根本领悟不到，没把意见听进去。陈琳和曹操直接指出了何进的错误，这样不但无法让他意识到错误并调整计划，而且还会使其产生严重的抵触心理。既然如此，对这样的人要使用什么办法呢？间接地指出对方的错误，再摆出说服的言辞，会更有效果。

婆媳之间、夫妻之间的关系，有些话不便于直言快语说出来。婆婆常常不舍得丢掉隔夜的饭菜，媳妇如果说出“你吃掉隔夜饭菜生病了，得不偿失”这些话直接挑明，估计对方一时难以接受，一旦婆婆明确表示不接受媳妇的观点，要想说服她就难上加难。如果媳妇间接指出错误，说出“小黄爸爸常常吃不新鲜的饭菜，最近进了医院……”这类话，是把中心观点和说服的建议先放一边，逆向分析与婆婆类似的行为导致了不好的结果，稍加点拨让对方悟懂，对方自然就接话表示“既然这样做有那么多坏处，我以后也不那样做了”。

中国是个历史悠久的礼仪之邦，说话得体方能不失礼仪，所以说服宝典中懂得间接指出错误这招必不可少。不适合直言以告的请求和建议，不妨先把说服的观点和建议藏好，采用新的思维逻辑包装说辞，从相关的事情、道理谈起，待到酝酿成熟，再稍加引导，自能化难为易，收到理想的说服效果。

思维定势效应：李儒劝董卓舍貂蝉

《三国》本事：李儒未能说服董卓将貂蝉赐给吕布

（王允行使连环计，派府中歌伎貂蝉离间董卓与吕布，一次吕布与貂蝉私自相会被董卓撞见，董卓一气之下追杀吕布。正赶上谋士李儒进府相见。）卓曰："汝为何来此？"儒曰："儒适至府门，知太师怒入后园，寻问吕布。因急走来，正遇吕布奔走，云：'太师杀我！'儒慌赶入园中劝解，不意误撞恩相。死罪！死罪！"卓曰："叵耐逆贼！戏吾爱姬，誓必杀之！"儒曰："恩相差矣。昔楚庄王绝缨之会，不究戏爱姬之蒋雄，后为秦兵所困，得其死力相救。今貂蝉不过一女子，而吕布乃太师心腹猛将也。太师若就此机会，以蝉赐布，布感大恩，必以死报太师。太师请自三思。"卓沈吟良久曰："汝言亦是，我当思之。"儒谢而去。

卓入后堂，唤貂蝉问曰："汝何与吕布私通耶？"蝉泣曰："妾在后园看花，吕布突至。妾方惊避，布曰：'我乃太师之子，何必相避？'提戟赶妾至凤仪亭。妾见其心不良，恐为所逼，欲投荷池自尽，却被这厮抱住。正在生死之间，得太师来，救了性命。"董卓曰："我今将汝赐与吕布，何如？"貂蝉大惊，哭曰："妾身已事贵人，今忽欲下赐家奴，妾宁死不辱！"遂掣壁间宝剑欲自刎。卓慌夺剑拥抱曰："吾戏汝！"貂蝉倒于卓怀，掩面大哭曰："此必李儒之计也！儒与布交厚，故设此计；故不顾惜太师体面与贱妾性命。妾当生噬其肉！"卓曰："吾安忍舍汝耶？"蝉曰：

“虽蒙太师怜爱，但恐此处不宜久居，必被吕布所害。”卓曰：“吾明日和你归郿坞去，同受快乐，慎勿忧疑。”蝉方收泪拜谢。

次日，李儒入见曰：“今日良辰，可将貂蝉送与吕布。”卓曰：“布与我有父子之分，不便赐与。我只不究其罪。汝传我意，以好言慰之可也。”儒曰：“太师不可为妇人所惑。”卓变色曰：“汝之妻肯与吕布否？貂蝉之事，再勿多言，言则必斩！”李儒出，仰天叹曰：“吾等皆死于妇人之手矣！”（见《三国演义》第九回）

媚笑乱弹：李儒大讲道理抵不过美人蛊惑

葡萄庄园庄主董卓把汉东一带的葡萄园都收购了，财大气粗，害得汉东老百姓没有葡萄园的收入，温饱成了问题。于是王允利用貂蝉的美色迷住董卓，实施计谋除去董卓。李儒是董卓的会计，看出了貂蝉接近董卓不怀好意，提醒董卓要看准貂蝉，可能是一个计谋，甚至会置董卓于死地，要不把貂蝉送给吕布！

但是，貂蝉和董卓咬耳朵说：“我看李儒平时和吕布来往很是密切，交情深厚得很，说不定背后在做着一些不为人知的勾当呢！”尽管董卓之前很舍不得貂蝉，为了顾全大局，接受了李儒的建议，但是貂蝉的这样一番话却让他觉得，李儒的立场是有问题的，他实际上就是站在吕布的立场说话，他要我离开貂蝉，那么吕布不是轻而易举就抱得美人归？！目前，我和吕布都在争夺貂蝉，而李儒说是让我离貂蝉远点好保护自己，实际却是在侵害我的利益，使吕布得到貂蝉，我怎么能接受这种叛徒的建议。董卓想明白了这一点，就立即对李儒产生了怀疑，从而彻底否定了他的建议。

于是，董卓对貂蝉发誓说：“我宁愿舍弃自己的性命，也要把你留在身边，保护好呀！”董卓决定第二天就把貂蝉送入自己建好的别墅，确保吕布的阴谋诡计实施不了。

第二天，李儒兴冲冲来见董卓，说：“今天是个送走貂蝉的好日子啊，董庄主。”

李儒本是一片好意，担心夜长梦多，吕布另有阴谋。这本是贴心为董卓

考虑的举动，但董卓已经认定了李儒是吕布的同谋，以为他是为了吕布早日得逞才如此急冲冲前来催逼。于是，董卓变了脸色，冷冷地说：“要不我把你的老婆送给吕布！”

李儒顿时明白，董卓又受了貂蝉蛊惑，连忙辩解道：“董庄主你不要被这些戴着面具的美人迷惑啊！”

董卓淡淡地说：“什么叫戴着面具的美人，你到底安的是什么心肠，汉东的葡萄庄园休想落在别人手上！你住嘴，要不我马上炒你鱿鱼。”

李儒面对形势的突然逆转，只好仰天长叹：“看来汉东的葡萄园没了，董庄主也会败在这等毒蝎心肠的伪美人手上了！”

董卓听到十分不高兴，就派看门的把李儒驱赶出去。

李儒一直纳闷，到底自己哪里出了错让董卓一晚上就改了决定，貂蝉这女人到底用什么办法迷惑了董卓。

【解密《三国演义》·思维定势效应】

在说服过程中，思维定势是较常出现的一种现象，因为每个人都有自己的一套思维方式，而且固定不容易改变。于是说服的关键在于，每个人都极力地希望别人同意自己的观点，随着自己的思维走，但这样的说服招人反感，同时也会阻碍彼此的合作关系，因此避开别人的思维定势，掌握说服他人的技巧很重要。

在上述事例中，李儒始终没有成功说服董卓，他以为董卓是被貂蝉的美色吸引了，这是表面的肤浅理由，让董卓一夜之间改变主意的根本原因是貂蝉把董卓本来舍不得她的思维重新定势，并把李儒之所以说服董卓把她赐给吕布说成出于私心，为了讨好吕布，助吕布达成心愿。这样一来，董卓自然就觉得李儒说的话是站在了吕布这边，他怎么还会信任李儒说的对呢？于是李儒的说服毫无作用。

其实，说服一个人也并没有想象那么难，找对了思维方向，不过三言两语就能说服。第一，尽量摸索出对方的思维套路，不要用命令式的语气和词汇，效果会更佳。第二，凡事都有另一种可能，同时用强硬的事实做支撑，

多举例子辅以说明，顺着你的思维方式说服，才能迅速打动对方。第三，持之以恒，千万不要被拒绝一两次就放弃了，再多试几次才有机会打动对方。

比如某公司生产了一款新型牙膏，经理召集员工开会一起商量营销策略。市面上销售的牙膏品牌各异，花样百出，怎样的包装才能先声夺人，说服消费者选用这款牙膏呢？这时，有人提出："市面上的牙膏大多以清洁牙龈为卖点，其实牙齿作为面上的一部分，同样起着装饰的作用。如果我们以美白牙齿等于为自己化了妆作为卖点，推出美容牙膏吸引消费者，另一方面持续投入广告大力宣传我们的美容牙膏，这样就能打破消费者的定势思维。"众人听后都表示赞同。后来，他们的这款牙膏果真在市场上引起了很好的反应。

人们的消费习惯是，初次选择了某知名品牌的牙膏使用还算满意，那么下一次就没有理由和动力去否定原来的选择，形成思维定势。新上市的牙膏加强说服力，扭转消费者被强化千百遍的定势思维确实不容易。而这个点子打开思路，提出了"凡事都有另一种可能"，引导消费者用全新的思维模式认识牙膏，跳出了定势思维，并加以持之以恒的宣传，把新思维灌输给消费者，实现强化。最后说服对方买这款牙膏的同时，也恰好实现了企业的利益。

对方还固执守着既定的思维而难以被说服吗？反复问问自己，有没有"另一种可能"，举出例子支撑这种可能性，持之以恒地强化对方建立新的思维模式，说服有思维定势的人也并非难事！

过度合理化：陶谦不能说服刘备让徐州

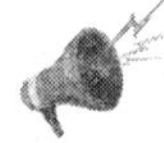

《三国》本事：陶谦不能说服刘备让徐州

（曹操之父被张闿抢劫所杀，曹操动怒，要攻打徐州。刘备出兵救援陶谦，陶谦觉得刘备是个英雄，欲将徐州让徐备。）陶谦见玄德仪表轩昂，语言豁达，心中大喜，便命糜竺取徐州牌印，让与玄德。玄德愕然曰："公何意也？"谦曰："今天下扰乱，王纲不振；公乃汉室宗亲，正宜力扶社稷。老夫年迈无能，情愿将徐州相让。公勿推辞。谦当自写表文，申奏朝廷。"玄德离席再拜曰："刘备虽汉朝苗裔，功微德薄，为平原相犹恐不称职。今为大义，故来相助。公出此言，莫非疑刘备有吞并之心耶？若举此念，皇天不佑！"谦曰："此老夫之实情也。"再三相让，玄德那里肯受。糜竺进曰："今兵临城下，且当商议退敌之策。待事平之日，再当相让可也。"（见《三国演义》第十一回）

（刘备上书曹操退兵，陶谦为表感激，二让徐州）饮宴既毕，谦延玄德于上座，拱手对众曰："老夫年迈，二子不才，不堪国家重任。刘公乃帝室之胄，德广才高，可领徐州。老夫情愿乞闲养病。"玄德曰："孔文举令备来救徐州，为义也。今无端据而有之，天下将以备为无义人矣。"糜竺曰："今汉室陵迟，海宇颠覆，树功立业，正在此时。徐州殷富，户口百万，刘使君领此，不可辞也。"玄德曰："此事决不敢应命。"陈登曰："陶府君多病，不能视事，明公勿辞。"玄德曰："袁公路四世三公，海内所归，近

在寿春，何不以州让之？”孔融曰：“袁公路冢中枯骨，何足挂齿！今日之事，天与不取，悔不可追。”玄德坚执不肯。陶谦泣下曰：“君若舍我而去，我死不瞑目矣！”云长曰：“既承陶公相让，兄且权领州事。”张飞曰：“又不是我强要他的州郡；他好意相让，何必苦苦推辞！”玄德曰：“汝等预先我于不义耶？”陶谦推让再三，玄德只是不受。陶谦曰：“如玄德必不肯从，此间近邑，名曰小沛，足可屯军，请玄德暂驻军此邑，以保徐州。何如？”众皆劝玄德留小沛，玄德从之。（见《三国演义》第十一回）

（陶谦病重，请刘备来徐州商议后事，临终前第三次提出将徐州让与刘备）玄德引关、张带数十骑到徐州，陶谦教请入卧内。玄德问安毕，谦曰：“请玄德公来，不为别事：止因老夫病已危笃，朝夕难保；万望明公可怜汉家城池为重，受取徐州牌印，老夫死亦瞑目矣！”玄德曰：“君有二子，何不传之？”谦曰：“长子商，次子应，其才皆不堪任。老夫死后，犹望明公教诲，切勿令掌州事。”玄德曰：“备一身安能当此大任？”谦曰：“某举一人，可为公辅：系北海人，姓孙，名乾，字公祐。此人可使为从事。”又谓糜竺曰：“刘公当世人杰，汝当善事之。”玄德终是推托，陶谦以手指心而死。（见《三国演义》第十二回）

媚笑乱弹：刘备多次拒绝要徐州土地

曹嵩带着全家大小去探亲曹操，路过徐州。地主陶谦知道曹操是财力雄厚的大地主，以后还要跟着他混日子呢，所以就盛情接待曹嵩众人。送走曹嵩的时候，陶谦派家丁张闿护送，没想到张闿打起了曹嵩的主意，半路劫了钱财就逃走，还杀了曹家大小灭口！曹操一向记仇，连他老父都敢动，他怎么会轻易放过？曹操叫了曹家向来有名的恶霸去陶谦那里讨个说法。

恶霸来到徐州，到处破坏陶谦的果园、农场和田地。陶谦不得不四处求救。刘备带着关羽和张飞来徐州准备救援陶谦。陶谦把三人引见到客厅，对刘备说：“徐州的田地还是我父亲留下的，我算是子承父业做的地主，现在我也年过六旬，经营那么多的田地农场也是有心无力。你年轻有为，这次来帮我了，我就把徐州的地都给了你，以作答谢。”

刘备本意是爱打抱不平，也不过是第一次和陶谦见面，他就提出把家父的所有地让给自己，自然受宠若惊。他很客气地对陶谦说：“这几年我发展起来，也算个小地主，经验不太够，果园、农场都忙不过来。这次纯粹是出于道义前来救援你，你怎么能这样客气呢？莫非你是怀疑我刘备有二心，想要谋了你的地？如果我真的有这样的坏心肠，天打雷劈啊！”

刘备找曹操说理，把张闿护送曹父，中途起歪心，抢劫杀人的事情交代清楚，说明这事儿与陶谦无关，希望曹操放过陶谦。曹操财大气粗，根本没把刘备这个小地主放在眼里。但是正好曹操的橘子林扩大种植，占了吕布的地，吕布来曹家闹，曹操没心思管陶谦的事儿，就假装答应刘备，不为难陶谦。

恶霸离开了徐州，陶谦悬着的心总算放下了。陶谦叫夫人煮了一桌好菜庆祝，喝了几杯酒后，陶谦再次提出要把徐州的地给刘备，除了自己年老体衰、无心经营之外，还增加了家中两个儿子，终日浑浑噩噩，不能挑起大任，陶谦不放心家父的田地落到他们二人手上被败光。刘备深深感受到陶谦的诚意，但是还是拒绝了，他的想法是，他前来救援，本是出于道义，没想过图回报。如今陶谦这么客气，要把家父传下来的田地都让给他，别人看来这是多么道义的行为！为了保持自己的名声，刘备坚辞不受。

陶谦的下人糜竺帮腔说服刘备：“你只有一块小土地，去年收成特好，这是有目共睹的。而如今陶老爷要把徐州的地都让给你，徐州的土地肥沃，适合种很多种类的植物。你一定能把这片土地开发得更好，你就别推托了！”陈登添一句：“陶老爷人老了，有心无力管理他老爹留下的土地，又不忍心看着家业衰落。你就不要推辞，爽快答应陶老爷！”

但刘备还是不敢接受，他思前想后，想出了一个解围方法：“能干的人那么多，为什么只是让给我，而不是其他人呢？”但陶谦根本就没看上哪个，哪里肯平白无故就把家父流传的地给别人。陶谦急了。连关羽和张飞也被打动了，加入了说服刘备的行列。

刘备左右为难，急坏了，一把摔烂手中的酒杯说：“如果你们一定要我做徐州的地主，陷我于不义。我只能像手中的酒杯一样，消失在你们面前！”陶谦无可奈何，失败告终。

后来，陶谦病重，又派人将刘备请来，也是提出要刘备继承徐州的土地。刘备还是推辞，陶谦手指心口而死。此时，刘备无法推让。也没有适宜的对象，就勉强接受了徐州的土地。

【解密《三国演义》·过度合理化】

社会心理学有个“合理化效应”，它是指每个人都力图为行为合理性寻找原因，一旦感到找够了，就很少再继续下去；而且总是先找那些显而易见的外在原因，如果外部原因足以解释行为，一般就不再去寻找内部原因了。但是，如果这种行为被外界加入了过多、过大的利益，反而会让人们觉得“过度合理化”，行为和结果不相匹配而无法接受。说服是很注重利益之间的交换的，而过度合理化效应意味着给予的利益过多、过大，导致对手内心冲突而拒绝说服。

陶谦三让徐州，刘备拒而不受。刘备当时是平原小县城的县令，如果能接收了陶谦先让的富庶之州，会得到很大的发展，所以刘备实质是想要徐州的，然而他没有接受徐州，是因为陶谦三次让徐州的理由都和他的价值观相悖。陶谦竟然把整个徐州拱手相让，这着实让刘备受宠若惊。刘备的价值观是把道义放在很重要的位置，眼前做的小小救援换来了整个徐州这等好事情，在他看来就如同趁火打劫，不仁不义，即便陶谦把年老体衰、二子不才等等理由都搬了出来，都是无法说服刘备。这可以用“过度合理化效应”解释，刘备力图为他接收徐州找理由，但是他找不到，因为他来救援的初衷是道义，而接收徐州是不道义的，二者严重冲突。陶谦的说辞里无法解决这种“过度合理化效应”，说服就是无可能的事情。

小黄家里出了点事情，捉襟见肘。好友小张想帮一下小黄忙，给点钱帮他渡过难关。但小张了解小黄的性格，他很不齿用别人的钱解决家里的问题，如果直接说出口，小黄肯定会拒绝。小张苦思冥想后，对小黄说：“我是个特管不住钱的人，你最近也需要用钱，要不我先借给你，也当时让你保管着这笔钱！”从给钱到借钱，小张很聪明地偷换了概念。因为小张深知，如果他提出直接给钱小黄，小黄会力图找出小张帮助他的行为的

合理理由，而非亲非故的关系让他无法接受这个过度合理化的行为，觉得小张为他付出的东西远远超过了合理的限度，小黄就会产生抗拒，那么说服便走到了反面。所以小张偷换了概念，把给钱小黄的事情适度合理化转变为借钱，让小黄内心更好接受，借钱是需要还钱的，报酬和行为相匹配，要说服他也不难了。

由此可见，说服一个人并不是给予得越多，就越能摆平说服对象。有的情景，你需要给予对方一定的利益，才可能赢得说服，但有的情景则要避免给予过多，让对方产生过度合理化的心理，觉得无法接受这样的给予，说服也就无效。用适度合理的理由作为说辞，合情合理才能让说服奏效。

见利忘义：吕布屡次不听陈宫之劝

《三国》本事：吕布屡次不听陈宫之劝

（吕布与曹操交战不利，谋士陈宫向吕布进献破敌之计。）陈宫曰："今操兵方来，可乘其寨栅未定，以逸击劳，无不胜者。"布曰："吾方屡败，不可轻出。待其来攻而后击之，皆落泗水矣。"遂不听陈宫之言。过数日，曹兵下寨已定。操统众将至城下，大叫吕布答话，布上城而立，操谓布曰："闻奉先又欲结婚袁术，吾故领兵至此。夫术有反逆大罪，而公有讨董卓之功，今何自弃其前功而从逆贼耶？倘城池一破，悔之晚矣！若早来降，共扶王室，当不失封侯之位。"布曰："丞相且退，尚容商议。"陈宫在布侧大骂曹操奸贼，一箭射中其麾盖。操指宫恨曰："吾誓杀汝！"遂引兵攻城。宫谓布曰："曹操远来，势不能久。将军可以步骑出屯于外，宫将余众闭守于内；操若攻将军，宫引兵击其背；若来攻城，将军为救于后；不过旬日，操军食尽，可一鼓而破；此乃掎角之势也。"布曰："公言极是。"遂归府收拾戎装。时方冬寒，分付从人多带绵衣，布妻严氏闻之，出问曰："君欲何往？"布告以陈宫之谋。严氏曰："君委全城，捐妻子，孤军远出，倘一旦有变，妾岂得为将军之妻乎？"布踌躇未决，三日不出。宫入见曰："操军四面围城，若不早出，必受其困。"布曰："吾思远出不如坚守。"宫曰："近闻操军粮少，遣人往许都去取，早晚将至。将军可引精兵往断其粮道。此计大妙。"布然其言，复入内对严氏说知此事。严氏泣曰："将军若出，陈宫、高顺安能坚

守城池？倘有差失，悔无及矣！妾昔在长安，已为将军所弃，幸赖庞舒私藏妾身，再得与将军相聚；孰知今又弃妾而去乎？将军前程万里，请勿以妾为念！”言罢痛哭。布闻言愁闷不决，入告貂蝉。貂蝉曰：“将军与妾作主，勿轻身自出。”布曰：“汝无忧虑。吾有画戟、赤兔马，谁敢近我！”乃出谓陈宫曰：“操军粮至者，诈也。操多诡计，吾未敢动。”宫出，叹曰：“吾等死无葬身之地矣！”（见《三国演义》第十九回）

媚笑乱弹：吕布败在错听妇人言

古时候，占的地越多，拥有的权利也越大。所以各方来路的人都在想方设法地抢夺土地，吕布就是其中的一个活跃者。陈宫有好几次出策划吕布没有听，都是有一定道理的。

吕布打算和袁术合作，陈宫表示反对。因陈宫考虑到当时的时代背景，势力比较强的董卓和曹操也不敢轻举妄动，而袁术作反就会成为农民们唾骂的反面角色，抢来了地也得不到农民的支持，而吕布的合作不单得不到好处，而且会惹上了同样的麻烦。

曹操和吕布因抢夺兖州的地起了争执，这时在吕布身边的陈宫向吕布建议派人在泰山险路埋伏偷袭曹操，吕布不听而错失良机。等到曹操得到兖州后，吕布自作聪明正面对抗曹操。陈宫说：“现在我们的势力人员还没有集中在一块，贸然出击，只会遭到曹操的猛击。”吕布又没听陈宫的建议，结果吕布落荒而逃。

曹操乘胜追击抢夺吕布的下邳地盘。陈宫又献计说：“曹操连日来攻击我们，现在处于疲劳时期，如果这时候我们发起进攻，我们强壮的人力必定能够战胜他们。”吕布却说：“我们刚刚才输了一场，不可轻举妄动，等他们来攻的时候，我们再出击，把他们打个痛快。”结果，曹操的人安安稳稳地围住了下邳。

陈宫进一步建议说：“曹操的人从远方来到这边，势不可能维持长久。如果你把步骑放在下邳以外，我将余下的人力守住在外面。曹操出击对抗你，我就带领人从后面偷袭；如果他们打进下邳城内，你就带领人从后方来

援救。曹操的人长途跋涉而来，带来的粮食有限，我们这样互相救应布局，可以有优势。”吕布说：“你说得很有道理。”因为当时是冬天，吕布回去收拾棉衣。吕布的妻子就问：“你准备去哪里？”吕布就说出了陈宫建议的计谋。妻子哭哭啼啼地说：“如今丈夫你离城而去，留下妻子在城内，万一曹操霸占了下邳城，那么妻子我岂不是也落在了他的手上？”

吕布踌躇不决，考虑了三天。陈宫最后建议说：“曹操的人已经从四面围住下邳城。如果你再不出去城外实施之前订下的计谋，我们一定被困城中。”吕布竟然说：“我觉得与其远出，不如坚守在城内。”陈宫说：“我听说曹操那边的粮食已经不足，派出部分的人回去拿！如果我们派出部分的人把他们现在储存的粮食烧毁，他们夺取下邳的美梦就破碎了呀！”吕布回去又和妻子说起了这个计谋。妻子哭着说：“丈夫你携带人马去烧毁粮食，陈宫哪有什么守城的本事，万一有差失，那么我岂不是要守寡？好吧，我就知道你只顾着抢占你的土地，拓展你的势力，我算得上什么呢？！”吕布听完后，愁闷不决，就和貂蝉倾述烦心事。貂蝉说：“小妾我帮丈夫你做主吧。你就不要轻易地出城，还是稳稳当当守在下邳好了。”吕布想想，我有赤兔马，我还有妻妾相伴，出城后就很有可能什么都没有了。于是吕布告诉陈宫说：“曹操这个人奸诈得不得了，我还是不要轻举妄动，守在下邳城内。”吕布于是终日不出，每天都和妻妾一起饮酒作乐。结果他坐守枯城，一步步走向了败亡之道。

【解密《三国演义》·听信谗言】

在生活中，我们也常常会遇见像吕布这样的人，他们观念陈腐，思想老化，但又刚愎自用，自以为是，不接受外来的建议和意见。对待这种人，仅靠你三寸不烂之舌去说服是要碰钉子的。这时用一招单刀直入的说服方法，把他工作和生活中某些错误的做法列举出来，再结合眼前需要解决的问题提醒他将会产生什么严重后果。这样一来，他就开始动摇，怀疑起自己决定的正确性。这时，你再摆出你的观点。动之以情，晓之以理，那么，他接受的可能性就大多了。

吕布的败亡可以说是自己种下的苦果。吕布刚愎自用，陈宫多次上谏建议，他都犹豫不决，竟然听信妻妾谗言，只考虑到自己和妻子的花前月下，丝毫不考虑痛失下邳城带来的后果。陈宫多次劝说都没有成效的原因是，陈宫一直把吕布当成是主子，提出建议的时候从下而上，把建议带来的好处一一陈述。但是每一次遭受拒绝后，陈宫还是依旧把他觉得正确的建议和吕布说，陈宫忽略了吕布刚愎自用、有勇无谋的性格。无论陈宫的劝说多么给力，吕布都会自动忽略陈宫的建议所带来的优点，强势地觉得他自己想的才有道理。如何让这种“听不得人劝的人”意识到不听建议会吃亏呢？从正面去说服可能效果不佳，其实陈宫可以利用吕布多次不听他的建议，曹操步步为营，已经四面围攻下邳城的事实去证明吕布不听建议是错误的，并设想他继续这样做的严重后果。待到吕布开始担心自己的利益，陈宫再把观点摆出来，那么吕布接受的可能性就会大一点。

优秀的劝说者也不总是一帆风顺的，也会遭到冷场或反对。这时，思考一下你的劝说方法是否适用于劝说对象，是否需要调整方法。如果对方是一个刚愎自用的人，不妨单刀直入指出他的不对，再摆事实说道理，道出你的建议，引起对方的重视。

看人说话：田丰、沮授力劝袁绍却遭拒

《三国》本事：田丰、沮授未能劝服袁绍采用正确的战略战术

（袁绍率冀、青、幽、并等多处人马七十余万进攻曹操。曹操起军七万，前往迎敌，留荀彧守许都。）绍兵临发，田丰从狱中上书谏曰：“今且宜静守以待天时，不可妄兴大兵，恐有不利。”逢纪谮曰：“主公兴仁义之师，田丰何得出此不祥之语！”绍因怒，欲斩田丰。众官告免。绍恨曰：“待吾破了曹操，明正其罪！”遂催军进发，旌旗遍野，刀剑如林。行至阳武，下定寨栅。沮授曰：“我军虽众，而勇猛不及彼军；彼军虽精，而粮草不如我军。彼军无粮，利在急战；我军有粮，宜且缓守。若能旷以日月，则彼军不战自败矣。”绍怒曰：“田丰慢我军心，吾回日必斩之。汝安敢又如此！”叱左右：“将沮授锁禁军中，待我破曹之后，与田丰一体治罪！”

是夜星光满天。且说沮授被袁绍拘禁在军中，是夜因见众星朗列，乃命监者引出中庭，仰观天象。忽见太白逆行，侵犯牛、斗之分，大惊曰：“祸将至矣！”遂连夜求见袁绍。时绍已醉卧，听说沮授有密事启报，唤入问之。授曰：“适观天象，见太白逆行于柳、鬼之间，流光射入牛、斗之分，恐有贼兵劫掠之害。乌巢屯粮之所，不可不提备。宜速遣精兵猛将，于间道山路巡哨，免为曹操所算。”绍怒叱曰：“汝乃得罪之人，何敢妄言惑众！”（见《三国演义》第三十回）

媚笑乱弹：田丰、沮授说话不中听

占地事件中，刘备和袁绍一起联合对付曹操。刘备日夜觉得苦恼，纠结想不到好办法。袁绍问："你烦心的事情是什么？"刘备说："你有所不知。为了汉中村的村民，我一直和曹操抗衡。现在我的老婆小孩都被曹操捉去了，既不能对付曹操，又不能保护好家里人，怎么会不纠结？"袁绍说："我已经策划安排人力攻入许都很久了，现在的天气暖和起来，行动起来利索。"

于是袁绍召集人准备商量大计。田丰建议说："在此之前曹操集中精神想夺徐州，许都空虚，我们来不及部署。如今曹操已经占去徐州，粮草丰富，人马也充足，我们不适宜轻举妄动。不如采取持久战略，静观其变，有适当的时机我们再行动。"袁绍说："好，等我想一下。"

袁绍问刘备意见如何。刘备就说："曹操是个丑名远播的恶霸，势力扩张，占去的地越来越多，所到之处无恶不作。如果袁大哥你不擒住他为百姓们讨个公道，恐怕失大义啊。"袁绍点头称是。田丰再次劝说袁绍采取持久战略。袁绍很愤怒地说："你安的是什么心肠，就希望我失大义于天下吗？"田丰很委屈地说："我的分析是有依据的，如果你不听，必定败北。"袁绍被气坏了，想要一刀斩下。刘备力劝，袁绍命人绑起了田丰。

袁绍安排人员的时候，叫颜良带队做队长。沮授提出意见说："颜良性格冲动，不能独当一面。"袁绍不听从："我带出来的人，个个都是精英。你懂个屁！"袁绍不听，结果颜良被杀。

袁绍往官渡出发，田丰写了一封信给袁绍："现在适宜静观其变，等待时机，而不可出动人员啊。这样只会导致夺地不成，伤及人马。"这时袁绍身边的小人说谗言，袁绍你可是我们这群人的老大，田丰怎么说出这等晦气话，我们一定不会败！等着我们夺回官渡吧。爱面子的袁绍很愤怒，扬言等他解决了曹操，再好好处置田丰。

咋知道，袁绍对付曹操，果然死伤无数。沮授就说："我们的人多，但是勇猛比不上曹操的人。可他们的粮草比不上我们呀！如果他们粮草供

应不上，就会考虑急战急胜。我们粮草充足，拖下去守着，他们早晚也会撤退啊，那么官渡还是我们的地盘啊。”袁绍大怒：“田丰是这样，你也是这样。退下，我不想再看到你们两个！”于是袁绍再次拒绝田丰、沮授的建议。

曹操采纳许攸建议偷袭乌巢前，沮授找过袁绍，叹息大祸将至，担心有贼人劫掠，建议袁绍派人守住乌巢屯放粮草的地方，免得中了曹操的暗算。袁绍听到沮授这等话，责骂沮授是个罪人，怎么总是满口胡言，狗嘴吐不出好话。沮授哭着感叹：我们的兄弟命不保了，我的尸骸都不知道会落在什么地方啊！

【解密《三国演义》·看人说话】

求神要看佛，说话要看人。同样的说服内容，针对不同的说服对象，要因人而异，符合说服对象的脾气性格，才有可能产生“同声相应，同气相求”的效果。

田丰建议袁绍偷袭曹军，据理力争，说的是金石良言，但是句句正面冲撞，自然遭到袁绍的拒绝。后来，田丰建议打持久战，袁绍已经对他失去信任，被拒后田丰还以下犯上教训袁绍“若不听良言，出师不利”，这必然会激怒爱面子如生命的袁绍。

沮授耿直且不知变通，有一次劝诫时，第一句话说的是“必为祸始”，像他这样一开口就下定论否定袁军实力，很伤袁绍的面子，这直接导致袁绍把他关在牢里，剥夺了他在官渡之战中的发言权。被拘禁在牢中的沮授夜观星象，发现不妥当，建议曹操派人守住乌巢，以防曹军偷袭粮草。沮授的忠告，在袁绍听来就是一派胡言。

田丰、沮授的政治生涯充满了悲剧，根本原因就是这两个有智有谋的人不懂看人说话。袁绍是个自视甚高但用人多疑，遇事没有主见，把面子看得比生命还重要的人。田丰和沮授对袁绍的性格显然认识不足，每次进谏的时候都是一谓坚持原则。如果他们能委婉含蓄地表达观点，避免直接武断，或者袁绍就听得进去那些金石良言，二人也不用落得如此下场。

要想在社会上左右逢源，就要懂得见什么人说什么话。如果你要说服一个性格内向的人，言语太多反而不奏效，不妨试一下沉默寡言，多用实际行动循循善诱，证明你要说服的道理，效果可能更明显。如果你要说服一个性格外向的人，侃侃而谈是很适合的，有意迎合他“喜形于色”的心情，会有利于你的说服。

学会说服攻心，能够面对不同的人，猜测到对方的心理，说不同的话，是对学习、工作以及生活都是很有意义的。一个人要想使自己的说服有效果必须把握好说话对象的性格，看人说话，说出他们爱听的话，才能够真正打动人心。

忠言逆耳：许攸献计袭许昌

《三国》本事：许攸献计袭许昌不被袁绍采纳

（官渡之战中，曹操军粮不济，派使者回后方催粮。不料使者被袁绍部下许攸的军兵所截。许攸搜出曹操催粮书信，猜测曹营军粮不足，欲献计袁绍夜袭许昌攻击曹操。）许攸径来见绍曰："曹操屯军官渡，与我相持已久，许昌必空虚；若分一军星夜掩袭许昌，则许昌可拔，而操可擒也。今操粮草已尽，正可乘此机会，两路击之。"绍曰："曹操诡计极多，此书乃诱敌之计也。"攸曰："今若不取，后将反受其害。"正话间，忽有使者自邺郡来，呈上审配书。书中先说运粮事；后言许攸在冀州时，尝滥受民间财物，且纵令子侄辈多科税，钱粮入己，今已收其子侄下狱矣。绍见书大怒曰："滥行匹夫！尚有面目于吾前献计耶！汝与曹操有旧，想今亦受他财贿，为他作奸细，啜赚吾军耳！本当斩首，今权且寄头在项！可速退出，今后不许相见！"许攸出，仰天叹曰："忠言逆耳，竖子不足与谋！吾子侄已遭审配之害，吾何颜复见冀州之人乎！（见《三国演义》第三十回）

媚笑乱弹：忠言逆耳

曹操这边的人力守在官渡，粮草已经告急，写信发到许昌请求措办粮草救济。送信的人行不到三十里，就被袁绍这边的人捉住了，许攸搜出了他身

上的书信，知道了曹操粮草告急的情况。

许攸急着找袁绍，建议说：“曹操的人力都集中在官渡，非夺官渡不可，已经打持久战好久。后方的许昌一定不够人手，如果我们调动部分人力夜里袭击许昌，就可以占取许昌的地，再利用许昌的地理优势生擒曹操。曹操前方的粮草已经开始告急，正好趁着这个大好机会前后夹攻，守住官渡啊！”袁绍半信半疑地说：“曹操这个人诡计多端，说不定这封信是一个幌子，他就想着我们分散兵力，好让他正面袭击我们。”许攸很着急地说：“如果现在我们不偷袭许昌，机会过了，曹操的粮草运到，那么机会也就错失了。”

这个时候，外面有人找袁绍。袁绍出去，是有人传话说曹操运粮草的事，而且还说了许攸在冀州的时候，曾经到处滥收民间的财物，还连累到他家的侄子因为滥收地税进了监狱。袁绍听后大怒，说：“你这等匹夫，竟然还有面目来我面前献计！你和曹操的旧情我都知道了，今天你是不是收了他的钱财，为他做奸细，在我面前瞎给建议。过去你在冀州做的好事足以砍头受死！如今仍苟且活着世上，退下，不要再出现在我面前！”

许攸听到这番话，摇摇头感叹：忠言逆耳！我的侄子已经深受其害，被袁绍处刑，我怎么还有颜面见冀州百姓，欲拔剑自刎。恰好有人经过看到就劝他：“你还年轻，袁绍不听忠言，一定会被曹操擒拿。你既然和曹操有旧情，何不考虑弃暗投明呢？”这两句话点醒了许攸，于是许攸决定投靠曹操。

【解密《三国演义》·忠言逆耳】

“良药苦口利于病，忠言逆耳利于行。”这句话表达的是逆耳忠言往往有用，但偏偏这有用的忠言用于说服别人的时候，一般都是对方所不喜欢不想要，潜意识里不愿意接受的，所以对方也许会拒绝劝说。说忠言的说服者本着是好心，但好心不一定能办好事情。忠言逆耳，并不是每个人都适合用忠言来劝。

许攸献计袭许昌，说的也是忠言，却没有被袁绍采纳。因为袁绍这个

刚愎自用的人，始终觉得许攸的献计是因为他和曹操的旧情，许攸是受了曹操的钱财来陷害自己的。总而言之，许攸的建议在袁绍听来就是“逆耳”的“忠言”，自负的袁绍相信自己是正确的，不愿意否定自己这样的判断是错误的，听不进许攸建议，也不接受献计。在说服袁绍的时候，无论许攸的出发点是多么好，逆耳的忠言导致袁绍把许攸的好意当作为假惺惺的劝说，从而产生反感情绪，否定了他的劝说。

在我们身边类似说服无效的事情也时有发生。妈妈看到贪玩的儿子又一身臭汗地回来，开口就责骂：“你怎么又去打篮球了，就爱贪玩，总是把学习丢一边，难怪月考成绩那么差！明天开始放学后不能去打篮球，要回家里做作业。”“我这样做都是为了你好”……虽然妈妈指出儿子的问题很有道理，但是这番话有可能让儿子厌烦，假如妈妈说的是：“运动完了，精神也好，要跟上学习哦。”之类的安慰话，再督促儿子制定学习计划，儿子岂会抵触妈妈的忠言？

从这些攻心说服案例中，我们可以得到一些启示：良药也可以不苦口，忠言也可以不逆耳，而且更利于行。逆耳的忠言容易激发说服对象的逆反情绪，而发出肯定、赞美、欣赏的忠告更能让人接受。

要说忠言给别人建议，非常需要讲求方法，越是忠言越是如此。因为既然这些意见对说服对象非常重要，那么说服者当然要运用最恰当的方法提出来，以使对方能够听得进去，从而达到自己劝说的目的。如果把“忠言”加以“蜜糖”包装说出口，岂不是更有说服力？下一次你要去劝说别人的时候，不妨先用“蜜糖”甜润一下“忠言”！

对等立场：诸葛瑾劝诸葛亮加入东吴

《三国》本事：诸葛瑾未能说服诸葛亮同为东吴效力

（孙权与刘备结成联盟共抗曹操，周瑜欲把诸葛亮招揽到东吴，特请其兄诸葛瑾以兄弟之情说动诸葛亮。）孔明接入，哭拜，各诉阔情。瑾泣曰：“弟知伯夷、叔齐乎？”孔明暗思：“此必周郎教来说我也。”遂答曰：“夷、齐古之圣贤也。”瑾曰：“夷、齐虽至饿死首阳山下，兄弟二人亦在一处。我今与你同胞共乳，乃各事其主，不能旦暮相聚。视夷、齐之为人，能无愧乎？”孔明曰：“兄所言者，情也；弟所守者，义也。弟与兄皆汉人。今刘皇叔乃汉室之胄，兄若能去东吴，而与弟同事刘皇叔，则上不愧为汉臣，而骨肉又得相聚，此情义两全之策也。不识兄意以为何如？”瑾思曰：“我来说他，反被他说了我也。”遂无言回答，起身辞去。（见《三国演义》第四十四回）

媚笑乱弹：诸葛小弟反将大哥一军

诸葛亮说服了孙权联合刘备合作，抗衡曹操的刀子店，冲击他的生意。周瑜从鄱阳湖出差回来，一路听说了诸葛亮的威风史。周瑜觉得，现在只不过是一个计谋，孙权和刘备两个合作走在一块，如果他日把曹操的刀子店生意抢过来了，那么这个能人必定可以助刘备一臂之力，到时大家抢来的

饼要瓜分，有可能被刘备分了大的一份。周瑜越想越担心，就决定及早设个陷阱，让诸葛亮跳下去，好把诸葛亮革除，解除忧患。这个时候，鲁肃却建议，与其让诸葛亮这种人才流失，不如想办法挖他来孙家帮忙。商海的竞争，归根到底是人才的竞争啊！

就市场数据分析，刘备的刀子店是后来才发展起来，实力远远低于孙权和曹操的刀子店，稍有风浪可能就会面临兼并破产。而孙权的刀铺有地理优势，都开在了商业繁华的地段，发展潜力很大，那么说服诸葛亮来孙家帮忙也并不是没有筹码。人往高处走，周瑜就不信不能挖槽诸葛亮来孙家。周瑜奸笑了几声，他还想到了诸葛亮的大哥诸葛瑾就在孙家做工，兄弟二人齐心为孙家谋未来，天大的美事。

周瑜煽动诸葛瑾以情动人，说动诸葛亮一起来孙权的公司谋事。诸葛瑾接到任务，就约了诸葛亮一起出来喝两杯。两兄弟见面，干杯喝了点酒。几杯酒下肚，两兄弟就说开了，诸葛瑾谈他在孙权的刀铺里跑业务总算有点成绩，诸葛亮说他帮刘备拉拢投资商壮大刀子店。越谈越起劲，诸葛瑾扯到了日后兄弟俩混出个人样就一起回乡下大摆筵席，说到兄弟情他就找到了切入口。诸葛瑾说："老弟，还记不记得小时候爹送我们俩去读书，老师讲过伯夷和叔齐两兄弟的故事？"

伯夷和叔齐的故事，是说兄弟二人周武王在周文王尸骨未寒就大动干戈，最后平定乱党归顺周朝。然而他们两个以此为耻，不肯吃周朝的粮食，最后在山上活活被饿死。诸葛瑾说这个故事是想用伯夷和叔齐的兄弟情深打动弟弟诸葛亮。诸葛亮很聪明地领悟了大哥的意思，原来诸葛瑾是想挖槽！

诸葛亮就说："大哥，伯夷和叔齐俩兄弟情深的故事，至今还记忆深刻。"

诸葛瑾感叹着说："这哥们儿活在一起，死在一起。我和你也是同父同母的好兄弟，长大了各奔前程，平常碰面的机会都少呀！一想到故事里的兄弟情，我就觉得愧对老弟你。"

诸葛亮想好了应对的策略，说："大哥，你不用这么自责，我有好办法让我们以后多点机会在一起。"

诸葛瑾心理暗喜，看来老弟动摇了，连忙说："愿闻其详。"

诸葛亮说：“你在孙权的公司干活，我在刘备的公司效劳，我们做的都是刀子店生意。刘备的公司最近拉来了投资商，想必以后一定会有好发展，很缺帮手。要不大哥你就来我们公司与我共事，你还可以搬来我的公寓和我合住，那么一起工作一起生活，不正像伯夷和叔齐一样兄弟情深吗？”

诸葛瑾整个人愣了，原来是他会错意。他以为诸葛亮会提出要来孙权的公司，咋知道是反拉他进刘备公司。诸葛瑾下不了台阶，只好装作喝多了，胡乱说话混了过去。结果，兄弟俩喝完酒后各自回到原来的公司，昨夜喝酒谈话的事情，就如同没有发生过一样。

【解密《三国演义》·对等立场】

说服方持一种立场，说服对象处于相反立场，如果各自的立场完全对等，也就是说，说服方所用的任何说服手段，也可以原封不动地为说服对象所用，反过来说服说服方，这就是对等立场。

说服对象懂得对等立场，很容易就可以破除说服方的说服。这也正是诸葛瑾无法说服其弟弟为东吴效力的原因。既然诸葛瑾打的是感情牌说服诸葛亮来东吴做谋士，那么要巩固这份情深的兄弟情，诸葛亮也可以提出要哥哥来投靠刘备。诸葛亮先发制人，比诸葛瑾更早提出了这个说法，哥哥就无从逃避，难以拒绝。诸葛瑾本身要来说服诸葛亮，达不到目的，还反被弟弟将了一军。

妻子希望丈夫帮她买一个新手机，丈夫心里很不情愿，他要怎样说服妻子，才能奏效又不失大体呢？妻子说：“老公，我就知道你很爱我，我想要什么，你都会满足我，对吗？”丈夫回应：“是的，我爱你就像你爱我那么多，所以，你一定不会对我提出过分的要求，对吗？”

对等立场就是这样，当说服者和说服对象立场相对，那么对方用于说服的理由与论据全都可以为我所用。在上例中，妻子以夫妻之间的爱作为理由，说服丈夫为他办事。而丈夫瞅准时机，快一步使用对等立场，同样以爱作为理由，说服妻子应该体谅丈夫。说服对象一听，就会陷入两难境地，本来要说出口的请求，先被对方反制，只好作罢。

光环效应：赵范未能说服赵云迎娶其嫂

《三国》本事：赵范未能说服赵云迎娶其嫂

（刘备自得荆州，南郡、襄阳后，派赵云攻打桂阳。桂阳守将赵范投降，并设宴款待赵云。二人酒过数巡，因二人同乡，同年，又同姓，十分相得，结拜成兄弟。）酒至半酣，范复邀云入后堂深处，洗盏更酌。云饮微醉。范忽请出一妇人，与云把酒。子龙见妇人身穿缟素，有倾国倾城之色，乃问范曰："此何人也？"范曰："家嫂樊氏也。"子龙改容敬之。樊氏把盏毕，范令就坐。云辞谢。樊氏辞归后堂。云曰："贤弟何必烦令嫂举杯耶？"范笑曰："中间有个缘故，乞兄勿阻：先兄弃世已三载，家嫂寡居，终非了局，弟常劝其改嫁。嫂曰：'若得三件事兼全之人，我方嫁之：第一要文武双全，名闻天下；第二要相貌堂堂，威仪出众；第三要与家兄同姓。'你道天下那得有这般凑巧的？今尊兄堂堂仪表，名震四海，又与家兄同姓，正合家嫂所言。若不嫌家嫂貌陋，愿陪嫁资，与将军为妻，结累世之亲，如何？"云闻言大怒而起，厉声曰："吾既与汝结为兄弟，汝嫂即吾嫂也，岂可作此乱人伦之事乎！"赵范羞惭满面，答曰："我好意相待，如何这般无礼！"遂目视左右，有相害之意。云已觉，一拳打倒赵范，径出府门，上马出城去了。（见《三国演义》第五十二回）

媚笑乱弹：赵范不是个合格的媒人

有一天赵范喝酒，遇上隔壁桌的赵云，二人碰杯痛饮，酒逢知己千杯少，越说越投机，而且二人都是河北同乡，赵范就提议两人结拜为兄弟。赵云比赵范大四个月，为兄，赵范为弟。

赵范家里设宴款待赵云，喝得正是痛快的时候，赵范请出自己的嫂子樊氏来敬酒。赵云有点莫名其妙，为什么两兄弟喝得好好的，来了一个少妇敬酒，但还是恭恭敬敬地以嫂子之礼待之。等樊氏到厨房添菜的时候，赵云才问起赵范为什么刚才请嫂子出来敬酒。

赵范笑笑说："赵大哥，你还不懂我的良苦用心？"

赵云说："老弟，我真丈二和尚摸不着头脑，你到底葫芦里卖的是什么药，兄弟就干脆点说出来！"

赵范答："亲哥哥前几年癌症去世，大嫂就一直守寡保持单身。我经常劝她改嫁。但家嫂说，即便她是个结过婚的人，也不会轻易委屈自己。只有遇上条件符合的人才会把自己托付给他，她的条件是，和老公同姓，德高望重，才华横溢。这三个条件可谓十分苛刻，我们找媒人都不知道给了多少红包，还是没找着适合的人。今天遇到赵大哥你可谓是踏破铁鞋无觅处，你和我们家同姓，而且有才有貌，名声口碑都是一级棒，是最理想的人选！如果你不嫌弃我大嫂的条件，我愿意付十万的嫁妆礼金，让大嫂嫁入你家门。以后我们亲上加亲，不知道你什么意思？"

酒醉带三分醒的赵云重重拍了一下桌子，大声喝道："我们结拜为两兄弟，你的嫂子就是我的嫂子，我怎么敢乱来！这不合伦理的事，我不干！"

赵范打好的如意算盘，棋差一着，犹如一盘冷水从头淋到脚，生气得很，趁着酒意竟然动起手来想报复赵云。赵云可不是省油的灯，一拳打向赵范，赵范晕倒在地，赵云就匆匆离开了。

一计不成，赵范心又生一计。赵范偷偷地找了赵云的老板刘备和上司诸葛亮，把情况如此这般告诉了他们。刘备和诸葛亮作为赵云的上司和朋友，是很想促成好事，帮赵云找个贤内助。他俩找来赵云谈话，问赵云为何不依。

赵云说了三个理由："第一，我和赵范现在是结拜兄弟，要娶我的嫂子做我老婆这等乱伦的事情，我实在无法想象外界的议论和唾骂。第二，嫂子再嫁难免会被人指指点点，我可不想让嫂子背着流言蜚语的负担过日子啊。第三，现在我帮刘总跟进新开的项目，常常要出差，暂时也不考虑婚姻的大事，担心会耽误了事业发展。"

刘备绕开赵云的分析，说："赵云，你看门当户对的，我们公司出面帮你操办结婚大事，一定办得妥妥帖帖，怎样？"

赵云拒绝："大街上到处都是美女，我担心名誉受损，哪里担心会找不着老婆！"

赵云如此坚持，刘备也不再勉强。赵范这不及格的媒人，显然无法把嫂子嫁出去。

【解密《三国演义》·光环效应】

光环效应是指根据个人的好恶，常常作出以点代面或以偏概全的主观判断。这就提醒了我们，当你想说服一个人，应当首先理智地分析说服者厌恶和喜好的方面，绕过其厌恶面，消除对方的离心和戒心，反过来倾向对方喜好面，使你自觉走出光环效应，引导对方达成你的说服目的。

赵云拒绝迎娶赵范嫂子，心意十分坚决，套用光环效应可以这样去理解赵云为何如此反感迎娶赵范其寡嫂。赵云根本没法接受娶樊氏，因为赵云是个十分珍惜自我名誉的人，他觉得娶结拜兄弟的嫂子是一个乱伦、会招来话柄的行为，对于樊氏则是不守妇德的行为，再则他现在看重的是事业上如何飞黄腾达、扬名立万，儿女私情就暂且搁在一旁。赵云无法容忍给别人留下唯利是图、忘恩负义的小人形象，这是他自身性格决定他所厌恶的事情。

当赵范主动提出以十万嫁资，将倾国倾城的寡嫂嫁给赵云，赵云看来，自己绝不应该因为赵范的结拜而得到美色和巨资的回报，何况此举更可能被外界误认为他是为了得到利益才和赵范结拜的？赵云为了维护最为爱惜的名誉便果断拒绝了赵范的的好意。如果赵范事先能够根据赵云的喜恶做足功课，再针对性地说服，或许就会得到不一样的结果。

有个警察犯了罪。警察常给人一种正义凛然的形象，由此产生的光环效应，会让别人认定他有良好的素质，而难以被说服，犯法的人确实就是他。律师在法庭上要证明偷东西的人其实是警察，必须理智地跳出光环效应，举出大量的人证物证以证明这个犯法的人，在日常的生活中曾经有过类似的偷东西行为，引导大家跳出“警察代表着正义”的主观判断，用例证有理有据地说服法官确信这个警察的犯法行为。

有人心存光环效应因而盲从某些人物及其观点，作出的判断很片面。想要说服这样的人，就必须把他心中认定的这个光环形象去除，消灭因主观臆断产生不合理的想法，重新引导对方站在一个没有光环的角度审视，这样的说服才有可行性！

不以貌取人：孙权为何弃用庞统

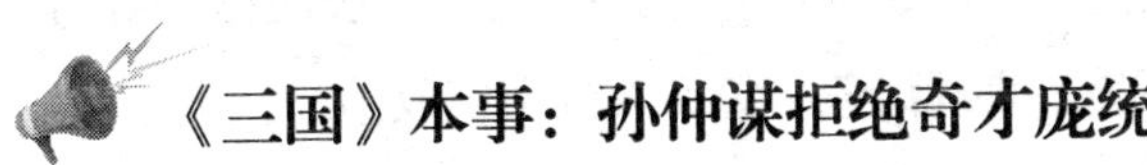

《三国》本事：孙仲谋拒绝奇才庞统

（周瑜临死立下遗嘱，荐鲁肃代替自己，孙权即日便命鲁肃为都督。鲁肃推荐庞统给孙权。）于是鲁肃邀请庞统入见孙权。施礼毕。权见其人浓眉掀鼻，黑面短髯，形容古怪，心中不喜。乃问曰：“公平生所学，以何为主？”统曰：“不必拘执，随机应变。”权曰：“公之才学，比公瑾如何？”统笑曰：“某之所学，与公瑾大不相同。”权平生最喜周瑜，见统轻之，心中愈不乐，乃谓统曰：“公且退。待有用公之时，却来相请。”统长叹一声而出。鲁肃曰：“主公何不用庞士元？”权曰：“狂士也，用之何益！”肃曰：“赤壁鏖兵之时，此人曾献连环策，成第一功。主公想必知之。”权曰：“此时乃曹操自欲钉船，未必此人之功也，吾誓不用之。”（见《三国演义》第五十七回）

媚笑乱弹：高材生庞统面试失败

孙氏企业最近在招聘，原因是周瑜重病去了，孙权身边缺一个得力助手。周瑜临终前的意思是想让鲁肃接班，鲁肃自卑，觉得自己实力不够，就屁颠屁颠地打招聘广告要招一个高手回来。

鲁肃相中了一小伙子叫庞统，最后一关时把他带到孙权办公室面谈。庞

统一进孙权办公室，癞蛤蟆一样的尊容差点没吓着孙权，给了孙权很差的第一印象。对话展开了，孙权问："自我介绍一下。"庞统得意洋洋地说："我是某211工程大学的高材生，连续四年取得专业一等奖学金，在大学期间就曾发明创造出新产品拿到国家专利，在校期间曾经参与科技节比赛获得一等奖，阳光杯……"孙权打断了庞统："这些简历上能看到，我都没兴趣听你再陈述一遍。那你觉得你能胜任周瑜的位置不？"庞统说："我有信心超越周瑜以前创下的成绩。"孙权说："你自我感觉良好，你怎样看周瑜？"庞统说："他那一套快被社会淘汰了，跟不上时代步伐。我们之间还是有距离的。"孙权说："你言下之意是周瑜不如你？那我们这等小公司怎么请得起你这等高等院校的高材生啊！你还是另谋高就吧。"孙权被气得一肚子火，庞统却百思不得其解，自己在面试过程中滔滔不绝，表现出色，怎么没能面试成功？！

鲁肃走出来安慰庞统："你要给力啊，是钻石到哪里都能发出夺目光芒。你接下来有什么打算？"庞统说："我看到曹氏企业也在招人，我先投简历等回复吧。"

【解密《三国演义》·不以貌取人】

外貌反映气质，你可以从外貌上看出一个人的一些特点，甚至会因为外貌作出一些决定。以貌取人影响人的判断，尤其是第一印象的外表是否端庄整齐，健康向上，都一定程度影响着一个人的说服力。

在孙仲谋拒绝奇才庞统的故事中，庞统是个很有才的人，却无法说服孙权收纳自己，首先就是因为丑陋的样貌给了孙权一个很差的印象，而且庞统自视甚高，出言中伤在孙权心目中有着很高地位的周瑜。这样，孙权就不难通过庞统丑陋的容貌判定他的言行不符合自己的要求，甚至质疑他的才能，从而否定了庞统。

我们从小就被老师教育不要以貌取人，但是以貌取人仍然是现代人的通病。心理学家做过试验，一位戴金丝眼镜、手持文件夹的青年学者，一位打扮入时的漂亮女郎，一位手持菜篮子、脸色疲惫的中年妇女，一位非主流打扮奇异的男青年分别在马路边说服一个陌生人借手机用一下，试验结果显

示，漂亮女郎、青年学者说服成功率很高，中年妇女稍微困难一些，而怪异青年就很难得到回应。这个试验说明以貌取人影响说服力。

时下，大四学生忙着找工作也忙着整容，因为他们都担心遭遇“孙仲谋拒绝庞统”事件；准媳妇忙着添置化妆品和新衣服去拜见未来婆婆，因为她们相信好一点的外貌可以帮助自己说服婆婆嫁入家门。

当然，外貌并不代表着一切，一个衣冠楚楚的人未必就是满腹经纶的智者；衣衫褴褛的人未必不是一个品德高尚的人。我们要正确认识第一印象对于说服力的影响，以及外貌所增加的说服力是有限的这个特点，一方面要塑造出端庄整洁、健康向上的形象，增加自己的说服力，另一方面要学习说服技巧，这样才能真正地从里到外地增加说服力。

利益冲突：孙夫人探母遭赵云拦截

《三国》本事：孙夫人未能说服赵云放她带阿斗回东吴探母

（孙刘联盟，赤壁一战大败曹军后，刘备占据荆州后，率兵西进夺取益州。孙权欲乘机夺回荆州，就派周善前往荆州取孙夫人和阿斗往东吴，意在劫持阿斗做人质。赵云追赶周善的船队，夺回阿斗。）赵云入舱中，见夫人抱阿斗于怀中，喝赵云曰："何故无礼！"云插剑声喏曰："主母欲何往？何故不令军师知会？"夫人曰："我母亲病在危笃，无暇报知。"云曰："主母探病，何故带小主人去？"夫人曰："阿斗是吾子，留在荆州，无人看觑。"云曰："主母差矣。主人一生，只有这点骨血，小将在当阳长坂坡百万军中救出，今日夫人却欲抱将去，是何道理？"夫人怒曰："量汝只是帐下一武夫，安敢管我家事！"云曰："夫人要去便去，只留下小主人。"夫人喝曰："汝半路辄入船中，必有反意！"云曰："若不留下小主人，纵然万死，亦不敢放夫人去。"夫人喝侍婢向前揪捽，被赵云推倒，就怀中夺了阿斗，抱出船头上。欲要傍岸，又无帮手；欲要行凶，又恐碍于道理：进退不得。夫人喝侍婢夺阿斗，赵云一手抱定阿斗，一手仗剑，人不敢近。（见《三国演义》第六十一回）

媚笑乱弹：孙夫人强势被压

孙权招刘备做上门女婿，企图让妹妹孙尚香困住刘备，不让他回荆州。后来，刘备带领着村里的人去西川一带运肥料，孙权觉得这是个好机会，就找周善秘密到荆州，找已经许配给刘备的妹妹孙尚香，说孙母大病了一场，要她赶回来见最后一面。母女情深，孙夫人当即带着阿斗乘坐周善事先准备好的船回东吴。

实际上，孙权是想妹妹人回来，把刘备的小儿子阿斗也带回来，那么他挟持阿斗做人质，就有筹码跟刘备谈判要回荆州。

有人通传赵云说孙夫人跟着孙家的人要坐船走了，赵云就沿着江边一路赶过去，喝令周善停船。赵云看到岸边停着一小船，不顾三七二十一，就登上去追孙夫人，还好追上了。

自尊心极强、行为强悍的孙夫人对于赵云追船的行为非常不满。她觉得自己是堂堂刘备的夫人，凭什么回娘家都要受到下人的管制？她对赵云喝道："你怎么这样没有礼貌，这是我哥哥很信任的周善，他来接我回一趟娘家，你诸多阻挠！"赵云毫不客气地回应："你嫁入刘府，怎么能说走就走！你实在要回家，也要先和诸葛管家说一声。"孙夫人说："我老母亲病危，事发突然，来不及通传。"赵云追问："既然是你家母亲病重，为什么要带刘少爷一同回去呢？"孙夫人自小就在孙家被娇宠，哪里受得了下人的指指点点，很是生气："我嫁入刘家，一向由我照顾小阿斗，我要回娘家，自然要带上他，好好看管。"赵云说："夫人，你这样做不合理。刘家十代单传就一个刘姓骨肉，怎么能你说带走就带走。他身上流的是刘家的血，带到你们孙家去，怎么敢保证少爷的安全!"孙夫人的火气升级，更加不满赵云当众责骂她，使出她一向的小姐权威："我在孙家是个大小姐，嫁入刘家好歹是个夫人，你不就是刘家的一个侍卫，你凭什么对着主人指指点点，难不成我把少爷拐到娘家虐待他来吗？"

但是赵云照样不买孙夫人的账，直截了当地说："你回你孙家看母亲尽孝，小的我管不了。你要带走刘家少爷，我今天就铁定了心要阻止。要不，你就留下刘少爷，要不，你就一同留在刘家做你的夫人！"孙夫人火烧心：

“反了！反了！反了！”可是孙夫人又说不出什么继续指责赵云。

最后，孙夫人喝令随从将赵云赶走。随从们平时在刘府都不敢大声说话，赵云一把大刀拿出来，就吓得尖叫起来。赵云力气也大，一把推开了几个柔弱女子，把阿斗抢回来。

【解密《三国演义》·利益冲突】

很多说服工作之所以失败，就是因为说服者和说服对象的利益存在冲突，说服对象为了保证自己的利益而不会同意说服者的意见，说服者也无法答应说服对象提出的利益条件，最后说服只得以失败告终。

赵云很明确，他拦住孙夫人的目的在于把阿斗留在西川。孙夫人被周善游说带着阿斗一同回东吴，名义上是回家看病危的母亲，实际上不过是沦为哥哥孙权的一枚棋子，带走刘备唯一的儿子刘阿斗作挟持的人质。孙夫人说服赵云，同样借助了她自己特殊的身份和权威，她是刘备的夫人，是赵云的主母，赵云理应尊重她，听从她吩咐的。赵云越是强硬要求她留下阿斗，孙夫人越是受不了一个下属抵抗她的权威，挑战她一向作为主人习惯被迁就甚至膜拜的至尊性，就像弹簧产生同等大小的反作用力一般，她强烈抵触，想赵云服从她的权威。但是孙夫人说服失败的最根本原因就是，她想利用刘备夫人身份的权威，却没有包含这份权威背后的利益。她耍脾气，要带走阿斗，实质是和赵云崇拜的权威，保护阿斗在西川符合刘备利益产生强烈的矛盾冲突。孙夫人的行为不符合赵云崇拜的权威，与赵云追求的利益冲突，那么赵云自然就会强烈抵触，反对孙夫人强势说出的威胁。

有这样一个小故事，老师在讲课的时候，给班上的同学出了一个题目：现在由你去实施谈判，说服隔壁班的同学马上全部离开课室。切记：要大家心甘情愿！小明很大胆地站上了讲台说：“老师要我命令你们全部到课室外面去，听到没有？”结果，没有一个人被说服。小红说：“2班的同学请注意听，现在学校安排了要打扫教室，请大家先离开课室，等待班长分配任务。”部分的人被说服离开了教室。小云笑着说：“同学们，上了一天的课，大家肯定都闷坏了，我们一起到外面做做运动吧！现在下课，我们一起

去运动。”全班同学蜂拥跑到了运动场上。

小明和小虹不能说服同学们和孙夫人未能说服赵云的道理是一样的，他们无法把自身想得到的利益和对方的意愿、切身利益结合起来，因而很难获得支持。而小云的聪明之处就在于，她明白利益冲突是说服的强大阻碍，用共同的利益驱动大家去做同一个行为，对方才容易接受。

谈生意最常见的就是围绕利益去谈，有着利益冲突的双方甚至连谈的机会都没有。换言之，赵夫人因利益冲突而未能说服赵云的例子给了我们很好的借鉴。A想和B洽谈成一笔生意，做生意就难以避免有利益冲突，而谁都想占有较大份额的利益。那么，将自身的目的与对方的利益充分结合，找到一个中间点，A能接受，B也觉得可以，结果才能促成双赢的局面，而且也会获得双方的全力配合。

无论采取何种说辞想去说服一个人，特别要注意利益是否存在冲突这一点：说服者应该预测出说服对象追求的利益到底是什么，底线又在哪里。如果说服对象的利益和自己的利益追求比较趋向一致，或者可以接受对方的利益底线，再采取一定措施洽谈，这样说服成功的几率比较大。

多考虑再提建议：司马懿劝曹操夺西川

《三国》本事：司马懿未能劝说曹操攻取汉中后乘势夺取西川

（曹操攻打汉中，张鲁被逼到无路可走，投降曹操，于是汉中皆平。曹操平定汉中，进一步商议战略。）曹操已得东川，主簿司马懿进曰：“刘备以诈力取刘璋，蜀人尚未归心。今主公已得汉中，益州震动。可速进兵攻之，势必瓦解。智者贵于乘时，时不可失也。”曹操叹曰：人苦不知足，既得陇，复望蜀耶？”刘晔曰：“司马仲达之言是也。若少迟缓，诸葛亮明于治国而为相，关、张等勇冠三军而为将，蜀民既定，据守关隘，不可犯矣。”操曰：“士卒远涉劳苦，且宜存恤。”遂按兵不动。（见《三国演义》第六十七回）

媚笑乱弹：既得陇，复欲得蜀

恶霸曹操加强力度夺取地盘，张卫招架不住了，张鲁就先跑去了巴中，后来想想也没有好出路，就叫人把粮草封起来。张鲁无奈，就把粮草和汉中都给了曹操。

汉中是蜀郡的咽喉，曹操拿下了汉中，如果乘胜追击，就有可能称霸整个蜀郡。这时候，司马懿建议说：“刘备当时也是使用奸诈才骗到刘璋占了蜀郡的地，蜀郡的百姓人心未归，站不稳阵脚。如今我们拿下了汉中，

赶快派人马迅速进攻益州一带，他肯定反应不过来。”曹操感叹一声，说：“人如果总是不知足，已经得了陇，还想要蜀吗?”刘烨则表示同意司马懿的观点，说：“司马懿分析得很有道理，如果我们给了刘备缓冲的时间，诸葛亮这聪明人想到好计谋，关羽、张飞两个猛士骁勇善战，蜀郡的百姓安定下来，那么我们行事就困难了呀！”司马懿继续说：“现在是个好时机啊，有智慧的人都不会违背天时、机遇，机遇摆在眼前，难道我们要坐视机会溜走？等到刘备站稳了阵脚，就不好对付了呀！”曹操还是抱着“既得陇，复欲得蜀”的心态，撤退人马，返回邺城。

【解密《三国演义》·多考虑再提建议】

让别人接纳你的建议，应该考虑得比对方多。站得高看得远，提出的建议才有说服力。

曹操不进兵西川是深思熟虑过的，作为三国里面的枭雄，无论用兵打仗还是计谋策略，曹操都是远高于司马懿的。曹操很清楚出兵攻打西川的弊端，胜算没有司马懿分析的大。时间并不是最适合，因为处于对手强劲，曹军疲惫之时，翻越西川险峻的路途，贸然出兵，大有可能失败收场。曹操一向都是先衡量利弊，再做出正确的判断，而不是不经头脑、硬碰硬地蛮干。曹操用兵高明之处，岂是司马懿之流能领悟的？司马懿分析得头头是道，但照样是遭到曹操的拒绝。要向上级提建议，一定要想多一点看远一点，要不说服肯定无效。

超市这方要求供应商提高某品牌产品的上架费，才允许把货物摆在显眼的货架上。负责洽谈的下属很担心他负责的续约事情不顺利，自作聪明答应了超市这方，回到公司说服上司加价。上司对下属的行为非常不满意，加价的事情会影响到供应商各大品牌的产品，而下属怎么可以为了完成续约的任务，不想想解决的办法就跑来说服上司接受这个现状？

如果下属考虑到加价可能对公司产生的不良影响，并开拓新的销售渠道，用来抗衡超市的加价，再把新方案对上司说，上司会觉得下属为公司着想，多角度思考解决的办法，就会理解他的处境，感受对方的心理，轻易被

下属说服一起去面对这个难题。

总之，我们每天都可能遇上很多的问题，想要说服别人和你一起面对难题或者向他提出请求，不妨先了解彼此之间的生活、工作状态，考虑得比对方多，看的问题才能比对方深入、清楚，才可能让对方同意你的说服或请求。

明示恐惧策略：廖化让刘封救关羽

《三国》本事：廖化没有说服刘封出兵援救关羽

（关羽与东吴交战不利，困守麦城，差廖化往上庸刘封、孟达处求救兵。）封令请人问之。化曰："关公兵败，现困于麦城，被围至急。蜀中援兵，不能旦夕即至。特命某突围而出，来此求救。望二将军速起上庸之兵，以救此危。倘稍迟延，公必陷矣。"封曰："将军且歇，容某计议。"

次日，请廖化至，言："此山城初附之所，未能分兵相救。"化大惊，以头叩地曰："若如此，则关公休矣！"达曰："我今即往，一杯之水，安能救一车薪之火乎？将军速回，静候蜀兵至可也。"化大恸告求，刘封、孟达皆拂袖而入。（见《三国演义》第七十六回）

媚笑乱弹：廖化借钱遭冷遇

关平第一次见到刘封，场景是这样的——刘封正在路边等公交车，手里拎着大包小包的。关平好心载了他一程，刘封去的目的地是邮局。关平很好奇，一个大男人提着大包小包去邮局干什么。原来刘封是把社区十几户家庭里旧的不穿的冬衣收集起来，寄去西北偏远地区支援老人、儿童。关平的敬佩之意油然升起。

关平到了医院，和关家的人说了这个人。大家的眼睛都亮了，这意味着

关羽有救了。后来打听到，刘封原来是关羽以前公司老板的亲戚，于是决定试一下向他求救。

却说廖化找到刘封后，觉得关羽手术的钱总算有着落了，鼓起勇气向其说明情况。刘封也深深为关羽目前的病情担忧，只是自己钱也不多，无法伸手援助。

刘封找到了自家的亲戚孟达，想得到援助。孟达一听借钱就说：“关羽不是我们家的人，何必匆匆赶着帮他筹钱，他应该找姓关的人帮忙啊。”刘封说：“可是关大哥他病情告急，再不赶紧把手术费落实到位，性命就不保啊。”孟达心想，如果帮了刘封，那么可能借出去的钱要打水漂回不来了，钱落到自家的人手里还好，可是偏偏关羽是个外人啊，再善心也不能不合规矩啊。刘封也懂孟达的意思，他求援就此作罢。

几天后，刘封又找到孟达，说关羽处境危急，走投无路，才会麻烦他帮帮忙，又是跪求又是痛哭。孟达事不关己地说：“刘封，我家虽然有钱，但是也不算特别宽松，你又跪又求我也无能无力啊！每天像关羽这样承受病魔折磨的人到处都是，如果我不分亲疏地帮忙，那么我都快成救世主了。”

刘封继续求道：“关家也是没有办法了，我们岂能袖手旁观，坐视不救呢？”孟达冷笑一番，说：“关羽家以前的家底也是可以的，是最近几年才衰败下来，才用不着我们帮忙。你还记得我们家以前过苦日子的时候吗？他们关家的人又何曾可怜过我们？”这番话勾起了刘封多年的心事。确实，以前刘家有事求助的时候，关羽也未能神出援手。

刘封越想事越多，越想越气。本来刘封是想帮忙的，但是孟达这一讥讽刺痛了他的心，他觉得脸面无处放，引起了对关羽的埋怨，丢下一句：“好吧，不管了，关羽的事情他一家子自己看着办吧！”

刘封听信了孟化的话，决意回拒了廖化。

廖化等了好久，心里非常着急，见到刘封，忙上前说：“刘先生，还望筹的钱能够快快到账啊。”刘封故意装作不明白，问：“你这话怎么讲？”又装模作样扮作筹钱受到拒绝。廖化就说：“上次我看到你一个人拿着很多旧衣服捐助到山区，我以为你是个善心人，还念在以前关羽在你们家效忠多年，你们会出手帮帮我们。现在你是打算推辞不帮我们了，对吧？”

这时，廖化怎么说都没用，刘封心里想的就是以前他家有难的时候，关羽没帮过忙，如今关羽出事了，他就铁了心做个看客。廖化不死心，想着再求他一回，或许能够求得同情，唤起他的良知。“关大哥确实是走投无路，危在旦夕，才会求救于你的。望你念在以前关羽在你们家工作了那么多年，雪中送炭做个好人发发好心吧！”说着，双膝跪拜在地上，朝着刘封连连叩头。

刘封虽然也偶尔生出恻隐之心，想动用自己的私房钱帮关羽一把，但一想到孟达咬牙切齿说的那番话，十分忿恨，便毫不客气地说：“廖化，效忠那么多年，什么都结清了，休想在这里借到一分钱！”

结果，廖化一分钱也没有借到，灰溜溜地走了。

【解密《三国演义》·明示恐惧策略】

明示恐惧策略，是传者试图借用带有较强恐惧性色彩的信息唤起人们的危机意识和紧张心理，促成他们的态度和行为向一定方向发生变化。应用于说服中，这种策略借助了说服对象受刺激心理产生的变化，让他们有强烈的紧迫感，继而迅速地改变了初衷，作出决定。

刘封本来就有出兵救援荆州的打算，为什么廖化好心说服，却惨遭拒绝呢？关键不在于廖化说服技巧不到家，而是孟达用明示恐惧策略的心理效应，使得刘封不断回想起当年的往事：他为了刘备出生入死，但在刘备提出要收他为子的时候，关羽欺负他不是刘备的亲生儿，在后来的立后嗣时提反对意见。孟达提起的这一切都刺痛了刘封的心，刘封内心不禁产生了对关羽的不满情绪，而且唤起恐惧“关羽在，就会坏我好事”，那么不如由着他兵败！孟达促成了刘封的恐惧情绪，即便廖化说服得再给力，刘封都听从孟达的建议，不会出兵救关羽。

把明示恐惧策略应用在公众媒体传播上，则可以有效说服公众去实施一些规定。譬如，在地沟油的报道中，虽然地沟油潜在的致病隐患还没有完全暴露出来，但是饮食行业大量使用地沟油造成消费者进医院等事件

多次曝光。我们可以通过网络、报纸、杂志等对外传播，展示地沟油会严重威胁人类的身体健康。正是因为媒介唤起了公众对地沟油危害极大的恐惧，才能促使他们坚决抵制地沟油，共同参与地沟油的监督举报。

明示恐惧策略犹如在人们的耳边敲响响亮的警钟，加深人们的恐惧心理，让人们心服口服地接受社会的一些约束。需要注意的是，这种策略使用的分寸要掌控好，造成过度的恐惧不仅不能有效说服，甚至可能会造成不良的影响。

寻找共同点：诸葛瑾劝关羽投降

《三国》本事：诸葛瑾劝降，关羽宁死不降

（关羽被困麦城，刘封、孟达不肯发兵相救，关羽孤立无援，走投无路，此时东吴派出诸葛瑾来劝降。）瑾曰："今奉吴侯命，特来劝谕将军。自古道：识时务者为俊杰。今将军所统汉上九郡，皆已属他人类；止有孤城一区，内无粮草，外无救兵，危在旦夕。将军何不从瑾之言，归顺吴侯，复镇荆襄，可以保全家眷。幸君侯熟思之。"关公正色而言曰："吾乃解良一武夫，蒙吾主以手足相待，安肯背义投敌国乎？城若破，有死而已。玉可碎而不可改其白，竹可焚而不可毁其节，身虽殒，名可垂于竹帛也。汝勿多言，速请出城，吾欲与孙权决一死战！"瑾曰："吴侯欲与君侯结秦、晋之好，同力破曹，共扶汉室，别无他意。君侯何执迷如是？"言未毕，关平拔剑而前，欲斩诸葛瑾。公止之曰："彼弟孔明在蜀，佐汝伯父，今若杀彼，伤其兄弟之情也。"遂令左右逐出诸葛瑾。瑾满面羞惭，上马出城，回见吴侯曰："关公心如铁石，不可说也。"（见《三国演义》第七十六回）

媚笑乱弹：诸葛瑾来挖槽，关羽坚持原则不动摇

曹氏房地产财力雄厚，把刘备、关羽、张飞的公司逼上绝路。刘备、张

飞趁乱带着钱财逃到国外，关羽这老实人，从没想过有一天要背叛刘备或者跳槽。如今关羽陷入了窘境，孙权的公司派出诸葛瑾来挖槽。可见，关羽这人还是有点利用价值的。关羽面临第二次被挖槽，又将发生怎样的故事呢？

诸葛瑾到关家，开门见山就说：“老兄关羽你现在的窘况是有目共睹的，刘备和张飞在国外风流快活，哪里管你的死活，你不跳槽来我们公司，最后只怕连你的老婆儿子都沦落到饭也吃不饱的地步！”接下来，诸葛瑾罗列了倘若关羽跳槽到孙氏房地产公司的种种好处：“第一，破产都是浮云，现在低头忍一下，熬个三五年后还是好汉一条！眼前先别管挣钱亏钱的，加入孙氏领一份稳定的工资保全家温饱才是王道。第二，你来了孙氏做，接触的还是房地产生意，你还做经理，照样是运筹帷幄，别人还得仰头尊称你关经理啊！”

这些好处听起来很诱人，但关羽怕业内指责自己是个贪恋好处、毫无原则的人，怕别人在背后议论，所以，宁愿公司破产，也不愿意跳槽到孙氏集团做经理。

【解密《三国演义》·寻找共同点】

林肯曾经说过一句话：“我展开并赢得一场议论的方式，是先找到一个共同的赞同点。”这也正是说服的秘诀之一。要攻心了解，说服对方，甚至操纵对方，就必须找准自己与对方的共同点。所谓寻找共同点，是找到可以引起彼此共鸣的建议或话题，可以消除对方的对立情绪，赢得对方的信任，诱发对方与你谈下去，再经过巧妙设计的说辞，使对方愿意接受你的劝说或主张。

诸葛瑾不能说服关羽投降，根本原因是找不到与关羽的共同点。他分析了关羽无可挽回的困境，列举关羽投降之后有种种好处，诸如保全生命、继续掌荆襄九郡等，但这些诱人的好处与关羽认为背叛刘备投降孙权、苟且偷生是不仁不义的行为，恰好相悖。二人说的话根本不在同一个点子上，诸葛瑾作为说服者，不能找准说服对象关羽的共同点切入对话，不仅得不到关羽的信任，而且会使关羽反感甚至厌恶这样的投降行为，那

么说服必然是失败的。

在日常的交涉中，很难一开始就找到共同点，往往必须先和对方交谈，经过对话了解对方的兴趣爱好，揣测对方的价值取向。当你尝试去说服对方、对他有所求的时候，先避开对方的禁忌，不要太早暴露自己的意图，让对方说出自己的看法，找准了共同点再巧妙切入，让对方一步步地赞同你的想法。当对方和你谈了一阵子后，便会不自觉地被你说服了。

李先生想购买一个新房子，刚开始，某个房地产公司的业务人员介绍他看了东郊很多房子，其中也有李先生看上的，但就是没有洽谈成事。主要原因是这位业务人员没有把握好李先生的心理，找不到共同点，无法进行下一步的洽谈。第二天，房地产公司的另一位业务人员和李先生去了西郊看房子，李先生认为房子都不错，他提出了昨天也曾提问过的相同问题。“我家有老有小，这房子大小都很适合，我就很担心所在的位置有点偏。”业务员说：“我以前买房子的时候也特注重位置，很能理解像您这种家中有老有小的客户。这里虽然是在西郊区，但是新建一体化的小区有幼儿园、小学，也有保健中心和社区医院，您家的小孩只要一出家门口就是幼儿园，您家的老人步行不到十分钟就可以去保健中心做运动。而且小区大门口就有公交站和地铁站，交通方便得很！况且，住在这样交通方便的郊区，空气质量比核心地带好多了！”

业务员找到了李先生的共同点，简简单单地推销了房子，使李先生消除了担心，被他的言辞打动，心甘情愿地付钱成交了房子。由此可见，寻找共同点，在现实的说服中是非常管用的。

刻板效应：刘备不听劝，执意夺荆州

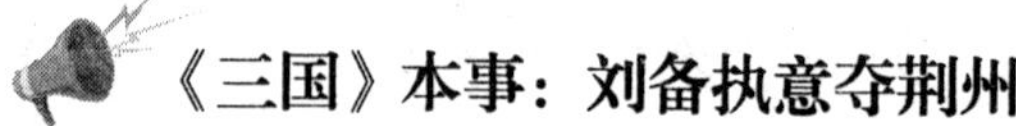

《三国》本事：刘备执意夺荆州

（刘备在成都即皇帝之位后欲起倾国之兵讨伐东吴，为关羽报仇，并夺回荆州之地。以诸葛亮为代表的多数重臣表示反对。）孔明引百官来奏先主曰："陛下初登宝位，若欲北讨汉贼，以伸大义于天下，方可亲统六师；若只欲伐吴，命一上将统军伐之可也，何必亲劳圣驾？"先主见孔明苦谏，心中稍回。忽报张飞到来，先主急召入。飞至演武厅拜伏于地，抱先主足而哭。先主亦哭。飞曰："陛下今日为君，早忘了桃园之誓！二兄之仇，如何不报？"先主曰："多官谏阻，未敢轻举。"飞曰："他人岂知昔日之盟？若陛下不去，臣舍此躯与二兄报仇！若不能报时，臣宁死不见陛下也！"先主曰："朕与卿同往：卿提本部兵自阆州而出，朕统精兵会于江州，共伐东吴，以雪此恨！"飞临行，先主嘱曰："朕素知卿酒后暴怒，鞭挞健儿，而复令在左右：此取祸之道也。今后务宜宽容，不可如前。"飞拜辞而去。次日，先主整兵要行。学士秦宓奏曰："陛下舍万乘之躯，而徇小义，古人所不取也。愿陛下思之。"先主曰："云长与朕，犹一体也。大义尚在，岂可忘耶？"宓伏地不起曰："陛下不从臣言，诚恐有失。"先主大怒曰："朕欲兴兵，尔何出此不利之言！"叱武士推出斩之，宓面不改色，回顾先主而笑曰："臣死无恨，但可惜新创之业，又将颠覆耳！"众官皆为秦宓告

免。先主曰：“暂且囚下，待朕报仇回时发落。”孔明闻知，即上表救秦宓。其略曰：“臣亮等切以吴贼逞奸诡之计，致荆州有覆亡之祸；陨将星于斗牛，折天柱于楚地：此情哀痛，诚不可忘。但念迁汉鼎者，罪由曹操；移刘祚者，过非孙权。窃谓魏贼若除，则吴自宾服。愿陛下纳秦宓金石之言，以养士卒之力，别作良图，则社稷幸甚！天下幸甚！”先主看毕，掷表于地曰：“朕意已决，无得再谏！”（见《三国演义》第八十一回）

媚笑乱弹：刘备宁舍大义成小义

刘备继续东征夺取土地，和诸葛亮说了他的计划，并问：“你一向都会给我中肯的建议，这次怎么沉默了？”诸葛亮说：“我已经苦苦劝告了你很多遍，你却不听从。”他接着说：“如果我们直接北伐，擒拿恶霸曹操，才是对天下百姓的大义。如今我们只是讨伐东吴，派出负责人带队去就可以了。刘大哥你可以不必亲自跟队。”刘备想想，也有道理。

这时，张飞走进来，痛哭着说：“刘大哥你现在早已经忘了我们在桃园立下的盟誓。关二哥的仇，怎么可以不报？”刘备说：“很多人建议不要轻举妄动，我也左右为难。”张飞说：“那些人怎么会知道我们昔日结拜发过的毒誓？如果刘大哥你不去，那么我就豁出去了。”刘备说不过张飞，只好答应张飞一起出征，生擒曹操。

第二天，刘备准备妥当将要出发。秦宓说：“刘大哥你是我们这些人中的头儿，担负着老百姓们的未来幸福，要为关羽报仇而亲身出动，这等危险我们都是不赞成的，希望你能够再三考虑清楚。”刘备说：“我和关羽结拜过，他的就是我的。为老百姓们谋幸福，我是记得这个使命的。”秦宓跪在地上说：“希望刘大哥能够听从我的建议。你不听从建议，出了差错，我死了倒无所谓。但是刚夺回的地又要被抢回去，我觉得很不值得。”刘备对秦宓的诸多阻挠感到很生气，就叫人将其绑了起来。

诸葛亮听说了这个事，就写了一封信给刘备，内容是这样的：他觉得要攻伐东吴，东吴可能有埋伏，攻取荆州会引来颠覆之祸。牺牲百姓换来土

地的伤痛至今大家还深刻铭记。再想想，恶霸曹操罪该万死，过错不在于孙权。所以他们一致建议刘备听信秦宓的金石良言，先对付恶霸曹操。刘备看到书信后，掷在地上，说："我已经下定决心这样做了，大家就不用煞费苦心提建议了。"

【解密《三国演义》·刻板效应】

说服中的刻板效应，是指人们刻印在头脑中某一固定的思维模式，并以此固定的思维模式作为判断的依据的心理现象。有些人总是机械地分析问题，一成不变地生搬硬套方法，影响正确的判断。刻板效应是一种偏执的想法，说服刻板的人需要一定的方法技巧。

诸葛亮劝谏刘备不要夺取荆州，而从三国故事的开始，刘备、张飞、关羽桃园三结义，许下承诺"结为兄弟，同心协力，救困扶危，若背义忘恩，天人共戮"！

加上刘备本身给自己贴着仁义的标签，形成了刻板的思维模式。当诸葛亮分析攻伐东吴可能被魏国抄后路，就算取得荆州东进，也有可能被曹军截断后路。攻打魏军则可能保住荆州。荆州这块鸡肋，与其取，不如弃。而刘备觉得取荆州，伐东吴，始终是建立在关羽的惨死以及张飞也挂掉了的愤怒上，他机械地觉得兄弟的情义是足以让他为他们报仇的。那么诸葛亮分析军事形势再到位，也是无法左右刘备已经形成的顽固思想。结果，刘备一意孤行。

在现实生活中，我们难免会遇上刘备这类人。然而，成功地说服刻板的人并不是一件轻而易举的事。说服对象的思维惯性和即成偏见相当顽固，面对这种情况，我们进行说服时可以灵活运用一些说服技巧。

第一个办法是不必急于求成，采用层递渐进的技巧，从对方关注的问题开始切入，再层层递进，引导他思考到实质的问题，使得说服对象沿着说服者的思路，跳出刻板效应，心悦诚服接受说服。

第二个方法则可以利用由此及彼，不妨远离说服对象关注的内容，但也不要马上摆出你要说服的内容，而是谈论与二者看起来毫不相干的事，再诱

导对方归纳出其中道理，然后由此理渐渐切入彼理，以此类推，回到一开始要说服的内容，对方只能以理照办。

总之，说服的过程是说服者对说服对象攻心的过程，也是说服对象心理渐变的过程。受刻板效应影响的人思维再陈腐，如果你能以迂为直，层层铺垫，步步深入，循循善诱，就能取得说服的成功。